KB040344

Presented by Ao jyumonji / Illustration by Eiri shira

재와 환상의 그림갈

글=주몬지 아오   일러스트=시라이 에이리   level. 10─러브 송은 전해지지 않아

당신이 없어지면
세계가 캄캄해지고
닫혀버려.

하루히로.

제발 죽지 마.

당신을 잃을 수는 없어.

들어갔다, 이거.

뭔가 보이고.
이렇게 하면 된다는,
그런 비슷한 것이.

러브 송은 전해지지 않아

재와 환상의 그림갈 level. 10

주몬지 아오

하얀 입김을 내뿜으면서 솔잎차를 준비한다. 준비한다고는 해도, 깨끗한 끓는 물로 씻은 어린 솔잎을 건조시켜 만든 것을 상비하고 있기 때문에 절차는 간단하다. 먼저 천막 앞에 설치된 아궁이에서 불을 지핀다. 물을 넣은 주전자를 불 위에 올린다. 수제 접이식 의자에 앉아 물이 끓기를 기다린다. 끓으면 주전자를 나무로 만든 냄비받침 위에 놓는다. 찻잎을 담은 천주머니를 주전자에 넣는다. 쿠로가네 산맥의 드워프가 만든 정교한 태엽시계를 하나 소지하고 있지만, 굳이 그런 유난스러운 것을 꺼내거나 하지는 않는다. 아침 해가 밝아오는 하늘을 바라보면서 숫자를 세며 기다린다. 특히 진한 차를 마시고 싶을 때에는 300까지. 대개는 180까지 센다. 즉, 약 3분이다.

애용하는 목제 머그잔에 주전자의 차를 따른다. 잘 건조된 솔잎차는 거의 색이 없다. 김을 들이마신다. 소나무의 향긋한 냄새가 코를 간질이자 수염투성이 얼굴에 살짝 웃음이 번진다. 후, 후… 숨을 불어가며 차를 입에 넣어보면 부드러운 풍미가 입안에 퍼지고, 목구멍을 통해 배 속으로 떨어진다.

"맛있어."

중얼거리고는 여운을 즐긴다. 아아, 한 모금 더 마시고 싶다. 마시고 싶어서 도저히 견딜 수가 없다. 참을 수 없게 된 후에야 머그잔에 입을 댄다. 그러면 두 모금째가 최고로 맛있다.

매일 아침 눈을 뜨면 처음으로 하는 일이 이거다. 사실 눈이 쌓일 만한 지방에 체재하는 것이 아닐 때에는 야외에 천막을 치기 때문에 비가 오는 날은 하고 싶어도 할 수 없다. 비가 오지 않을 때에만 누릴 수 있는 사치다. 이러니저러니 해도 그 사치를 1년 중 반 이상은 즐기고 있다.

진심으로 생각한다.

나쁘지 않은 인생이다.

천천히, 한껏 시간을 들여 솔잎차를 다 마시고 나면, 자, 오늘은 뭘 할까? 구름은 제법 떠 있지만 공기는 건조하니 세 시간 이내에 비가 쏟아질 가능성은 없겠지. 나날이 겨울에 가까워지는* 이 시기치고는 기온도 그리 낮지 않다. 사냥이라도 할까? 깊은 계곡물에서 낚시를 하는 것도 좋을 것 같다. 비축해놓은 것은 충분하니까 온종일 뒹굴뒹굴해도 문제는 없다.

마음 내키는 대로, 좋아하는 일을 하고 싶은 만큼 한다. 결국 그것이 성격에 맞는 것이겠지.

그렇게 살아가기 위해서 의용병 가업에서 발을 뺐다. 여러 가지 일이 있어서 사냥꾼으로 전업했던 것도, 의식했던 것은 아니라고는 해도 분명 이런 생활을 위한 준비였던 것이다. 원래부터 이런 생활을 하고 싶었다. 스스로의 의지로 바라는 것을 이루어 더할 나위 없을 정도로 만족하고 있다. 이제 동료들의 얼굴을 떠올리는 일도 좀처럼 없다. 지금쯤 어디에서 뭘 하고 있는지, 무사한 건지 전혀 궁금하지 않은 것은 아니다. 동료들이 살아 있으면 재회하는 것도 불가능하지는 않겠지만, 만나고 싶은가 하면 아니라고 대답할 수 있다. 솔직히 거북하다.

자유를 얻기 위해서는 혼자가 되어야만 한다.

유일한 걱정거리는 고독을 견딜 수 있을지, 그것이었다.

외로워서 참을 수 없는 밤은 아직도 있지만, 극복하는 방법을 서서히 알게 되었다. 가슴을 찢는 듯한 쓸쓸함도 오래 지속되지는 않는다. 서서히, 서서히 사그라지고, 정점에 달한 후에는 점점 괜찮아진다. 공복이나 졸음과는 달리 어느 한도를 넘으면 죽어버리는 것이 아니다. 어차피 쓸쓸한 것뿐이다. 쓸쓸해서 눈물이 나오면 좋은 일이다. 눈물은 어떠한 감정도 정화시켜준다.

오로지 자기 자신과 자연을 따르는 것뿐이고 쓸데없는 일은 일절 생각하지 않아도 된다. 이 삶에는 그 무엇과도 바꿀 수 없는 가치가 있다.

일어서서 의자를 접고, 우선 걷자. 그렇게 정했다. 풍조황야 같은 대초원이나 네비 사막, 나르기아 고지 등 전망이 좋은, 경관에 특색이 있는 토지도 재미있지만, 산은 어디나 각별하다. 천룡 산맥이나 쿠아론 산맥, 린스톰 산맥, 쿠로가네 산맥 등 커다란 산줄기가 아니어도 된다. 주변의 작은 산들에도 각각의 다른 매력이 있다. 아무리 많이 걸어도 걸을수록 또 새로운 발견이 있어 좀처럼 질리지 않는다. 질리면 질리는 대로 또 여행을 떠나면 될 뿐이다. 세계는 넓다. 평생을 쏟아붓는다고 해도 다 돌아볼 수 없을 것이다.

채비를 갖추고 야영지를 벗어나 덤불 속의 짐승이 다니는 길을 걸었다.

정신을 놓은 것은 결코 아니다. 강렬한 짐승 비린내를 느끼고 곧바로 주변을 둘러보았다. 소리가 들린다. 초목을 헤치는 소리. 맞은편 왼쪽이다.

도망가는 것도, 반격하는 것도 이미 늦었다. 그렇게 생각했다.

상대는 정체가 뭘까? 그것도 짐작은 갔다. 이 냄새. 분명 곰이다.

맞닥뜨리기 전에 두 손으로 얼굴을 가렸다. 곰이라면 안면을 공격한다. 경험을 통해 그렇게 알고 있었다. 예상대로 놈은 얼굴을 지키고 있는 왼손을 덥석 물었다. 동시에 떠밀려 쓰러졌다.

왼손은 이제 틀렸다. 곧바로 포기하고, 이미 뜯겨나가려는 왼손을 놈의 입에 쑤셔 넣었다. 이물을 목구멍에 쑤셔 박자 놈은 꺼억, 꾸억 하고 신음한다. 신음하면서 두 앞발로 내리치려고 한다. 작지는 않다. 제법 큰 곰이다. 아마도 몸이 3미터 가까이 된다. 이놈의 발톱의 일격을 맞으면 살도 뼈도 간단히 찢겨나가겠지. 알고 있기 때문에 죽을 각오로 놈에게 매달렸다. 냄새 나는 털에 얼굴을 파묻고, 왼손을 먹히면서도 오른팔을 놈의 목에 둘러 밀착한다. 놈의 앞발의 발톱이 왼쪽 어깨에, 그리고 오른쪽 옆구리에 파고든다. 이대로 밀리면 끝이다.

오른손 검지와 가운뎃손가락을, 놈의 왼쪽 눈에 꽂았다. 놈은, 끄억, 끄억, 쿠오오오오… 하고 짖었다. 놈의 두 앞발이 격렬하게 움직인다. 놈의 발톱이 온몸을 상처 입힌다. 아픔은 느끼지 않았다. 반격이다. 반격해라. 나도 지지 않으려고 외쳤다. 큰 소리를 지르면서, 어떻게 되었는지 모를 왼손을 놈의 목구멍 깊숙이 밀어 넣는다. 오른손으로 놈의 안면을 때린다. 정신없이 마구 때린다.

갑자기 내 몸이 허공에서 춤춘다.

아마도 갑자기 놈이 온몸을 뒤틀어서 그 기세에 내던져진 모양이다.

허공에서 나이프를 뽑았다.

낙하하는 먹잇감을, 놈은 오른쪽인지 왼쪽 앞발로 내리친 모양이다. 몸이 엄청나게 부서졌다. 어디가 파괴된 건가? 그것은 모르겠다. 충격으로 한순간 의식이 날아갔다. 딱 한순간뿐이었다.

놈이 위에 있다. 아무래도 깔린 모양이다. 원형을 유지하지 못한 상태의 왼팔로 안면부터 목까지를 간신히 사수하려고 하면서 마구잡이로 나이프를 휘두른다. 다리를 들어 배를 보호하고 싶지만, 어째서인지 잘되지 않았다.

놈은 어떤 계책을 생각해낸 건지 갑자기 상체를 일으켰다. 위험해. 놈의 무시무시한 발톱이 내려온다. 피해라. 왼쪽으로 굴렀지만 채 피하지 못하고 뒤를 보인 상태에서 놈의 일격에 왼쪽 어깨가 거의 박살 났다. 반사적으로 기어서 도망치려고 했다. 무리였나? 도망칠 수 없다. 놈에게 붙잡혔다. 위에서 찍어 누르는 건지 숨을 쉴 수가 없다. 놈이 물어뜯는다.

왼쪽 옆구리다. 가죽 옷을 입었는데도 상관없는 모양이다. 놈은 그대로 씹고 있다. 지금 그야말로 잡아먹히고 있는 것이다. 내 육체가. 참을 수 없어서 캬아아아아아아 비명을 질렀다. 그래도 먹느라고 정신없는 놈에게 반격할 찬스를 놓치지는 않았다.

온몸을 뒤틀고 거꾸로 쥔 나이프로 놈의 오른쪽 눈을 노린다. 깊숙이 쑤셔 박지는 못했지만 안구를 상처 입힐 수는 있었다. 놈은 아까 왼쪽 눈을 다쳤다. 이걸로 두 눈 다 제대로 보이지 않는다. 놈은 한심한 소리를 내며 펄쩍 떨어졌다. 이렇게 되면 야생의 짐승은 쓸데없이 주저하지 않는다. 몸을 돌려 도망친다. 도망간다.

"…뭐야?"

기침이 나왔다. 엄청나게, 괴롭다. 나이프를 놓지는 않았다. 놈이 돌아올지도 모른다. 아니, 그건 아닌가. 적어도 당분간은 오지 않겠지.

애초에 나이프 같은 것을 갖고 있어봤자 이제 싸울 수 없다.

눈을 감는다. 기침이 멎기를 기다렸다. 조금이라도 호흡이 편해지도록 입을 벌렸다. 효과가 있는 건지 없는 건지. 몸을 움직이려고 해볼 용기가 나지 않는다. 무섭다. 어디가 얼마나, 어떤 식으로 손상되었을까? 내 상태를 알고 싶지 않다.

뭐, 이건 틀렸겠지. 그렇게 느끼고는 있다. 아마도 살아 있는 것이 신기할 정도로 큰 부상이다. 그런 건 알고 있기 때문에 굳이 파악하고 싶지 않다. 낙담. 실망. 안타까움. 부끄러움. 한심함. 바보 아니야? 라고도 생각한다. 하지만 어쩔 수 없다. 체념도 있다. 이것이 대자연 속에서 혼자 살아간다는 일이다. 곰은 보통 밤에 행동한다. 단, 동면 전에는 다르다. 그것은 알고 있었고, 경계하지 않았던 것은 아니다. 곰 입장에서도 인간을 사냥하려고 했던 것은 아닐 것이다. 그들의 주식은 사슴이나 가나로 새끼, 페비나 쥐, 물고기, 그리고 과일이다. 마주쳤을 때에는 그 곰도 놀라서 반사적으로 공격한 것 아닐까?

덕분에 나는 이 꼴이고, 곰도 가볍지 않은 부상을 입었다. 서로에게 있어서 피차 불행한 사고였던 것이다. 그리고 돌담으로 둘러싸인 거리 안에서 사는 것이 아니라면 이러한 사고는 언제든지 일어날 수 있다. 사람들에게서 떨어져 살아가기로 선택한 시점에서 이미 이런 방식의 종말도 예상하고 있었다. 운이 좋으면 좀 더 편안한 죽음을 맞았을지도 모르지만, 우연히 그러지 못했다. 그뿐이다.

다행히 당장 죽을 것 같지는 않다. 눈을 떴다. 상처 상태를 확인할 마음은 역시 들지 않는다. 움직일 수 있을까? 엎드리려고 했다. 왼팔은 틀렸고 두 다리에도 힘이 들어가지 않지만, 오른팔이 무사해서 어떻게든 엎드렸다.

"…자, 그럼."

즐거운 포복전진 시간이다. 그렇긴 해도 오른팔에만 의존해야 하므로 1미터 전진하는 데 30초는 족히 걸린다. 게다가 빈번하게 휴식을 취하면서 하지 않으면 힘들다. 아픔도 있다. 얼마 지나지 않아 힘이 다하겠지.

"그때는 그때고…."

할 수 있는 만큼은 해보는 거다. 의용병으로 살면서 그것만은 배웠다. 아무튼 최선을 다한다. 언제나 그것밖에 할 수 있는 일이 없다.

앞으로 나아가는 일에만 집중하느라 생각하고 싶지 않았던 건지도 모른다. 각오는 되어 있었지만, 막상 이런 식으로 끝나게 되니 후회 한두 개쯤은 떠오른다. 이제 와서 후회하고 싶지는 않다. 어떻게도 할 수 없으니까. 우여곡절은 있었지만 나는 내 멋대로 살아왔다. 내가 선택한 인생을 완결시키려고 하는 것이다. 그렇게 생각하고 싶다. 예를 들면, 헤어진 동료들 일 따위 떠올리고 싶지 않다. 이럴 걸 그랬다. 좀 더 저렇게 했어야 했다. 다른 길도 있었다. 과거를 돌아보다 보면 그런 회한에 사로잡히는 일도 있을 수 있다. 어차피 죽는 것이다. 뭐가 어찌 되었든, 나는 잘못한 것이 아니다. 그렇게 믿는 채로 죽고 싶다.

죽음은 두렵지 않다. 눈앞에서 동료를 잃은 적도 있다. 죽음이 어떤 것인지는 알고 있다고 생각한다. 죽은 자는 돌아오지 않는다. 산자의 기억에 상흔을 남길 뿐이다. 기억하는 자가 한 명도 없다면 완전히 소멸한다. 물론 친한 이의 죽음은 안타깝다. 때로는 자기 자신의 일부가 뜯겨나가는 것처럼 느껴지기까지 한다. 시간이 지나면 그 아픔과 상실감은 희석되지만, 다시 돌이켜 생각해보면 또 가슴이 꽉 죄어온다. 죽은 자를 또 만나고 싶다. 어째서 만날 수 없는 걸까 생각한다. 이 세계는 부조리하다고.

"나 혼자라면, 아무도 잃지 않아도 돼…."

그런 거였나?

그래서 동료들과 헤어져 혼자서 살아가기로 했던 것인가?

아니야. 그뿐만은 아닐 것이다.

모든 무거운 짐을 내던져버리고서 가볍고 자유로워지고 싶었다. 나를 위해서만 살아가고 싶었던 것이다. 그만큼 누구에게도 신세지지 않는다. 누구에게도 폐를 끼치지 않는다.

모든 것이 이제 지긋지긋했다.

맨몸뚱이 하나로 좋아.

다른 건 아무것도 필요 없어.

혼자 살다가 혼자 죽는다.

내 이상 그대로 아닌가?

그렇기는 해도, 내가 생각해도 좀 믿을 수가 없다. 정말 놀랍다.

야영지로 돌아올 수 있었다.

조금 트여 있어 전망이 좋은 장소에 천막을 치고, 아궁이를 만들고, 조리 도구 등 도구 세트를 꺼내놓고 접이식 의자를 놓는다. 그런 소소한 작업을 좋아했다. 아름다운 경치를 둘러보면서 밥을 짓고 있노라면, 살아 있길 잘했다… 하고 진심으로 생각하게 된다. 이얼마나 한심한 소인배냐고 웃음이 나온다. 그걸로 좋다. 사실 그 말이 맞다.

아궁이 옆에 몸을 눕히자 시선이 낮아서 산의 경사면과 계곡, 저 너머의 평야는 보이지 않지만, 하늘이 끝없이 넓게 펼쳐져 있어 얼어붙을 것 같은 아픔에 시달리면서도 조금 기분이 좋아졌다. 이건 나쁘지 않은데. 여기에서 죽자. 좋은 결말이다.

"…그렇지?"

누구한테 묻는 거냐고, 혼자서 웃는다. 여기에는 나밖에 없는데. 숨이 끊어지면 짐승들이 몰려와 시체를 먹어치우겠지. 바라건대 노 라이프 킹의 저주가 영향을 미치기 전에 깔끔하게 처분해주면 좋겠다. 뭐, 그렇게 운 좋게 일이 진행되지는 않는다 해도 그건 사후의 일이다. 어떻게 되든 상관없다.

이렇게 조용하게 끝낼 수 있다.

최고다.

또 누군가가 죽는 걸 보는 것보다는, 훨씬 낫다.

그건 싫다.

두 번 다시 맛보고 싶지 않다.

하지만, 그렇지만, 사람과 섞여 살아가면, 설령 의용병 같은 걸 하지 않더라도, 언젠가 누군가를 잃는다. 사람은, 살아 있는 온갖 것들은 반드시 죽는 법이니까.

―죽는다.

그래서 뭐 어쨌다고…?

단순한… 당연한….

"Hey, Geek."

그렇게 불린 것은 정말로 아주 오랜만이다.

너무나 오랜만이라서 내가 그렇게 불렸다는 사실조차도 잊어가고 있었다.

킨스버그. 뉴저지 쪽이 아니다. 콜로라도 주. 인구 1천 명 정도인 그 동네에서는 거의 대부분이 서로 안면이 있었고, 이른바 오타쿠로 태어난 나는 소수파 정도가 아니라 희귀종이었고, 종잇조각처럼 입지가 좁았다. 나는 철이 들었을 때부터 오타쿠였기 때문에 깨닫고 보니 이미 Geek(오타쿠)라고 불리고 있었고, 이웃의 망할 애새끼들에게 실컷 비웃음을 당하면서도 어느 틈엔가 옷에 달라붙어 집으로 들어오는 벌레처럼 슬쩍 놈들 동료로 들어가는 것 말고는 선택지가 없었다. 그런 자신에게 염증을 느꼈지만, 박해받고 배척당하는 것보다는 차라리 그편이 좋다고 생각하기도 했고, 그들에게 있어서 나는 일부러 괴롭힐 만한 가치조차 없는, 벌레나 마찬가지인 오타쿠 새끼였던 것이겠지. 하긴, 나 스스로가 나를 무가치한 존재라고 간주했고, 주사가 있는 아버지가 어째서인지 무신론자였던 영향도 있어서 신 따위 없다고 생각했었고, 구원 따위 찾아오지 않는다, 이 작은 마을도, USA도, 전부 다 멸망해버려라. 그렇게 3분의 1 정도는 진심으로 바라고 있었다. 그래도 나는 확실히 골수 오타쿠 정신의 소유자였기 때문에 어느 날 인터넷을 통해 일본 애니메이션을 만났다. 만화책을 보게 되었다. 꿈이 생겼다. 일본에 가고 싶다. 신은 없고 천국은 없지만, 일본에는 낙원이 있다. 그때부터 나는 강해졌다.

"Hey, Geek."

주근깨투성이의 빨간 머리를 팔랑거리며, 거한 맷이 과거 5년 이상 그렇게 했던 것처럼, 사람을 비웃는 말투로 부른 순간, 나는 폭발해서 놈에게 덤벼들었다. 서프라이즈 어택은 성공해서 나는 맷을 자빠뜨리고 위에 올라타 놈의 안면을 마구 때렸다. 그 당시에 나는 마음은 강해지고 있었지만 몸은 여전히 연약한 채였기 때문에 맷을 마음먹은 것만큼 흠씬 패줄 수는 없었고 투닥투닥이라는 정도의 느낌이었다. 당연히 충격이 가신 맷은 나를 쉽사리 밀쳐냈다. 나는 투닥투닥이 아니라 퍽퍽 맞았다. 하지만 용서를 구하거나 하지는 않았다. 가급적 굳게 내 몸을 감싸고, 이를 악물고, 맷의 맹공이 그칠 때까지 견디고 또 견뎠다. 맷은 이윽고 주먹이 아파진 듯, 퍽이며 쉿이며 욕을 내뱉더니 가버렸다. 킨스버그 사우스파인 스트리트의 길바닥에 널브러진 채로 나는 혼자서 가슴속으로 남몰래 쾌재를 올렸다. 나는 오타쿠지만 약하지 않다. 바보도 아니다. 좀 더 강해져서 꿈을 이루겠다. 그때부터 얼마나 지났을까?

어째서 나는 이런 곳에?

나는 꿈을 이룬 것일까?

그렇다. 나는 일본어를 공부했다. 교재는 주로 애니메이션이나 만화. 그리고 애니송과 J 팝. 그리고 일본 소설을 읽었다. 공부도 했다. 원래 이과 쪽은 자신 있었고, 일본어를 독학한 후부터는 문과 과목도 싫지 않아졌다. 러닝도 하고 꾸준히 스트레칭을 하면서 근육 트레이닝도 해서 몸도 단련시켰다. 맷 같은 덩치는 되지 못했지만 탄력 있는 근육이 생겼다. 여자에게는 인기가 없었다. 여자뿐만이 아니다. 남자도 포함해서 아무도 나에게 다가오지 않게 되었다. 나는 고독을 견디며 끝까지 애써서 드디어 교환유학생으로서 일본 땅을 밟았다. 기간은 약 1년. 고향으로 돌아가고 싶지 않다고 생각했던 나날.

왜 나는 이 나라에서 태어나지 못했을까? 아무튼 이 나라는 나와 맞았다. 물론 나는 오타쿠였지만, 오히려 그 덕분에 일본인들은 나에게 친근감을 가져주었다. 홈스테이 하던 곳의 주인인 하자키 씨 가족으로부터 진짜 가족에게서도 느껴보지 못한 따뜻한 가족애를 느꼈다. 꿈속에서까지 그리던 일본의 고등학교에서, 태어나서 처음으로 진짜 친구가 생겼다. 사랑도 했다. 여고생인 사츠키. 맞아, 그 「이웃집 토토로」에 나오는 여자아이와 같은 이름의 여자친구가 생겼다. 나와 사츠키는 손을 잡고 데이트도 했다. 둘이서 둑방 위의 길을 걷기도 하고, 다리를 건너기도 하고, 서점에도 가고, 공원 벤치에도 앉았다.

"제시. 일본어 엄청 잘하네." 사츠키는 몇 번이나 말해주었다. "엄청나게 자연스러워." 나는 하늘에라도 오를 것 같은 기분이었다. 신은 믿지 않지만, 만약 신의 품에 안긴다면 이런 기분이 될지도. 나는 사츠키와 키스를 했다. 입술과 입술을 포개는 것뿐인 사랑스러운 키스. 하지만 그것뿐이었다. 나에게는 망설임이 있었다. 왜냐하면, 나는 돌아가야 하기 때문에 계속 사츠키 곁에는 있을 수 없다. 이게 첫 키스야? 사츠키에게 물어보고 싶었지만, 물어볼 수는 없었다. 왜냐하면, 처음이 아니라면? 그게 무슨 상관인데? 내가 두 번째나 세 번째라면 마음 편히 좀 더 관계를 진전시켜도 되겠다, 잘되면 섹스할 수 있겠다, 그런 뜻인가?

나는 그런 식으로는 생각할 수 없었다. 사츠키를 진지하게 좋아했다. 내가 가진 성의를 다 담아서. 지금 와서 생각하면 어린아이 같지만, 그래도 나답게 사츠키를 사랑하고 싶었다. 당연히 성욕은 있었다. 사츠키와 데이트한 뒤에는 몸이 달아 힘들었지만, 그런 것을 해소하기 위해서 그녀를 이용하고 싶지는 않았다. 귀국해도 인

터넷도 있고 어떻게든 될 수도 있다. 장거리 연애가 성공하지 않는
다고 정해진 건 아니다. 그렇게 생각한 적은 있지만 막상 믿으려면
힘들었다. 일본 국내에서 신칸센이나 그런 걸로 오갈 수 있으면 그
나마 낫지만, 너무나 넓은 태평양이 사이에 있다. 보통으로 생각하
면 무리다. 일본을 떠날 날이 가까워지자 사츠키는 "나는 장거리 연
애도 괜찮아"라고 말해주었다. 나는 흔하디흔한 아이 러브 유를 되
풀이해 말할 뿐이었다. 그것이 내 솔직한 마음이었으니까. 하지만
이별의 말을 확실히 해서 그녀를 상처 입히고 싶지는 않았다. 나도
상처 입을 준비가 되어 있지 않았다.

　일본을 떠난 후 한동안은 인터넷으로 연락을 했지만, 하루에 몇
번씩 비디오 채팅을 하다가 그것이 하루에 한 번이 되고, 며칠에 한
번이 되고, 어느 순간 사츠키가 "요즘 제시 왠지 차갑지 않아?"라
고 말을 꺼냈고, 사과했더니 화를 냈다. 그게 끝이었다. 아마도 마
음이 가는 남자라도 생긴 것이겠지. 얼마 전부터 그런 낌새를 느끼
고는 있었지만 추궁할 마음은 없었다. 나는 여전히 사츠키를 사랑
했지만, 그러기에 더욱 구속하고 싶지는 않았다. 사츠키가 누구보
다도 행복하길 바랐다. 곁에 없는 나는 사츠키의 손을 잡아줄 수도
없다. 그러니까, 이걸로 된 거다. 그렇게 자신을 타일렀다.

　사실 나는 다시 일본에 갈 생각이었다. 모국이 싫은 것은 아니다.
단지 나에게는 너무나 맞지 않는다. 모국에서 사는 동안에 나는 줄
곧 내가 이방인인 것처럼 느꼈었다. 부모님도 내 친부모가 아니다.
나는 어딘가 먼 나라에서 태어났는데, 실수로 여기에서 자라게 되
었다. 아무리 봐도 나는 USA의 킨스버그 같은 작은 마을에서 자라
고, 가정환경은 좋지 않지만 최악이라고 할 정도는 아니고, 성적이

우수해서 그런대로 괜찮은 하이스쿨에서 공부하고, 제법 괜찮은 대학에 진학한 백인일 뿐이지만, 아니다. 이건 내가 아니다. 아무도 모르겠지만, 나만은 안다. 여기에서는 나는 행복해질 수 없다.

일본에서는 나는 나로 있을 수 있다. 있는 그대로의 나로서 살아가고, 사츠키와 화해할 수는 없더라도 누군가 멋진 여자를 사랑하고, 언젠가는 가정을 꾸릴 수도 있다. 그때야말로 비로소 나는 부모님을 사랑할 수 있겠지. 어찌 되었든 나를 이 세상에 태어나게 해주셨다. 감사하고, 가급적 효도하려고 생각할 것임에 틀림없다. 즉, 모든 것이 다 좋아진다. 전부 호전된다. 나에게는 확신이 있었다. 교환유학생으로서의 1년 동안에 나는 자신감이 강해졌다. 그래서 대학에 다니면서 합법과 비합법을 불문하고 여러 가지 수단을 강구해서 돈을 모았고, 수개월의 체재비가 마련되자 더 이상 참을 수 없게 되었다. 나는 대학을 휴학하고 덴버 국제공항에서부터 시애틀, 밴쿠버로 환승해서 나리타 공항으로 향했다. 간신히 일본으로 돌아올 수 있었다. 환희와 안도. 그것이 내 실감이었다.

"…어째서야? 그럼, 갈…."

이상하다.

나는 일본에서.

—그래야, 했다.

나는 대학 시절에 배운 방법으로 돈을 벌면서 오타쿠 라이프를 보냈다. 친구가 늘었다. 오타쿠 친구뿐만이 아니다. 리얼충계 사람들과도 어울렸다. 롯폰기에는 별로 가까이 가지 않았다. 나카노, 이케부쿠로, 신주쿠, 아키하바라는 내 안마당 같은 곳이었다. 조금씩 체재 기간이 연장되고, 이대로 눌러앉으려면 어떻게 해야 하나 생

각하게 되었다. 우선 대학은 자퇴해야 한다. 부모님께도 설명 정도
는 하는 편이 좋겠지. 일단 귀국해야 하는데, 번거롭다. 하지만 이
대로 있을 수는 없다. 제대로 된 직업을 찾는 것이 살기 편하다. 들
어갈 자리는 있었다. 내가 말하는 것도 좀 그렇지만, 나는 요령이
좋다. 꽤 처세술이 뛰어난 인간이다. 뭘 해도 톱은 될 수 없다. 단,
남들만큼은, 아니, 평균 이상은 할 수 있으니까 어떻게든 될 것이
다.

그래서, 나는, 일본에서. 일본에… 있었는데, 어째서…?

여기는, 그림갈이다.

정신이 들고 보니 그림갈에 있었다. 빨간 달. 달이 빨개서 놀랐
다.

도대체 무슨 일이 있었지…?

틀렸다. 모르겠다. 아무튼 여기는 일본이 아니다. 그림갈이다. 혹
은 전부 다 꿈이었던 건가?

어느 틈엔가 감고 있던 눈을 떴다. 드문드문 떠 있는 구름. 연파
란색 하늘이 보인다. 적어도 도쿄의 하늘이 아니다. 도쿄. 그렇다.
나는 도쿄에 있었다. 그것은 틀림없다. 무엇보다 여기는 산속이다.
제각각 특징적인 일곱 개의 봉우리를 지닌 칠산. 산중턱에는 잿빛
엘프들이 사는 계곡이 있다. 그렇다. 여기는 그림갈이다.

여기에서 만난 사람들, 헤어진 동료들을 극명하게 떠올릴 수 있
다.

사츠키와 도쿄의 친구들 얼굴도 마찬가지로 선명하게 기억하고
있다.

묘하다.

줄곧 잊어버리고 있었는데.

무슨 일이 있었지?

무슨 영문으로 이렇게 되었나?

이제 와서는 상관없다. 왜 아직 숨을 쉬고 있는 건가? 이제 아픔조차도 아득하다. 죽는 거다. …죽는다. …죽는 건가? 사츠키를 보고 싶다. 바보 같아. 몇 년을 못 만난 줄 알아? 죽어가는 와중이라 머리가 이상해진 것이겠지. 아니, 하지만 의식은 유난히 맑다. 손가락 하나 움직일 수 없을 것 같고, 눈꺼풀이 감기려고 하고, 분명히 머지않아 죽는다. 그런데도, 죽는 건가? 이대로, 죽는다.

예상 밖이다. 점점 내 존재 자체가 좁아지고, 보이지 않게 되고, 감정도, 사고도 흐릿해져가고, 마침내 아무것도 알 수 없게 되리라. 즉사하는 것이 아니라면 그렇게 막을 내리는 것을 상상하고 있었다. 그게 아닌 건가? 죽는다.

죽는 거다.

슬슬인가?

아직인가?

언제 끝나는 거지? 이제 그쯤 해둬.

이런 상태로 서서히 죽음을 기다려야 한다니. …뭔가, 다른.

그렇다. 다른 일을 생각하자. 죽음에 관해서는 됐다. 어차피 피할 수 없다. 그러기에 죽음은 무서운 것이라고, 뼈저리게 느꼈다. 하지만 이것만큼은 어쩔 수 없다. 겁먹고 있어봤자 무섭기만 하다. 정신을 다른 데로 쏟자. 그림갈.

도대체 뭐야? 이 세계는? 다른, 다른 세계? 아니면, 지구 위의 어딘가? 아니, 이렇게 넓은 인적미답의 땅이 남아 있을 리가 없어.

그렇다면 지구가 아닌 다른 행성? 처음으로 태양계 밖의 행성이 발견된 것은 1995년. 그 이후로 많이 발견되고 있다. 그중에는 이른바 해비터블 존, 즉 생명이 탄생하기에 적합한 행성도 있지만 다들 멀다. SF에 나오는 초광속 항법이라도 실현되지 않는 한 도저히 갈 수 없다. 다른 행성이라는 가능성은 현실적으로는 주장할 수 없겠지. …현실적?

그림갈에는 마법이 있다. 신조차 있다고 한다. 애초에 현실적이지 않다. …그렇다면?

현실이 아니다?

역시 꿈인 건가?

말도 안 돼. 이토록 길고, 맥락이 있고, 온갖 감각이 동반되고, 정교하고, 막막하면서도 심원한 꿈이 있다는 게 말이 되나? 꿈이 아니다. 틀림없이 현실이다.

그러면서도 일본의 도쿄와 그림갈은 이어져 있지 않다. 그 사이에는 메우기 힘든 단절이 있다.

다른 세계. 패럴렐 월드? 다세계 해석이라는 것인가? 관측할 수 없어야 할 패럴렐 월드에 어떠한 작용으로 인해 전이되어버렸다. 황당한 생각이다. 나 혼자만이라면 그나마 아주 극극극극극소의 확률로 그런 일이 일어나버렸다고 상상할 수도 있다. 그런데 그렇지가 않다. 오르타나의 의용병들은 대부분이 나와 같은 처지의 인간이었다.

그것도 현실. 이것도 현실. …그것이 아니라면?

그것이 현실이라고 생각했으니까 이것도 현실이라고 믿을 수 있다. 현실을 현실이라고 인식하는 베이스가 된 그 세계가, 애초에 현실이 아니었다면?

문득 머릿속에 떠올랐다.

시뮬레이션 가설.

어떤 지적 생명체, 예를 들면 인류가 컴퓨터를 발명하고 그 기술이 우주를 시뮬레이트 할 수 있을 정도로 고도로 발전하면 실제로 그런 시뮬레이션이 실행될 가능성은 매우 높다. 시뮬레이션 안의 인류가 진보해서 우주를 시뮬레이트 할 수 있게 된다면, 시뮬레이션 속에서 또 시뮬레이션이 실행될 것이다. 그 시뮬레이션 속에서도 시뮬레이션이 실행될 수 있다. 그들 시뮬레이션 속에서는 우주 전체가 시뮬레이트 되고 있으므로, 개개의 생체도 실재하는 생체와 마찬가지로 행동한다. 시뮬레이트 된 인간은 자기가 시뮬레이트 된 사실을 깨닫지 못하겠지. 어쩌면 그럴지도 모른다고 의심한다고 해도, 이 세계가 시뮬레이션이라고 증명할 방법은 기본적으로 없다.

물론 내가 시뮬레이트 된 세계가 아니라 유일하게 실제로 존재하는 세계의 주민일 가능성도 있다. 그러나 우주를 시뮬레이트 할 수 있는 거라면, 한 가지가 아닌 여러 개의 시뮬레이션이 실행된다고 생각하는 것이 타당하다. 시뮬레이션 속에서 시뮬레이션이 일어나고, 이론적으로는 시뮬레이트 된 우주는 무수하게 존재하게 된다. 그러한 반면 실제로 존재하는 세계는 단 하나다.

과연 나는 시뮬레이션 속의 인간인 건가? 아니면 실제로 존재하는 세계를 살아가는 인간인 건가? 무수한 건가, 하나인가?

당연히 시뮬레이션 속의 인간일 가능성이 압도적으로 높다.

원래는 누구였더라, 이름은 잊어버렸지만, 스웨덴인 철학자가 제창한 가설이다. 무슨 책에서 읽었더라? 그때에는 흠, 그렇구나…

라고 감탄하면서도 심각하게 받아들이지 않았었다. 눈앞의 현실 쪽이 훨씬 중요했고, 인간 한 명을 시뮬레이트 하는 것만으로도 비현실적이라고 생각할 수밖에 없을 정도로 기술적인 장애가 너무 컸다. 우주 전체를 시뮬레이트 하다니, 도저히 불가능하다고. 그 시점에서는.

그러나 시간은 흐른다. 최초의 컴퓨터라 불리는 ENIAC이 완성된 것은 1946년. 그로부터 불과 수십 년 만에 컴퓨터는 비약적인 진보를 이룩했다. 그렇다면 백년 후에는? 천년 후에는 어떻게 될까? 인류가 멸망하지 않는 한, 언젠가는 반드시 우주 전체를 시뮬레이트 할 수 있게 되겠지. 그때가 확실하게 온다고 치면, 시뮬레이션 가설은 더 이상 가설이 아니게 된다.

예를 들면, 시뮬레이트 된 세계 A가 있다. 그중에서 몇 번째인가로 실행된 시뮬레이션 B가 있고, B 안에서 몇 번째인가로 실행된 시뮬레이션 C가 있다고 치자. B의 버그나 그런 걸로 인해 B 안의 인간이 C로 이동되거나 한 것이라면….

그것이 정답이라고 해도 시뮬레이션 안의 존재일 뿐인 인간이 검증할 수는 없다. 단지, 실재하는 세계 X의 지구에 있는 나라, 일본의 도쿄에서부터 실재하는 세계 Y, 그림갈의 오르타나로 이동했다고 생각하는 것보다는 훨씬 받아들이기 쉽다. …시뮬레이션. 시뮬레이션인가?

이 나도, 시뮬레이션 안의 시뮬레이션인 것이다.

그렇게 생각하자 갑자기 내 생사가 가벼워진 것처럼 느껴졌다.

공허하다.

그렇기는 해도 뭐든 생각하기 나름이고, 천국도 지옥도 없다고,

과학적으로 있을 수 없다고 믿고 있었지만, 어쩌면 사후의 세계도 시뮬레이트 되어 있을지도 모른다. 그렇다면 죽음은 끝이 아니라 새로운 세계로의 여행이다.

어느 쪽이든 그조차 시뮬레이션에 불과한 것이지만.

"…누가, 보고 있는 건가…?"

"그래. 보고 있다."

대답이 있었다.

말도 안 돼.

머리를 움직일 수는 없을 것 같다. 안구 운동만으로 목소리의 주인공을 찾았다.

있다.

발 앞이다.

쪼그리고 앉아 있다.

후드를 뒤집어써서 얼굴은 모르지만, 여자일까? 목소리는 남자라기보다는 여자의 것이었던 듯하다. 말은 인간이나 엘프, 드워프가 구사하는, 그림갈의 인간족이 공통어라고 부르는 종류의 언어였다. 그러고 보니 왜 공통어는 일본어랑 흡사한 걸까? 지금 깨달았는데, 언데드(불사족)의 언어는 왠지 영어와 비슷하다.

"…아무래도, 상관없나, 어차피….."

"재미있는 말을 하고 있었다" 라고 여자가 말했다.

"…말을… 했다? 누가…?"

"네가."

"…목소리… 냈, 던… 건가? 그런가. …아무도, 없는 줄, 알았, 으니까. 나는… 혼자, 라고."

"곰의 습격이라도 당했나?"

"…응." 끄덕이는 것만으로도 수명이 줄어드는 것 같다.

웃긴다.

뭐 어때? 얼마 안 남은 수명이다. 10분 뒤에 죽는 거나 5분 뒤에 죽는 거나 1분 뒤에 죽는 거나 30초 뒤에 죽는 거나 큰 차이는 없다.

무엇보다, 분명 이 목숨도 시뮬레이션일 뿐이니까, 사느니 죽느니 생각하는 것도, 느끼는 것도 우스꽝스럽고 아무런 의미도 없다.

가치가 없다.

쓸모없어서, 어이가 없다.

차라리 빨리 죽어버리고 싶다.

꺼져버리고 싶다.

"그 곰, 내버려두면 위험할 것 같으니 해치워뒀다. 아마도 너한테 큰 부상을 입힌 곰이라고 생각한다."

"…그런가."

"왜 그래?"

별로, 아무렇지도 않아.

어떻게도 되지 않아.

어떻게도 하기 힘들어.

죽는 마당에 이런 생각을 품게 되다니.

"울고 있나?" 여자가 물었다.

그럴지도 몰라.

깨닫고 싶지 않았다.

아무것도 모르는 채로 죽고 싶었다.

그편이 편하다. 뭐가 어떻게 되어 이렇게 된 건지. 원인이 뭐든, 일본의 도쿄에서 이 그림갈로 이동했다. 그때 저쪽 세계의 일은 대부분 잊어버렸다. 생각해보면 그것은 누군가의 자비였는지도 모른다.

알 필요가 없다. 모르는 편이 좋다. 생각하지 않아도 된다.

나는 시뮬레이션에 불과한 건지, 그렇지 않은 건지, 그런 일 따위는.

우연이든 필연이든, 나는 어떤 장소에서 태어난 하나의 생명체, 한 명의 인간으로서 주어진 환경 속에서 부지런하거나, 게으르거나, 자포자기가 되거나, 필사적이 되거나 하면서 제한된 시간 속을 달리고 언젠가 죽는다.

영웅이라 칭송받는 자도 있고, 비겁자라고 욕을 먹고 모두가 기피하는 자도 있겠지. 다른 사람을 사랑하고 행복하게 해주는 자도, 사람에게서 빼앗고 사람을 상처 입히는 개차반도 있다. 어떤 때에는 선행을 베풀고 또 어떤 때에는 악행에 발을 담그는 자도 있음에 틀림없다. 보잘것없든, 위대하든, 그 중간이든, 모든 생은 독특하며 저마다의 가치가 있다.

적어도 당사자에게 있어서는 무엇과도 바꿀 수 없는 일생이다.

그렇게 믿으며 죽는 편이 좋다.

믿을 수 있다면, 믿고 싶다.

이제 무리다.

"죽고 싶지 않은 건가?" 라고 여자가 묻는다.

대답할 힘은 남아 있지 않다.

그래도 말할 수 있다면 말하겠지.

있는 힘껏, 소리 내어 외치겠지.

YES!

나는 죽고 싶지 않아.

죽음을 받아들일 준비는 진작에 되어 있을 텐데, 모든 것이 허구일지도 모른다고 의심할 수밖에 없게 되었다. 이대로 죽고 싶지는 않다.

알고 있다. 그래도 어쨌든 나는 죽는다. 죽을 수밖에 없겠지.

하지만, 싫다.

좀 더 살고 싶은 건가? 그건 모르겠다. 단지, 이런 심정으로 죽는 것은 싫다.

"방법은 있다. 딱 한 가지"라고, 여자가 어딘가 멀리서 말하고 있다.

아득히 멀리서.

분명 그게 아니라 내가 멀어지려고 하는 것이다.

이제 아무것도 보이지 않는다.

나는 죽어가고 있는 것이다.

"…너는 흥미로운 것들을 여러 가지 알고 있는 것 같으니까 이대로 죽게 하고 싶지 않다. 이름 정도는 들어두고 싶었지만, 나중에 하지."

그리고, 여자는 말했다.

"또 보자."

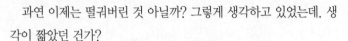

과연 이제는 떨궈버린 것 아닐까? 그렇게 생각하고 있었는데. 생각이 짧았던 건가?

코로만 조용히 숨을 쉬면서 살짝 얼굴을 찡그렸다.

몸 상태는 나쁘지 않다. 아픈 곳은 없고, 딱 알맞게 힘이 빠져나갔다. 공복이지만, 굶주렸다고 할 정도는 아니다. 문제는 정신이다. 도망쳐 다니는 것은 힘들다. 그래도, 간신히 적을 따돌렸다. 그렇게 안도한 직후에, 이거라니.

U · ho, U · ho, U · ho, U · ho, U · ho….

놈의 목소리가 들린다. 아직도 쫓아오다니. 끈질긴 정도가 아니다. 믿을 수 없을 정도로 집요하다. 거리는 약 50미터. 아니, 좀 더 가까운가? 등지고 있던 나무 옆으로 얼굴을 내밀고 눈으로 확인하고 싶다. …하지 않을 거지만. 놈들의 후각은 인간보다 발달한 것 같지만, 곰처럼 예민하지는 않다. 청각도 개나 고양이만큼 좋지는 않고, 시력은 인간과 큰 차이 없겠지. 그러면서도 놈들은 인간이 알아차리지 못하는 기척을 알아차린다. 놈들이 특히 예민한 것이 아니라 인간이 둔한 것뿐인지도 모른다.

우리는 놈들보다 뒤떨어진다. 그렇게 명심하고, 신중하게, 주도면밀하게, 조심하고 또 조심하며 행동해야 한다.

눈과 머리만 움직여서 주변을 둘러본다.

녹색. 녹색. 녹색. 녹색, 녹색, 녹색, 녹색, 녹색, 녹색, 녹색. 다른 색도 있기는 있지만, 사방 천지가 녹색 이파리와 풀과 넝쿨과 이끼투성이로 녹색으로만 온통 덧칠된 것 같은 인상을 받는다.

쿠아론 산맥의 남서쪽. 와이번이 서식하는 것은 북쪽이니까 이 주변은 비교적 안전하지 않을까 생각한다. 와이번이 날아다니는 모습이 보이지 않으니 아마도. 그 산중턱에 펼쳐지는 것은 숲이라기보다는 밀림이다. 경사가 급하기도 하고 완만하기도 하고, 변화무쌍한 경사면에 우거진 나무들의 가지와 이파리가 햇빛을 가로막아서 장소에 따라서는 어둑어둑하다. 지표면까지 닿는 빛의 양이 적어서 상당히 편하다.

생각해보면, 오르타나 일대와 원더 홀 주변은 때때로 엄청나게 춥거나 묘하게 덥거나 하지만, 추위와 더위가 그리 길게 이어지지는 않는다. 덕분에 계절이라는 것을 의식하는 경우가 별로 없었다. 게다가 200일도 넘게 다룽갈에 있었던 탓인지 아무래도 계절 감각이 없지만, 그림갈은 현재 7월 중순인 모양이다.

여름인 것이다. 가만히 있어도 땀이 흥건히 밴다. 그늘에 있어서 그나마 낫다. 그래도 상당히 후덥지근하다.

"U·ho, U·ho, U·ho, U·ho, U·ho…."

또 놈이 울고 있다. 목구멍에서부터 가슴을 진동시키는 특징적인 저 울음소리는 동료들에게 뭔가를 알리는 건가? 아니면, 상대의, 즉, 이쪽 반응을 살피고 있는 건가? 어느 쪽이든, 아까보다도 울음소리가 좀 가깝다. 놈은 다가오고 있다.

놈의 동료는 어디에 있는 건가? 바로 옆까지 와 있는 걸까? 우리 동료는 여기서 25미터 정도 떨어진 곳의 구덩이와 덤불 속에 분산되어 몸을 숨기고 있다.

나는 지금 아마도 졸린 눈을 하고 있겠지. 물론 졸리지는 않다. 조금도.

되돌아가서 동료들과 합류할까? 스니킹(미행)에는 그런대로 자신이 있지만, 만약 놈이 알아차린다면? 가급적 위험 부담을 감수하고 싶지 않다. 하지만 놈이 이대로 접근해오면 늦든 빠르든 들킬 것이다. 나 혼자서는 대처할 수 없으니 결국 동료의 도움을 청해야 한다.

망설인 것은 1초나 2초였다. 결단을 내리고 스니킹을 개시하려고 했는데, 격렬하게 초목에 부딪치거나 숲을 헤치거나 하는 소리와 발소리가 들리기 시작했다. 놈은 "Ho, Ho, Ho, Ho, Ho!" 하고 외치고 있다. 뛰고 있는 것이다. 이쪽으로 온다. 눈치 챈 건가? 이건 느긋하게 스니킹 따위 하고 있을 때가 아니다. 뛰어라. 뛰어라. 뛰어라, 뛰어라, 뛰어라!

단, 여기는 지상 위로 튀어나온 뿌리가 굽이쳐 있고 바위가 튀어나와 있기도 해서 그것들에 이끼가 껴서 미끄러지기 쉬운 산속의 밀림이다. 놈들은 앞발을 주먹 쥐어 땅을 짚고 네발로 이동한다. 저 너클 워크는 험한 길에서도 자세가 흐트러지지 않는다. 평지라면 또 몰라도, 여기에서는 저쪽이 유리하다. 그것도 압도적으로. 아마도 눈 깜짝할 사이에 달려들 것이다. 등을 보인 채로 있으면 당한다. 그럼, 어떻게 하면?

돌아서서 반격한다. 동료들을 부른다. 놈의 공격을 피한다. 동료들이 달려올 때까지 어떻게든 시간을 끈다. 이것밖에 없다.

발을 멈추자 냐아아아아아아아오우… 높은 소리가 울려 퍼졌다.

"키이치인가…?!"

냐아. 저것은 냐아의 목소리다. 돌아본다. 놈도 깜짝 놀란 모양으로 왼쪽 위로 시선을 향하고 있었다.

절호의 기회다… 라고는 생각하지 않았다. 상대방의 주의가 이쪽에서 떨어졌다. 그걸 알아차린 순간, 몸이 멋대로 움직였다.

스틸레토와 가드 달린 대거를 뽑으면서 놈을 향해서 돌진한다.

놈은 몸길이 2미터 정도. 직립한 것이 아니라서 머리 높이는 1.5미터 정도다. 그렇긴 해도 크다. 원숭이. 몸집은 커다란 원숭이다. 사실 놈들의 체표면은 대부분이 각피라는 흑갈색 외골격 같은 조직으로 덮여 있다. 마치 갑옷이라도 입은 것 같다. 수컷은 뒤통수에서 등에 걸쳐 갈기 모양의 모각(털뿔)이 수북이 나 있는데, 자라면 붉게 변한다. 이렇게 뒤통수가 붉어진 레드백이라 불리는 수컷을 중심으로 암컷 몇 마리와 그 새끼들로 형성된 무리를 이루어 놈들은 사냥을 하면서 산다고 한다.

궈렐라.

놈들은 그렇게 불린다.

암컷은 수컷보다 몸집이 한 둘레 작은데, 놈은 수컷인 레드백이다. 앞다리, 즉 팔도, 목도, 어깨도, 가슴도, 배도, 허리둘레도, 뒷다리도 무시무시할 정도로 늠름하다. 보기에도 근력이 엄청날 것 같다. 실제로 몸집이 작은 암컷도 인간의 오체를 찢어발긴다. 레드백은 위험하다. 정말로 너무 위험해서 정면으로 부딪치면 도저히 이길 수 없다. 당연히 무섭다. …그러나, 상대가 무섭지 않았던 적이 오히려 적지 않아? 그렇다면 평소와 마찬가지다.

"해치운다…!"

자신을 질타하면서 동료에게 외치며 레드백에게 덤벼든다. 레드백은 이쪽을 향해 "Du Hoohhh…!" 라고 포효를 한다. 팔이다. 오른팔을 휘두른다. 저런 것을 맞으면 한 방에 침몰한다. 의도했던 대로 급정지. 눈앞을 놈의 오른손이 지나갔다. 사이를 두지 않고 곧바로 왼팔이 온다. 옆으로 휘두른다. 쭉 뻗어온다. 저 왼손에 붙잡히면 끝이다. 그러니 더욱, 침착해. 잘 봐. 회피한다. 물러서지는 않는다. 오른쪽이다. 오른쪽 앞. 몸을 내던진다.

놈의 왼팔을 빠져나가는 것처럼 해서, 놈이 봤을 때 왼쪽으로.

굴러서, 놈의 뒤로 돌아가려고 했다.

놈은 뒤를 내주지 않으려고 그 자리에서 점프하는 것처럼 회전했다.

곧바로 방향 전환. 이쪽이 반대로 돌며 굴러서 놈은 조금 늦었다.

공격한다. …그런 것처럼 보인 것만으로도 놈은 움찔거리며 자세를 잡는다.

하지만 이것이 페이크라는 것을 놈은 금방 간파한다. 허세에 불과하다는 걸. 이 사냥감은 겁낼 만한 존재가 아니다. 아마도 놈은 그렇게 간주하고 송곳니를 드러내며 우쭐해져 덤벼들겠지.

이렇게 되면 이미 협박도 잔재주도 통하지 않는다. 놈이 다가온다. 어마어마한 속도다. 주눅이 든다. 다음은 피할 수 없을지도 몰라. 그러나 아주 약간이지만 시간을 벌 수는 있었다. 무엇을 숨기랴, 그것이 목적이었던 것이다.

"다크, 가라…!"

동료의 목소리가 들렸다.

순간적으로 자세를 낮췄다. 뭔가가 머리 위를 지나갔다. 그 뭔가가, 주먹 크기의 인간 모양이랄까, 별 모양 같은 검은 것, 엘리멘탈 다크가 레드백과 충돌한다.

"A · Fu…!"

놈은 온몸을 부르르 떨며 뒤로 젖혔다. 그대로 넘어질 뻔했으나, 버틴 모양이다. 그렇기는 해도 타격은 입혔다. 이제 금방이다.

몸을 돌린다. 도망치는 것이 아니다. 거리를 둬야 한다.

"하루히로…!"

매의 머리 같은 형태를 한 투구를 쓰고 금속제 방패를 들고 큰 검을 한 손에 든 키 큰 남자가 "오오오오오오오…!" 포효하며 달려온다. 그리고 빨간색과 파란색의 천과 가죽으로 몸 전체를 덮은 애꾸눈 남자도. 남자랄까, 그야 원래는 남자겠지만, 그는 인간이 아니다. 인조인간이다.

"쿠자크, 엠바, 부탁한다…!"

"넵…!"

쿠자크는 힘차게 그렇게 대답했지만, 엠바는 말이 없다.

두 사람과 엇갈린다.

돌아보니 쿠자크는 검, 엠바는 길고 두꺼운 왼팔로 레드백을 내리치려는 참이었다.

"이야아아아아아아아아아아아아아압…!" "…츳…!"

"Nu · Hoooohhhh…!"

레드백은 두 팔을 휘둘러 쿠자크의 검과 엠바의 왼팔을 튕겨낸다. 엠바는 물러섰지만 쿠자크는 그 자리에서 버텼다. 레드백의 오른팔이, 왼팔이, 연거푸 쿠자크를 공격한다. 쿠자크는 좌우로 방패를 움직여 막아낸다. "…에잇! 이얍! 으앗!" 확실히 막아낸다. 저렇게 해서 수비 굳히기에 들어갔을 때의 쿠자크는 어지간한 일로는 흔들리지 않는다. 190센티미터를 넘는 혜택받은 체구는 무릎을 구부리고 허리를 충분히 낮춰도 그야말로 크게 보인다.

"츳…!" 엠바가 옆에서 레드백을 공격했다.

견디지 못하고 레드백이 비스듬히 뛰어 물러난다.

"…으랴앗…!"

쿠자크가 방패를 내리지 않고 검을 내질러 추가 공격. 스러스트(찌르기)에서 배니시먼트(징벌의 일격)로 연결하는 콤보 기술이다. 레드백은 후퇴한다. 엠바는 레드백의 측면으로 돌려고 했던 모양이다.

상대가 밀리고 있다.

아니다. 그렇게 생각하기에는 아직 이르다.

레드백이 나무를 등지고, 그러려고 했을 때, 뛰었다.

뒤쪽으로.

그리고 나무를 박차고 쿠자크에게 덤벼든다.

"컥…?!"

쿠자크는 간신히 레드백의 기습을 방패로 방어했다. 하지만 방패를 든 채로 날려간 꼴이 되어 벌렁 자빠졌다. 도우려고 했던 엠바를 레드백이 오른팔을 맹렬히 휘둘러 떨쳐버린다. 쿠자크는 도망칠 수 없다고 판단한 모양이다. 방패로 상반신을 가리려고 했다.

"Ha…!"

귀렐라는 집요하고 머리가 좋다. 쿠자크는 치명상을 피하기 위해서 머리와 목, 심장이 있는 동체를 방어하는 것을 선택했다. 그것은 틀리지 않았다. 옳은 선택이라고 생각하지만, 그렇게 하면 하반신이 무방비 상태가 되어버린다. 레드백은 그것을 놓치지 않고 쿠자크의 오른발을 움켜잡더니 힘껏 내던졌다.

자기도 모르게 "쿠자아아크…!" 절규해버리고 말았다.

쿠자크는 5미터 정도 날아가 나무줄기에 격돌하고는 바닥에 떨어졌다. 그런 꼴을 당하면서도 검도 방패도 놓지 않는 것은 과연 대단하다. …괜찮아. 일어설 수 있을지 어떨지는 모르지만, 숨만 붙어 있으면 어떻게든 된다.

"메리, 쿠자크를!"

"응!"

"유메…!"

"냥!"

말을 할 필요도 없었다. 우리의 사냥꾼은 낮은 자세로 긴 양 갈래 머리와 외투 자락을 펄럭이며 레드백에게 접근하려고 했다. 손에는 외날 검. 도를 두 손으로 잡고 있다. 칼무덤이라 불리는 장소에서 발견한 것이다. 그녀가 습득한 것은 헌팅 나이프 기술로, 원래 헌팅 나이프는 장작을 패거나 가지를 치는 데 사용된다. 검은 사냥꾼의 무기가 아니다. 하지만 그런 건 상관없다고 단언해버릴 정도로 그녀의 검술은 그럴싸했다.

초목을 베는 것 같은 잡초 베기에서 사선 십자로 연결한다. 유메의 장기인 콤보 공격은 오히려 헌팅 나이프와 월도를 사용하던 때보다도 날카로웠다.

레드백이 옆으로 뛰어 피하자 유메는 앞으로 공중제비를 돌아 검을 내리쳤다.

"카옷…!"

맹호.

투지 넘치고 대담하기 짝이 없는 유메의 공격에 주춤거리며 레드백은 더욱 후퇴한다. 그때 엠바가 달려들었다. 날라차기다. 레드백은 왼쪽 옆구리에 엠바의 날라차기를 맞고 비틀거렸다.

메리는 쿠자크를 일으켜주려고 했다. 유메와 엠바가 레드백을 좀 떨어진 곳으로 쫓아낸 덕분에 메리는 마음껏 쿠자크를 치료할 수 있을 것이다.

유메가 "웃챠…!" 하고 기합을 질렀고, 엠바는 말없이 레드백을 맹렬하게 공격한다. 이제부터다. 놈의 각피를 뚫을 수 있을까? 놈은 몸을 웅크리고 두 팔로 머리를 감싸 쥐는 것 같은 자세를 취했다.

"…우옷…."

유메의 검이 튕겨나갔다.

엠바는 다시 레드백에게 날라차기를 날렸으나, 이번에는 꿈쩍도 하지 않는다.

놈은 곧바로 반격으로 돌아섰다. 두 손으로 바닥을 철썩 때려 그 반동을 이용해 엠바에게 태클을 건다. 엠바는 채 피하지 못하고 쓰러졌다. 엠바에게 올라타려는 레드백에게, 유메가 "코뇨오옷…!" 하고 공격을 쏟아낸다. 안 된다. 각피에 튕겨나왔다. 레드백은 유메의 검을 겁내지 않는다. 이대로는 엠바가. …그렇게 두지는 않을 거지만.

하루히로도 팔짱을 끼고 보고만 있던 것은 아니다. 가드 달린 대거를 집어넣고, 전황을 살피면서 스텔스로 기척을 없애고 나무에 올라가고 있었다.

레드백과 엠바의 바로 위까지는 못 간다. 하지만 할 수 있다. 여기에서 2시 방향으로 뛰면, 닿는다.

뛰어내린다.

스틸레토 끝은 날카롭다. 베는 것은 거의 불가능하지만, 적절한 각도로 충분히 힘을 가하면 튼튼한 금속제 갑옷이라도 뚫을 수 있다.

레드백은 하루히로를 알아차린 모양이다. 머리 위를 쳐다보려고 했다. 그 도중이었다. 하루히로는 놈의 정수리, 다소 왼쪽 위치에 스틸레토를 쑤셔 박았다. 착지에 관해서는 생각하지 않았었지만, 놈의 몸에 매달리는 형태가 되었다.

"N · GgggggggggggNNnnnnnnggggg…!"

레드백이 목소리가 되지 않는 비명을 지르며 몸을 뒤틀었다. 두 팔을 휘둘러 하루히로를 철썩철썩 때렸다. 엄청난 충격이지만, 떨어지지 않는다. 놓을쏘냐. 감촉이 있었다. 하루히로의 스틸레토는 레드백의 각피뿐만이 아니라 두개골을 찔렀다. 뇌까지 도달했는지도 모른다. 두 손으로 스틸레토 손잡이를 꽉 쥐고, 있는 힘을 전부 실었다.

"Gu · Aaaaaaaahhhh…!"

아파서 참을 수 없는 건지, 하루히로를 떨궈버리려고 하는 건지, 놈은 마침내 고꾸라지기 시작했다. 유메가 "…하루 군!" 이라고 소리쳤다. "하루…!" 하고, 저건 메리가 아니라, 슈로 세토라의 목소리인가? 주변을 볼 여유는 없지만, 동료들의 목소리는 들린다. 아직이다. 더 버틸 수 있다. 하루히로는 레드백의 몸에 두 다리를 단단히 감고 모각이 따갑게 몸을 찌르든, 머리와 어깨와 등과 허리가 어디에 부딪치든, 놈의 머릿속에 스틸레토를 계속해서 쑤셔 넣었다. 이놈의 움직임을 멈추게 한다. 적어도 둔하게 만든다. 그렇게 하면. 가급적 시간을 들이고 싶지 않다. 빨리 해치우지 않으면, 위험하다….

　동쪽은 쿠아론 산맥, 북쪽은 화이트 록 대산맥, 서쪽은 네비 사막, 남쪽은 나르기아 고원과 린스톰 산맥으로 둘러싸인 사우전드 밸리는 남북 250킬로미터, 동서 150킬로미터에 달한다고 한다. 몇 개나 되는 대하와 셀 수 없는 그 지류가 이 땅에서 마주치며 얽혀 있고, 복잡한 무수한 계곡과 언덕이 갈 길을 막는다. 중앙부의 사방 100킬로미터 정도는 1년 내내 안개가 짙고 시야까지 극단적으로 좁아 대자연이 인간의 출입을 막는 것 같다. 일설에 의하면, 신들이 그 옛날, 파랬던 달이 빨갛게 물들 때까지 격렬하게 싸운 결과, 토지가 황폐해졌다고 한다. 안개를 초래한 것은 전쟁에 패해서 머리만 남게 된 어떤 신의 저주라고도 한다.

　오르타나까지의 최단 경로는 오로지 남쪽으로 가면 된다. 나르기아 고원이나 린스톰 산맥을 넘어 구 아라바키아 왕국령을 빠져나가, 쿠로가네 산맥과 디오즈 산맥 사이에 누워 있는 보드 들판, 잿빛 습원을 경유해서 풍조황야에 들어가버리면 그만이다. 그 뒤는 남남서로 300몇 킬로를 더 가면 오르타나에 도착한다. 적어도 슈로 세토라가 전에 본 적이 있다는 지도에 의하면 그렇게 되어 있었다고 한다.

　문제는 있다.

　있다고나 할까, 너무 많다.

　먼저, 멀다. 너무나 멀다. …그러나 최단 경로로 700킬로부터 800킬로 되는 여행을 각오하지 않으면 안 되는 것이니까, 이것은 불평해도 어쩔 수 없다. 거리는 그렇다고 치자. 받아들이는 수밖에 없다.

거리 이외의 문제점을 든다면, 나르기아 고원에서 그 앞, 구 아라바키아 왕국령에는 문제의 노 라이프 킹이 이룩한 제왕연합 시대부터의 유력자들이 할거하고 있어서 보루나 큰 거리가 많이 있는 것 같다는 것이다. 사우전드 밸리도 인간족에게 있어서는 적지라고 하면 적지지만, 그에 비할 바는 못 된다. 특히 오크들은 인간을 보기만 하면 붙잡아서 두말없이 죽여버린다. 이곳에 대한 정보가 전혀 없는 하루히로 일행이 더듬어가며 전진하는 것은 자살 행위에 가깝다. 평지를 가급적 피하고 오크들이 살지 않는 산속을 걸어가는 방법도 있지만, 계속 산을 따라 남하할 수 있는 것은 아니고, 말할 필요도 없이 산을 넘는 것도 위험하다.

최단경로는 선택지에서 제외시키는 수밖에 없다. 급하면 돌아가라. 빙 돌아가게 되더라도 가급적 안전한 길을 간다.

북쪽 화이트 록 대산맥은 단순한 거대 산맥이 아니다. 은백색 만년설이 쌓인 산들이 품고 있는 구 이슈마르 왕국의 왕도와 그 주변에 흩어진 수많은 요새, 도시. 그것이야말로 이른바 언데드 DC(불사의 천령)—불사족의 본거지다. 소우마 팀은 언데드 DC로 침입을 꾀하고 있는 모양인데, 그것은 정면으로 다가갔다간 무사하지 못할 것이라는 뜻이기도 하다. 방향도 정반대라서 북쪽은 포기할 수밖에 없다.

네비 사막은 원래 나난카 왕국의 영토였다. 사방에 바위와 모래밖에 없는 것 같은데, 실은 오아시스가 드문드문 있다고 한다. 오아시스에는 대개 마을이 있고, 오크나 노 라이프 킹의 한패인 종족들이 살고 있다. 몇 백 년이나 사막에서 살아온 자파라 불리는 인간족

백성도 아직 명맥을 유지하고 있다고 한다. 그렇긴 해도 사막을 모르는 하루히로 일행이 발을 들여놓는 것은 너무 무모하다. 따라서 서쪽도 안 된다.

동쪽밖에 없다.

처음에는 북동쪽으로 가서 쿠아론 산맥을 우회하는 것을 생각했다. 하지만 그쪽은 구 이슈마르 왕국령으로 언데드가 우글우글한 것 같다. 게다가 쿠아론 산맥 북쪽에는 문제의 와이번의 서식지가 있다. 와이번은 언데드는 먹지 않는다고 하지만 하루히로 일행은 맛있는 먹잇감이다. 일찍이 이슈마르 왕국에는 와이번을 무해화하거나 키우기 위한 지식과 기술이 전해졌다고 하던데. 세토라가 말하기를 전부 이슈마르 왕국이 멸망하면서 사라졌다고 한다. 고생 끝에 와이번을 내쫓은 직후다. 그런 생물이 있는 장소에는 절대로 가까이 가고 싶지 않다.

자, 그러면 어쩌지? 서로 머리를 맞대고 의논하는 참에 '타이푼록스'의 크로가 불쑥 나타나서 스포츠머리 신관 츠가를 데리고 가버렸다. "어이, 츠가 땡중, 가자고." "아, 응. 그럼 또 보자." 단지 그것뿐인 너무나 쉬운 이별에 멍해졌기 때문에 지리에 밝은 것 같은 크로에게 조언을 구하지도 못했다는 것이 상당히 아쉽다. 지금에 와서는 록스가 어디로 갔는지, 무엇을 하고 있는지 전혀 불명이다. 그럴 수 있다면 그들을 따라가고 싶었다. 같은 새벽연대 동료인데, 냉정한 것도 정도가 있다. 뭐, 함께 있으면 또 함께 있느라 힘들 것 같기는 하지만.

그렇게 되어, 안개가 걷히지 않기를 바라면서 하루히로 일행은 우선 동쪽으로 향했다. 한동안 걷다 보니 잠보가 이끄는 포르간 추적자가 쫓아와서 우왕좌왕하기도 하고, 커다란 강을 맞닥뜨려 건너지 못하기도 하고, 계곡 밑바닥의 동굴에 몸을 숨기고 추적을 피하기도 하고, 정체불명의 짐승의 습격을 받기도 하고, 알 수 없는 병에 걸리기도 하고, 정말로 여러 가지 일이 있었다. 결국 한 번도 추적자와 맞서 싸우지 않고 끝난 것이 기적처럼 느껴진다. 쿠자크와 유메가 무기를 잃어버렸기 때문에, 싸우지 않아도 된 것은 다행이었다. 안개가 끼고 지형이 복잡한 사우전드 밸리가 아니었다면 그렇게 되지는 않았을 것이다. 그만큼 세토라조차도 길을 헤매는 경우가 있었고, 가고 싶은 방향으로 좀처럼 갈 수 없는 경우도 있었다. 직선거리로 치면 5킬로 정도인데, 그 두 배, 세 배나 걸어야 한다. 그런 일은 빈번했다. 애초에 갈 곳을 정했다고 해서 거기에 도달할 수 있다는 보장은 없다. 걸어갈 방향을 동쪽이라고 정했다고 해서 동쪽으로 갈 수 있다는 법은 없다.

사우전드 밸리는 마경이다.

츠가, 크로와 헤어진 것이 6월 15일. 7월에 들어서 곧바로 하루히로 일행은 칼무덤이라 불린다는 장소에 도착했다. 세토라에 의하면, 그곳은 숨겨진 촌락의 거의 바로 남쪽에 위치해서 5킬로미터도 떨어지지 않았다고 한다. 16일이나 걸려서 5킬로미터도 채 못 간 것이다. 게다가 동쪽으로 가려고 했었는데 남쪽이라니….

사실 길을 잃은 것은 아니었다. 칼무덤은 옛 전장으로, 30평방킬로 정도의 언덕에 엄청난 수의 시체와 무기가 흩어져 있다. 아직 노 라이프 킹의 저주가 그림갈 변경에 영향을 미치기 전에 전사한 자들이기 때문에 움직이는 일은 없다. 무엇보다, 유해도 그렇고 무기나 방호구도 그렇고, 대부분은 낡아 바스러졌다. 숨겨진 촌락 사람들도 접근하지 않는다고 하는데, 어쩌면 아직 쓸 수 있는 무기를 구할 수 있을지도 모른다. 게다가 칼무덤 근처까지만 가면, 동쪽이나 서쪽, 그리고 남쪽으로도 비교적 빠져나가기 쉽다고 한다.

보기에도 음산한 장소였다. 엄청난 양의 뼈가 쌓여 있고 여기저기에 박힌 도검과 창 종류는 전사들의 묘비처럼 보인다. 안개는 흐릿하고 습한 바람이 불고 있는데, 지금, 저기에서 뭔가 움직였다―고 생각하고 눈을 부릅뜨고 쳐다보니, 창에 매달린 두개골이었다거나 하는 것이다.

뼈를 밟지 않고 걸어갈 수는 없다. 외날 검이든 양날 검이든, 창이든, 도끼든, 방패든, 갑옷이든 뭐든지 발견한다. 단, 다들 하나같이 너덜너덜하게 낡고 녹이 슬었거나, 부식되었거나, 집어 들자마자 부서져버리는 일도 적지 않다.

품질이 다른 건지 아니면 우연인 건지, 뭔가가 작용한 건지, 아주 드물게 지저분해졌을 뿐이고 삭지 않은 것이 있다.

압도적으로 숫자가 많은 검을 예로 들어보자면, 확률은 백 자루 중 한 자루, 아니, 수백 자루 중 한 자루일까?

칼무덤을 어슬렁거리다가 하루히로 일행은 튼튼한 대검과 두껍고 다소 짧은 검, 그리고 무겁고 커다란 방패를 발견… 이랄까, 뼈더미 속에서 발굴해냈다. 물론 갈거나 수리하거나 할 필요는 있었다. 얼마간 손이 갔지만, 쿠자크와 유메가 싸울 수 있는 상태가 된 것은 큰 성과다. 그 성과와 맞바꾸어 뭔가를 잃어버리게 될 줄은 생각도 못해봤다. 세토라조차 전혀 예상하지 못했으니까 어쩔 수 없다.

어딘가 멀리서 캬아… 하고 비명 소리가 들렸다. 냐아다. 금방 알았다.

세토라는 촌락에서 100마리도 넘는 냐아를 기르고 있었다. 그중 80마리 정도를 포르간과의 항쟁에 투입해서 십여 마리가 희생되었고, 그 뒤의 도주로 열 마리 더 넘게 탈락해버렸다. 그래도 아직 50마리 넘는 냐아가 주변에 흩어져서 세토라의 눈과 귀가 되어주고 있었다. 하루히로 일행 앞에 자주 모습을 보이는 것은 키이차라는 이름의 회색 냐아 정도이고, 다른 냐아들은 있는지 없는지조차 모른다. 가끔씩 냐아의 울음소리가 들리고 세토라가 끄덕인다. 그래서 아, 확실히 있구나 하고 생각한다.

냐아는 먹이를 주지 않아도 자력으로 사냥, 채집을 해서 배를 채우며 주인에게 계속 봉사한다. 그렇게 길들여지긴 했지만, 개보다 충성심이 강하면서도 독립심도 뛰어나고 외모는 사랑스럽다. 칼무덤까지 가는 도중에 냐아들이 일행의 식량을 조달해주었다. 과장도 무엇도 아니고, 일행에게 있어서 냐아들은 생명선이었다. 냐아들이 없었으면 굶어 죽었을 것이다.

그런 냐아에게 위험이 닥치고 있다. 당연히 하루히로 일행도 안전하지는 않다. 세토라가, 칫, 칫, 칫… 하고 혀를 차서 소리를 내자 안개 저편에서 냐아의 높은 소리가 대답했다. 단지 그 대화만으로 세토라는 뭔가를 알아차린 모양이다.

"이동한다, 하루. 서둘러. 냐아들은 흩어져서 도망가게 한다. 당분간 엄호는 기대할 수 없다. 어서!"

"알았어."

하루히로가 끄덕이자 세토라는 쉿, 쉿, 쉿 하고 날카로운 마찰음을 발했다. 냐아들에게 명령을 내린 것이겠지. 뭔가 예측하지 못했던 사태가 일어난 모양이다. 세토라의 모습에서 그런대로 심각한 상황인 것 같다는 걸 깨달을 수 있었다. 그래도 나중에 와서 생각해 보면 인식이 어설펐다고 말하지 않을 수 없다. 하루히로 일행은 곧바로 칼무덤을 떠나 동쪽으로 향해갔다. 일찌감치 손을 썼기 때문에 피해를 최소한으로 줄일 수 있었고, 뭐, 어떻게든 헤쳐나온 것이겠지. 그때에는 그렇게 생각했었다.

어리석었다.

…간신히, 움직이지 않게 되었다.

움직이지 않는 게 맞을 것이다.

아마도 숨을 쉬지 않는다. 분명 죽었다.

하루히로는 드러누워 있는 레드백의 등에 달라붙어 있었다. 스틸레토는 뿌리까지 놈의 머리에 박힌 채로 있다. 엄청나게 무겁다. 몸의 반, 아니, 3분의 2 정도는 놈 밑에 깔려 있다. 덧붙여, 놈의 모각이 몸에 박혀서 장난 아니게 아프다. 여기저기가 다 아파서, 이미 아프지 않은 부분이 오히려 적은 것 아닐까 생각될 정도다. 놈에게 상당히 얻어맞았었고. 땅바닥과 나무에 세게 부딪치기도 했고. 피도 나고. 뼈도 한두 개는 부러졌을지도 모른다.

"…그보다도."

용케, 살아 있네.

안도해버릴 것 같아서, 아니야, 아니지, 잠깐 잠깐 잠깐, 아직이야, 아직. 그렇게 스스로의 경계심을 부추긴다. 레드백. 이놈, 정말로 죽은 건가? 오른손으로 스틸레토 손잡이를 쥔 채로 왼손으로 놈의 목덜미를 살폈다. 맥박이 있는지 확인하려고 한 것인데, 잘 모르겠다. 잘이라고나 할까, 전혀. 무엇보다 귀렐라는 인간처럼 맥을 짚을 수 있는 것일까? 각피도 있고. 무리인 것 같은 느낌도. 온몸이 이완된 것은 틀림없다. 엄청나게 무겁고. 안 그래도 인간보다 체중이 더 나갈 테니 무게로 짐작할 수는 없나. 그렇다. 무거운 게 당연하다. …무겁다. 괴롭다. 아프다. 큰일 났다….

"하루…! 다들, 거들어줘!"

구세주가 왔다. 쿠자크가 레드백을 "끙…!" 하고 들어 올리고 그 틈에 유메가 "…웅낫!" 하고 하루히로를 끌어당겼다. 메리. 메리가 엄청나게 험상궂은 표정으로 몸을 웅크렸다. '정말이지!'나 '또!'라고 말할 것 같다. 화난 건가? 변명하고 싶다. 그렇게 무리한 건 아니고. 해치울 수 있다고 생각했고. 빨리 끝내야 하는 것도 있었고. …미안. 하루히로는 마음속으로 사과했다. 우선 지금은 가만히 있자. 메리는 이마에 육망성을 그리는 동작을 했다.

"빛이여, 루미아리스의 가호 아래에! 새크라멘토(빛의 기적)…!"

시호루는 지팡이에 매달린 것 같은 자세로 두리번거리고 있다. 엠바를 거느린 세토라는 뭔가 못마땅한 것 같다. 빛이 넘쳐서, 눈부시다. 하루히로는 눈을 감았다.

칼무덤에서 동쪽으로 걸어가기 시작하고 얼마 안 되어 세토라의 냐아를 죽인 것은 귀렐라라는 사실을 알았다. "운이 없네"라고, 세토라가 불쾌한 듯이 말한 것이다. "하필이면 귀렐라 무리가 눈독을 들이다니. 놈들은 엄청나게 집요하다. 그리 간단히는 포기해주지 않는다."

세토라는 냐아들을 도망치게 했으나 회색 냐아 키이치만은 곁에 남겨두었다. 키이치는 제일 똑똑하고, 충실하고, 눈치가 빠르고, 신체 능력도 뛰어난 냐아라고 한다. 다른 냐아들로부터도 신뢰받기도 한다. 사태가 진정되면 키이치더러 냐아들을 찾으라고 하면 된다. 아무리 시간이 지나도 진정될 것 같지는 않지만.

칼무덤을 떠난 다음 날, 처음으로 궈렐라의 모습을 먼발치에서 봤다. 몸집이 작고 모각이 확인되지 않는 걸로 봐서 암컷 같았다. 상대도 이쪽을 보고 있었다. 즉, 발견된 것이다.

암컷 궈렐라는, Po Po Po Po Po Po… 하고, 파열음 같은 소리를 발했다. 궈렐라의 생태는 몰라도 그것이 경계, 혹은 통지, 신호일 것이라고 추측하는 것은 어렵지 않았다. 어떤 멍청한 쓰레기 녀석이 있었다면, 해치우자고 주장했을지도 모른다. 하지만 녀석은 이미 동료가 아니고, 세토라가 말하기를, 궈렐라 무리는 통상 20마리 정도라고 한다. 유난히 강한 레드백은 한 마리밖에 없지만, 암컷도 인간보다는 훨씬 튼튼하고, 젊은 수컷들은 난폭하고 흉포하다. 숨겨진 촌락 사람들이 궈렐라 무리를 없애야 했던 때에는 정예 무사와 사령술사, 닌자들이 수십 명 모여 임했다고 한다.

하루히로 일행은 당황해서 도망쳤다. 어두워진 후에도 발을 멈추지 않고 걸었고, 이제 괜찮을 것 같다고 잠시 휴식하려고 했던 새벽녘에 젊은 수컷 궈렐라 집단에게서 기습을 당했다. 간신히 한 마리 죽이자 놈들은 철수했지만, 여전히 궈렐라가 그들을 포착하고 있다고 생각해야 했다. 싸워도 승산이 없으니 도망치거나 숨었다.

그 후의 나날에 관해서는 그다지 기억하고 싶지 않다.

너무 괴로워서.

하루히로는 눈을 떴다. 메리가 노려보고 있다. 아니, 별로 노려보는 것은 아닌지도 모르지만, 표정이 무섭다. 또 야단맞는 거겠지.

메리가 뭔가 말하려고 해서 하루히로는 마음의 준비를 했다.

"볼일이 끝났으면 비켜라." 세토라가 메리를 밀쳐냈다.

"앗….."

메리는 넘어질 뻔했다. 무슨 짓을. 이건 항의해도 된다. 자기가 당한 건 아니지만 하루히로는 화가 났다. 메리는 더욱 화가 났을 것이다. 그런데도 메리는 고개를 숙이고 한숨을 한 번 내쉬더니 어째서인지 오히려 "미안해" 라고 세토라에게 사과했다.

"알면 됐다."

세토라는 하루히로 정면에 쪼그리고 앉았다. 거만하게. …그렇다니까. 세토라는 아무튼 태도가 거만하다. 자기가 베푼 것을 과시하고, 말투가 세고, 배려나 눈치나 마음씀씀이 같은 것이 지나치게 없다. 한마디 해주려고 했는데, 세토라가 두 팔을 뻗어 하루히로의 뒤통수를 확 움켜잡았다.

"괜찮아?"

"…어. 응. 저… 메리가 치료해줬으니까. 상처는 이제, 깨끗하게."

"상처가 사라졌다고 원래대로 돌아간 것도 아니다."

세토라는 살짝 고개를 갸웃거린다. …뭔가, 가까운데요. 얼굴이. 15센티미터 미만. 12~13센티다. 이거, 좀 지나치게 가까운 거…?

시선을 피했다가는 무슨 짓을 당할지 모른다. 이 거리에서 서로 마주 보는 건 좀 그렇지 않아? 꽤, 상당히, 부끄러운데요?

그렇다 해도, 눈, 상당히 크네. 세토라는. 이제 와서 하는 말이지만. 툭 빠질 것 같을 정도로 커다란 눈 밑에 다크 서클이 생겼다. 피로 탓일까? 다크 서클은 원래부터 있던 것 같다. …어라? 왠지? 누군가를 닮지 않았어?

누구지?

"하루." 건방져 보이는 입술이 움직여 하루히로의 이름을 부른다.

확실하게 물어본 적은 없지만, 세토라는 하루히로와 동갑이거나 약간 어릴 것이다. 그런데도 만난 이후로 줄곧 마치 연장자 같은 태도를 관철하고 있다. 세토라는 누구에게나 그렇다. 오만함이 몸에 뱄다.

"…뭐, 왜?"

"너는 내 연인이다."

메리가 기침을 했다. 하루히로는 자기도 모르게 그쪽으로 눈을 돌릴 뻔했으나, 세토라의 기분을 거스를 우려가 있어서 참았다. 아니, 하지만 잠깐? 연인이랄까, 정확히는 세토라가 싫증날 때까지 연인으로 행동하는 것뿐인데.

세토라에게는 빚이 있다. 힘을 빌려준 것이다. 도와줬다. 하루히로는 왼쪽 눈을 적출해서 세토라에게 넘겨주기로 되어 있다. 그것에 관해서는 납득했고, 연인 행세도 안 할 수는 없다. 너는 내 연인이지? 라고 세토라가 묻는다면, 네, 맞습니다… 라고 하루히로는 대답하겠지. 그렇다고 해서 정말로 연인인가 하면, 결코 그렇지는 않다.

어디까지나 연기이고 게임 같은 것이다. 세토라는 그 점을 이해하고 있는 걸까? 물론 알고 있을 것이다. 연인처럼 행동해라. 그녀는 하루히로에게 그렇게 요구했다. 그때는 서로 알게 된 지 얼마 안 되었을 때고, 있을 수 없는 일이지만, 예를 들어 그녀가 하루히로에게 흥미 이상의 연애 감정 비슷한 것을 품고 있었다면, 그냥 연인이

되라고 말하면 되었을 것이다.

그러니까 요컨대 이건 장난에 불과하다.

"하루. 나는 네가 걱정이다."

그런 말을 심각한 얼굴로 직설적으로 해도 반응하기가 난처하다.

"…고, 고마… 고마워…?"

간신히 그렇게 대답하자 세토라는 "큭" 하고 짧게 웃고는 하루히로의 머리카락을 두 손으로 마구 쓰다듬어 헝클어뜨렸다.

"정말 이상한 사내다, 너는. 그런 점이 마음에 든 거지만."

"그… 그렇, 구나."

"그래. 네가 죽는 건 견딜 수 없다."

지금, 맹렬하게 얼버무리고 싶다. 또 그런다. 무슨 말을 하는 겁니까? 세토라 씨, 참내, 그렇게 말하고 싶다. 말하면 맞을 것 같으니 말하지 않을 거고, 말할 수 없지만.

"…아니, 나도 그게, 죽고 싶다거나, 그렇게는 조금도 생각하지 않는… 데?"

"동료를 믿고 있고, 승산이 있으니까 했다, 그렇게 말하고 싶은 거지?"

"그야…."

"허나, 내 눈에는 위험한 도박으로밖에 보이지 않았다. 너는 자기 가치를 너무 낮게 본다. 그러니까 간단히 그 몸을 내던질 수 있는 거다. 그것은 네 장점이지만, 단점이기도 해. 알고 있는 건가?"

비교적, 알고 있다거나 하지만. 시호루나 메리가 지적한 적도 있고. 하지만 설마 세토라에게서 이렇게 충고를 들을 줄은 생각지도 못했다.

솔직히, 의외다.

그렇게까지 내 입장에서 나를 생각해주고 있었다니.

"네가 죽으면" 이라고 말하며, 세토라는 메리와 시호루, 유메, 쿠자크를 둘러보았다. "이 녀석들은 어떻게 되나? 다소는 써먹을 만하거나 개인기 하나쯤 뛰어난 게 있다고 해도 기본적으로는 미덥지 못한 무리다. 너 없이는 안 된다."

"…그건 그래." 쿠자크가 중얼거렸다. "진짜 그 말이 맞아. 정말로."

"하루 군이 없었다면."

"상상하고 싶지 않아…."

유메와 시호루도 뭔가 말하고 있다. 메리는 잠자코 있는데, 어떻게 생각하고 있는 걸까?

세토라는 어이없다는 듯이 한쪽 눈썹을 치켜 올리고 "이 꼴이다"라며 한숨을 쉬었다.

"너한테 완전히 의존하고 있다. 이 녀석들을 위하는 마음이라면, 너만은 절대 죽지 마. 누군가를 희생시켜야만 할 때 네 순서는 제일 뒤다."

"그럴 수 없어."

나도 모르게 즉답해버렸다.

"내가 죽은 탓에 전멸하는 것보다 내가 살아남아서 한 명이라도 죽게 하지 않는 편이 리더로서는 옳다, 세토라가 말하는 건 그런 뜻이겠지. 머리로는 알지만, 막상 그런 상황이 닥치면 나는 아마 나보다 다른 멤버들 모두의 목숨을 우선시할 거야."

"그게 옳지 않다고 해도 말인가?"

"가급적 옳은 판단을 하고 싶다고는 생각해. 단, 나는 나로서 살아가는 수밖에 없고, 다른 사람은 될 수 없어. 나는 이런 놈이지만, 그래도 괜찮다면 믿어줬으면 좋겠다고 동료에게 말할 수는 있어. 하지만 믿음을 주기 위해서 내가 아닌 다른 사람 흉내를 내는 건 뭔가 비겁하잖아. 무엇보다도 소중한 목숨을 서로 맡기고 있는 거니까. 나는 동료에게 거짓말을 하고 싶지는 않아. 할 수도 없고."

"질투난다."

"뭐?"

"너를 빼앗아 도망치고 싶어졌다."

"엉…?"

기습이었다.

세토라는 갑자기 하루히로를 자기 쪽으로 끌어당겼다.

다행인지 불행인지, 이마였다.

하루히로의 이마에 세토라의 입술이 눌리고, 쪽 하고 작은 소리를 냈다. 서늘하면서도 부드러웠다.

메리가 또 기침을 했다. …혹시나 감기…?

그보다 세토라 씨? 당신, 뭐하는 거야? 다들 보고 있는데요…?

하루히로는 거부할 수 있는 입장이 아니지만, 적어도 동료들에게 보이고 싶지는 않다. 그렇다고 해서 그런 일은 아무도 없는 곳에서 둘만 있을 때… 라고 주문하는 것도 뭔가 아닌 것 같은? 오해를 초래할 것 같고? 그런 문제인 건가…?

어딘가에서 냐아… 하고 키이치가 울었다.

"뒤편은 나중에."

세토라는 하루히로를 가만히 떼어놓고 일어섰다.

뭐야? 뒤편이라니.

알고 싶지도 않지만, 만약 그 뒤편인지 뭔지를 강요당한다면, 따르는 수밖에 없는, 건가?

하루히로는 일어서서 주변 상황을 살피면서 생각했다. 귀렐라에게 쫓기지 않았다면 어떻게 되었을까? 귀렐라 무리는 하루히로 일행이 도망쳐도 도망쳐도 쫓아온다. 몇 시간, 한나절이나 기척이 느껴지지 않아서 이제 괜찮겠지 하고 안도하자마자 귀렐라들이 공격해오거나 목소리가 들려 놀라거나 한다. 놈들은 끈질길 뿐만 아니라 특히 암컷은 신중해서 좀처럼 공격해오지 않는다. 마구 덤벼드는 것은 혈기왕성한 젊은 수컷뿐이다. 암컷은 먼저 동료를 부르려고 하고, 레드백은 지금까지 몇 번밖에 보지 못했다.

"…엥?" 유메가 고개를 갸우뚱했다.

"어째서…?" 시호루가 중얼거렸다.

"엉?" 쿠자크는 방패를 등에 짊어지고 대검만 뽑았다. "뭡니까?"

메리는 입술을 만지작거리면서 숨이 끊어진 레드백을 보았다.

"레드백…."

"아…."

하루히로는 눈을 크게 떴다. 그렇다. 레드백.

"이놈, 무리의 리더가 아니었던 건가…?"

"그게 맞을 텐데…." 세토라는 입을 다물었다.

두, 두, 두, 두, 두, 두, 두, 두, 두, 두, 두, 두, 두, 두, 두, 두, 두, 두….

이 소리. 몇 번인가 들었다.

"…확실히, 드러밍, 이던가?"

큰북을 치는 것처럼 두 손으로 자기 가슴을 친다. 수컷 귀렐라에게서만 볼 수 있는 행위라고 한다. 위협하는 행위라고 여겨지며, 수컷끼리 드러밍을 하면 서로 육탄전이 시작된다고 한다. 단, 무리 중의 젊은 수컷들은 레드백에게 통솔되고 있기 때문에 좀처럼 드러밍을 하지 않는다. 보통 드러밍을 하는 것은 레드백뿐이다… 라고 세토라가 전에 말했었다. 하지만 레드백은 눈앞에서 숨이 끊어진 상태다.

"생각만 하고 있어봤자 해결되는 건 없다." 세토라는 하루히로의 등을 두드리더니 재빨리 엠바의 어깨에 뛰어올랐다. "말했지? 놈들은 이상할 정도로 집요하다. 가자, 엠바."

이상하다. 이상해. 아무리 생각해도.

이럴 리는 없다.

확실히 하루히로는 위험을 무릅썼다. 이 손으로 레드백을 해치웠다. 그건 도박이었다. 그 점에 관해서는 부정할 수 없다. 승산은 물론 있었다. 그렇긴 해도, 이걸로 정리될지도 모른다는 생각이 머릿속에 없었다면, 돌다리도 두드려보고 건넜을 것이다. 귀렐라는 20마리 이상의 무리를 형성하고 있다. 리더는 빨간 모각을 가진 체격 좋은 수컷인 레드백. 리더를 잃으면 젊은 수컷들이 다음 리더 자리를 놓고 쟁탈전을 벌이거나 혹은 암컷이 잠정적으로 리더가 되거나 하는 건가? 아무튼 무리는 공중분해까지는 안 가더라도 혼란에 빠져 있어야 했다.

귀렐라 무리는 끈덕지고, 그야말로 지저분한 사냥을 한다. 그저 먹잇감을 쫓아가 붙잡는 것이 아니다. 서두르지 않고, 당황하지 않고, 서서히 몰아가서, 먹잇감이 힘이 다하기를 기다리는 것 같다. 특히 레드백은 똑똑해서 분명히 가장 전투 능력이 높을 것 같은데도 좀처럼 앞으로 나서지 않는다. 그렇기 때문에 그건 천재일우의 기회였다. 지금 와서 생각해보면, 하루히로는 반대로 그 사실을 의식하지 않으려고 했었는지도 모른다. 무슨 일이 있어도 성공시켜야만 한다거나, 절대로 실패할 수 없다거나, 실수하면 끝이라거나, 그런 식으로 생각하면 할수록 너무 긴장해서 실수를 하는 법이다. 하루히로 같은 평범한 사람이 뭔가를 제대로 해내려면 평상심으로 임하는 편이 좋다.

우여곡절 끝에 레드백의 숨통을 끊어놓았다. 이걸로 이제 귀렐라 때문에 고민하는 일은 없다. …라고까지는 낙관하지 않았지만, 다소는 여유가 생기겠지. 그 사이에 거리를 확보해서 떨궈버리면 정말로 한숨 돌릴 수 있다. 도망치거나 숨을 필요가 없어지면 그때에는 방향을 확실하게 잡아 진로를 정할 수 있다.

그런데, 아무것도 달라지지 않았다.

레드백을 죽였는데도 여전히 귀렐라들은 쫓아온다.

게다가 예의 두, 두, 두, 두, 두, 두… 하는 드러밍 소리를 자주 듣게 되었다. 심할 때에는 북쪽에서 두, 두, 두, 두 하고 시작했나 싶으면, 잠시 후에 남쪽에서도 두, 두, 두, 두 하고 울리기 시작한다. 레드백이 여러 마리 있다고 생각할 수밖에 없다. 그러나, 무리 중에 한 마리밖에 없어야 할 레드백은 죽었다. 도대체 어떻게 된 일인가?

유일한 호재는, 이것을 호재라고 말해도 될지는 애매하지만, 귀렐라들은 레드백이 당함으로써 더욱 조심스러워진 것 같다. 전에는 이따금씩 젊은 수컷이 습격을 감행했었다. 그게 없어지고 동료들의 발소리와 숨소리밖에 들리지 않는 시간이 늘어났다. 마침내 놈들은 추격을 포기한 것 아닐까? 문득 그런 생각이 머리를 스칠 때면 꼭 드러밍과 포효가 들리거나, 멀리서 가느다란 나무가 휘어지거나, 나뭇가지가 부러지는 소리가 나거나 한다. 세토라가 말하는 바에 따르면, 회색 냐아 키이치는 귀렐라의 모습을 빈번히 발견하는 모양이다.

놈들은 있다.

바로 가까이에.

뒤로 다가오고 있는 건가? 오른쪽에도, 왼쪽에도 있는 것 아닐까? 어쩌면 앞쪽까지. 포위당한 것처럼 느껴지기도 한다. 놈들은 몇 마리 있는 걸까? 레드백을 포함해서 다섯 마리, 아니, 여섯 마리는 죽였을 것이다. 그렇다는 것은, 열 몇 마리? 정말로? 그것뿐일까? 좀 더 있는 것 같다.

모두 극단적으로 말수가 줄었다. 마지막에 말한 것은 언제였고 누구였던가? 기억나지 않는다.

어차피 놈들은 하루히로 일행을 놓치지 않는다. 갖고 노는 것이다. 약하게 만들어서 움직일 수 없게 되었을 때 사냥할 속셈이겠지. 그러니까 대화 정도는 해도 된다. 잠자코 있는 것보다는 잡담이라도 하는 편이 기분도 풀린다. 하지만 무슨 말을 하면 되지? 입을 열면 나도 모르게 지쳤다고 말할 것 같다. 그것 말고 무슨 말을 하라는 거야?

지쳤다.

다리가 아프다. 몸이 무겁다. 이제 싫다.

그만해줘. 덥고. 배가 고프다. 한계다.

넋두리를 해봤자 소용없다. 힘든 건 다들 마찬가지다. 모두 참고 있다. 시호루는 당장이라도 쓰러질 것 같다. 하지만 멈추지 않는다. 어깨를 들썩이며 숨을 몰아쉬면서 발을 앞으로 계속 옮기고 있다. 뒤처지지 않으려고, 동료들의 발목을 잡지 않으려고 시호루는 필사적으로 따라온다. 그런 시호루 옆에는 항상 유메와 메리가 있다. 세 사람 앞을 걸어가는 쿠자크도, 갑옷을 걸친데다가 저 엄청 무거운 방패를 짊어지고 있는 것이다. 상상을 초월할 정도로 힘들 것임에 틀림없다.

하루히로 옆이나 때론 약간 앞에 있는 세토라만은 그렇지도 않은가?

그야 세토라는 대개 엠바의 어깨 위에 앉아 있다. 인조인간 엠바는 정기적으로 의문의 액체를 주입하고 특수한 환약만 복용하면 반영구적으로 가동 가능한 모양이다. 이동 시의 엠바는 세토라의 탈 것이다. 그런대로 흔들리기는 해도 멀미를 할 정도는 아닌 것 같고, 자기 발로 걸어가는 것보다는 훨씬 편하겠지. 실제로 세토라는, 얼굴을 감추고 있는 엠바는 제외한다고 쳐도, 세토라만은 태연한 얼굴을 하고 있다.

가끔씩, 약간 짜증이 났다.

괜찮긴 하지만. 치사하다거나, 너도 똑같이 힘들어보라거나 그런 생각을 하는 건 아니고. 여차할 때를 위해 체력을 보존해둘 수 있다면 그렇게 하는 편이 좋다. 도저히 어쩔 수 없게 되면 최악의 경우에는 세토라와 엠바만은 도망치게 해주고 싶다는 마음도 하루히로에게는 있다.

세토라는 동료가 아니니까.

여러 가지 경위가 있었긴 해도, 원래는 아무런 관계도 없는데, 기가 막힌 트러블에 말려들게 했다. 하루히로는 낙천가가 아니기 때문에, 무사히 빠져나갈 수 있다고 믿고는 싶지만 전망이 밝다고는 도저히 말할 수 없다. 동료들은 각오를 했을 거라고 생각한다. 함께 몇 번의 아수라장을 거쳐왔다. 사람이 할 수 있는 일을 다 한 후에는 하늘의 뜻에 맡기는 수밖에 없다. 할 만큼 하면 결과가 어떻게 나타나도 분명 납득할 수 있다. 하루히로는 동료를 질책하지 않고, 동료들도 하루히로를 비난하는 일은 우선 없겠지. 하지만 세토라가 하루히로 팀과 운명을 같이할 필요는 없다.

여기는 어디지…?

사우전드 밸리가 아니다. 쿠아론 산맥의 남서부다. 그것은 알고 있지만, 구체적으로 어디쯤인가? 어디로 가고 있는 거지? 동쪽이다. 아마도 동쪽. 그래서, 이대로 나아가면 뭐가 있는 건가? 바다? 아니, 바다는 아직 멀겠지. 멀다니, 어느 정도? 100킬로미터쯤? 거기까지 가면 과연 귀렐라들도 쫓아오지 않을 것이다. 아무런 근거도 없는 생각이지만, 그러면 좋겠다.

그 바보가 이 자리에 있었다면 틀림없이 불평을 쏟아냈겠지. 특히 하루히로를 비난하고, 떠들어대고, 욕을 해댈 것임에 틀림없다.

상상했더니 열이 뻗친다.

그 녀석이 없어서 다행이다. 그런 녀석, 없는 편이 낫다. 이제 동료가 아닌 것이다. 줄곧 그 녀석은 골칫거리였다. 얼굴도 보고 싶지 않아. 같은 공기를 마시고 싶지 않은 시기도 있었다. 용케 참았다. 덕분에 인내심은 강해졌지만. 부작용 같은 것이지만, 그 녀석이 너무나 얄미워서, 누구든 녀석보다는 낫다고 생각할 수 있었다. 인간적으로 성장한 건가? 그 녀석이 너무나 쓰레기인 탓에.

그 녀석이 없으니 정말로 조용하다. 활기가 없다고까지 말할 수 있다. 없어도 되지만. 너무 시끄러운 그 녀석이 있는 것보다는 이쪽이 훨씬 좋다.

—너 말이야, 그런 재수 없는 말을 지껄이다가는 후회하게 된다? 그보다 벌써 후회하는 거 아니야? 파루피로? 어때? 응? 응…?

"위험하네…."

환청이 들리다니. 아니, 들린 것이 아니다. 그야말로 녀석이 할

법한 말이다. 그것이 문득 떠올라 머릿속에서 재현되었다. 그 녀석 따위 잊어버리고 싶은데.

"시호루."

메리의 목소리가 들렸다.

돌아보니 시호루가 지팡이를 끌어안고 몸을 굽히고 나무에 기대 있었다. 어깨가 요란하게 들썩거린다. 유메가 몸을 숙여 시호루의 등을 문질러주면서 이쪽을 보고 "하루 군"이라고만 말했다. 시호루는 고개를 숙인 채로 있었다. 유메의 얼굴도 지저분해지고 초췌했다. 메리가 고개를 절레절레 흔들자 땀이 튀었다. 쿠자크가 "아앗—"하고 소리를 내며 주저앉는다. 과장된 몸짓으로 자기도 한계라고 호소함으로써 시호루의 정신적인 부담을 가볍게 해주려는 것이겠지. 쿠자크다운 배려다.

"쉬자."

하루히로는 그렇게 고하고 숨을 한 번 내쉬었다. 올려다보니 나뭇잎 사이로 붉은빛으로 물든 하늘이 보였다. 벌써 저녁인건가? 앉고 싶다. 그보다 눕고 싶다. 안 된다. 멀리서 아직 두, 두, 두, 두, 두, 두… 하고 궈렐라가 드러밍을 시작했다. …진짜야?

보고 있는 것 아닐까? 그렇게 생각할 수밖에 없는 타이밍이다. 시호루가 고개를 들었다. 일어서려고 한다. 그렇지. 가는 수밖에 없어. 앞으로 나아가는 수밖에.

"쉬고 있어." 세토라가 앞질러 말했다.

"…아니, 하지만."

하루히로는 반론하려고 했으나, 말이 이어지지 않는다. 육체가 거부하고 있다. 얼마나 지쳐버린 건지.

"나와 키이치가 상대방을 살피겠다." 세토라가 하루히로를 흘끗 보고, 아주 한순간이지만 입가를 살짝 풀었다. "너희는 여기 있어. 푹 쉴 수는 없겠지만, 조금이라도 움직일 수 있도록 해둬라."

"미안. 부탁할게."

하루히로는 간신히 그렇게 말하고 땅바닥에 앉자 갑자기 호흡이 거칠어져 괴로워졌다. 눈이 빙빙 돈다. 위험하다. 아무래도 쓰러지기 일보 직전 같다.

세토라는 엠바의 어깨에서 내려왔다. 엠바를 데리고 걸어가는 건가? 키이치는 어딘가에 있겠지만 모습은 보이지 않는다.

유메가 시호루를 끌어안고, "착하지…"라며 머리를 쓰다듬어주고 있다. 메리는 위를 쳐다보며 거의 넋을 놓고 있는 것 같다.

세토라와 엠바는 눈 깜짝할 사이에 나무들 저편으로 사라졌다.

가슴속의 고동이 좀처럼 잠잠해지지 않는다. 심장이 내 것이 아닌 것 같다.

정신이 들고 보니 궈렐라의 드러밍이 그쳤다.

"…도망친 건가?" 쿠자크가 중얼거렸다.

세토라 이야기를 하는 것이라고 잠시 후에 깨달았다. 경솔했다. 하루히로 일행을 미끼로 두고 혼자 도망쳤다. 하루히로는 생각지도 못했다. 있을 수 없는 일이라고 단언할 수는 없다. 하지만, 뭐… 그건 아닐, 걸. 그럴 생각이었다면 좀 더 일찍 실행에 옮겼어도 좋았을 테고. 왠지, 답지 않아. 세토라는 냉정하달까, 정이 없고 불친절하지만, 이상하게 의리가 있는 면이 있다. 아마도 하루히로 팀을 버리려면 버리겠다고, 이용하면 이용한다고 분명히 선언하고 나서 하지 않을까? 무자비해질 수는 있어도 비겁한 짓은 하지 않는다. 세토라는 분명 그런 인간이다.

"쉬어"라고 하루히로가 짧게 말하자 쿠자크는 "넵" 하고 대답하고 누웠다. 그리고 1초 후에는 벌써 코를 골기 시작한다.

"자라고까지는 말 안 했는데…."

하루히로가 구시렁대자 시호루가 키득 웃고 유메도 어깨를 흔들며 "후뉴뉴" 하고 묘한 웃음소리를 냈다.

하품을 애써 참는 메리와 눈이 마주쳤다.

메리는 부끄러운 듯이 고개를 숙였다.

"…미안해."

"사과할 것."

―없는, 데.

진정이 되려던 고동이 갑자기 다시 격해졌다. 두, 두, 두, 두, 두, 두…. 드러밍이다. 아까와는 방향이 다르다. 젠장… 이란 말이 나올 뻔해서, 참았다. 발끈해봤자 소용없다. 감정적이 되면 귀렐라의 의도대로 되는 것이다. …의도건 뭐건. 이쪽은 손쓸 방법이 없지 않은가? 왜 단숨에 공격해오지 않아? 갖고 노는 건가? 이쪽은 승산이 없는데도. 아니면, 그렇지도 않다거나?

실은 하루히로가 상상하는 것보다 귀렐라의 숫자는 적은지도 모른다. 많이 있는 것처럼 보이는 것뿐인지도. 아니, 하지만, 드러밍을 하는 귀렐라가 여러 마리 있다는 것은 분명하다. 즉, 레드백이 몇 마리나. …그것은 어디까지나 세토라가 한 말이고. 세토라는 잘못 알고 있는 건지도 모른다. 비록 일반적으로는 그렇다 해도 예외가 있는지도 모르고. 사실은 귀렐라의 생태 같은 건 잘 모르고 그냥 그렇게 추측하고 있는 것뿐인지도 모른다. 놈들은 정면 승부를 하면 하루히로 팀에게 이길 수 없다고 계산했거나 막대한 피해를 입는다고 예상하고 있다. 피해라.

놈들이 먹을 것을 얻기 위해 사냥을 하는 것이라면 피해가 제로가 되는 것은 무리겠지. 하루히로도 마찬가지다. 광마법으로 고칠 수 있는 부상 정도라면 괜찮지만, 사망자는 한 명도 나오게 하지 않는다. 당연히 그 전제로 사냥을 한다.

하루히로 일행은 이미 귀렐라를 죽였다. 놈들은 포기해야 마땅하다. 설령 지금 놈들이 총공격을 감행한다고 치자. 하루히로 팀은 도망갈 수는 없을지도 모르지만 잠자코 당하지는 않는다. 전력을 다해 싸운다. 반드시 몇 마리는 길동무로 삼는다. 놈들도 하루히로 팀이 그리 만만치 않은 상대라는 것은 알고 있을 것이다. 일류 의용병이 아닌 이류라도, 그런 것치고는 터프한 편이라고 생각한다. 말을 할 수 있다면, 귀렐라들에게 말해주고 싶다. 간단히는 죽어주지 않을 거니까. 죽고 싶지 않으면 다른 먹잇감을 찾아. 해볼 테면 덤벼봐. 하지만 너희도 죽고 싶지는 않겠지. 이런 짓은 그만둬.

나뭇잎이 스치는 소리가 났다.

하루히로는 벌떡 일어나 스틸레토를 뽑았다.

"웃…!"

깜짝 놀라서 심장이 정지하는 줄 알았다.

세토라와 엠바였다. 돌아온 건가?

"뭐야? 하루. 상당히 지독한 얼굴이네."

하루히로는 순간적으로 대답하지 못하고 스틸레토를 고쳐 잡기도 하고, 침을 삼키려고 했다가 입안이 바짝 마른 사실을 깨닫기도 했다.

"쿠자크." 메리가 말했다.

"…네. 일어납니다…."

쿠자크는 천천히 몸을 일으키고 머리를 흔들었다.

"있잖아, 세토랑." 유메의 목소리는 그 자리에 어울리지 않게 포근해서, 힐링이 된다. "냐아찡은 어디 있는겨?"

세토라는 유메의 질문을 무시하고 하루히로에게 다가왔다. 점점 접근하더니, 오른팔이며 오른쪽 어깨며, 그리고 허리와 옆구리까지 만져서, 간지러운데요?

"…뭐, 뭐, 뭐야?"

"확인하는 것뿐이다. 신경 쓰지 마."

"신경 쓰여…."

"뭐, 뭘 확인한다는 거야…?" 어째서인지 메리가 물었다.

시호루가 "쿠훗…" 하고 뿜은 건지, 기침을 한 건지, 어느 쪽인지.

"하루."

세토라는 어째서인지 메리를 힐끔 보고, 그리고 하루히로의 귓가에 입술을 가까이 댔다. 그렇게 하면 필연적으로 몸이 거의 밀착하게 된다. 하루히로는 뒷걸음질 칠 뻔했다. 연인 행세를 한다는 조건만 없었다면 펄쩍 뛰어 물러났을 것이다.

"한 가지 방책이 있다. 들어보겠나?"

"…그건 듣고 싶지만, 좀 더 떨어져서 말할 수 없어…?"

"떨어지고 싶지 않으니까 이러고 있는 거다. 뭔가 문제라도?"

"문제는… 없지만."

"다행이다."

세토라는 고양이처럼 하루히로의 귀밑과 목덜미에 머리를 비벼 댔다. …저기.

다들, 응시하고 있는데요?

도대체 뭐야? 이거. 엄청… 어떻게 해야 좋을지 모르겠습니다.

어떻게도 할 수 없지만. 참는 수밖에 없다.

"실은 걱정했다. 사실은 네가 날 싫어하는 것 아닐까 하고."

"…싫어하지… 않는데?"

"좋아하지도 않는, 건가?"

"아니… 그렇지는."

"너는 정직하군."

"그, 글쎄?"

"냐아는 1년에 두 번 발정하는데, 인간에게는 번식기라는 것이 없다고 한다. 그렇다면 언제 발정하는 건가? 줄곧 궁금했었다."

"흐, 흐음…."

"과연. 바람직한 사내가 곁에 있으면 이런 기분이 되는 건가?"

세토라는 코와 입술을 하루히로의 목에 밀어붙이고 냄새를 맡는 것처럼 숨을 들이켜고 뜨거운 입김을 내쉬었다.

동료들은 놀랐다기보다, 얼이 빠진 건가?

하루히로도 멍해졌다. 이대로 세토라를 말리지 않고 있다가는 어떻게 되어버리는 건가? 무슨 일이 일어나는 건가?

아무리 그래도, 위험하지 않아?

이건, 밀쳐내는 편이…?

주저하고 있노라니 갑자기 목 오른쪽 측면에 아픔이 일었다. "아 얏?!" 소리 지르고 말았다.

"…어?! 무, 물었어?! 물었지? 지금?! 왜…?!"

"미안하다."

세토라는 몸을 쓱 뒤로 뺐다. 얼굴이 새빨개져 있다.

"…나도 잘 모르지만, 깨물고 싶어졌다. 사람은 발정하면 무슨 짓을 할지 모르는 모양이다."

"그, 그런 건가…?"

"개인차는 있을지도 모르지만. 나도 처음 있는 경험이다. 연애나 성애에 흥미는 있었고 너에게 관심이 갔던 것은 사실이지만, 설마 반할 줄은 생각지도 못했다."

"반…." 메리가 말하고, 시호루가 쿠헹 하고 이상한 헛기침을 했다.

"…하루히로는, 은근히 인기가 있단 말이야."

쿠자크는 영문 모를 소리를 중얼중얼 하고 있다. 유메는 어째서 응, 응… 하면서 끄덕이고 있는 건가?

"인기가 있다고?" 세토라가 쿠자크를 노려보았다. "무슨 말이야? 하루에게는 나 말고도 여자가 있는 건가?"

"아, 아니, 전에 하루히로를 좋아한다는 사람이 있어서, 다른 파티 사람이지만…."

"뭐라…?"

"미모링 말이구나." 유메는 팔짱을 끼고 한쪽 볼만 볼록하게 내밀었다. "한동안 못 봤네. 어떻게 지낼까? 잘 지내면 좋겠는데."

세토라는 혀를 차더니 이를 갈았다.

"…내 전이 있는 건가? 하긴, 내가 연모할 만한 사내니까 이상할 것 없지만, 아무래도 거슬리는군."

"아니, 전이고 뭐고, 미모링과는 사귀지 않았거든…?"

잠자코 있을 수 없어 오해를 정정해주자, 세토라는 "그런가!" 라고 반짝거리는 듯한 웃음을 만면에 띤다.

"그건 다행이다! 이왕이면 서로 처음이 좋아. 누구에게도 너를 만지게 하고 싶지 않고, 나는 너 이외에 누가 만지는 것이 싫으니까. 예를 들어 네가 다른 여자와 입맞춤이라도 했다면 그 여자를 갈가리 찢어도 부족할 정도다."

갈가리 찢는다거나, 뭔가 과격한 말을 하니 무서운데요? 그보다 이야기가 마구 옆길로 새서 완전히 탈선해버리지 않았나요…?

"저, 그, 방책이라는 건?"

"아아…." 세토라는 뭔가 말하려고 했다.

두, 두, 두, 두, 두, 두, 두, 두, 두, 두, 두, 두, 두….

쿠자크가 "또야!" 라며 바닥을 발로 찼다.

시호루가 눈을 치켜뜨고 하루히로를 보고 있다. 피로가 극심해 보였지만 강한 눈빛이다.

"…선택의 여지는, 없을 것 같아."

하루히로는 끄덕였다. 시호루 말이 맞다. 하루히로 일행은 이미 궁지에 몰려 있다. 어떤 방책이든 하는 수밖에 없다.

이제 곧 해가 저문다. 어둑어둑하다고나 할까, 이미 어둡다. 벌레가 울고 있다. 때때로 귀렐라의 드러밍이 울려도, 종이를 찢는 것 같은 소리나 유리에 금속을 비비는 것 같은 소리, 흐느끼는 것 같은 소리가 그치지 않는다. 귀가 아프고 머리가 깨질 것 같다. 그보다 온몸이 무겁다. …아니.

괴로운 일, 싫은 일을 생각하지 마. 쓸데없이 더 힘들어진다.

낮보다 서늘해졌다. 그렇다. 나쁜 일뿐만이 아니다.

엠바의 어깨에 올라탄 세토라의 안내로 하루히로 일행은 쿠아론 산맥 남서부 산속을 동쪽으로, 동쪽으로 걸어간다. 산속이라고 해도 산기슭에 가까워서 계속 경사는 완만했다.

아직 더 갈 수 있다. 몸은 움직인다. 괜찮다.

나보다 동료들을, 특히 시호루를 격려해주고 싶다. 하지만 돌아보거나 목소리를 내면 실이 끊어져버릴 것 같다. 무슨 실인가? 잘은 모르지만, 그 실은 머리카락처럼 가늘고 팽팽해서 느슨해지거나 끊어지거나 하면 사태가 악화된다.

아직인가?

언제가 되면 도달할 수 있을까?

아직 더 걸어야만 하는 건가?

만약 이 순간에 귀렐라들의 습격을 당한다면? 그것만은 생각하지 않기로 했다. 몇 마리라면 또 몰라도 열 마리 이상이 한꺼번에 공격한다면 아마도 한순간에 끝날 것이다. 대처할 수 없는 일을 걱정해봤자 소용없다. 게다가 놈들은 지금까지 공격하지 않았다. 하루히로 일행이 계속 이동하는 한은 공격하지 않는 것 아닐까? 먹잇감이 쇠약해져 저항할 힘을 잃었을 때를 놈들은 기다리고 있는 건지도 모른다. 끈기 싸움이라는 것이다. 쫓는 쪽인지, 쫓기는 쪽인지. 어느 쪽인가가 두 손을 들 때까지 이 술래잡기는 끝나지 않는다….

앞에서 가던 엠바가 발을 멈추고 그 어깨 위에서 세토라가 오른손을 들었다.

어느샌가 엠바의 다리 옆에 회색 냐아가 있었다. 키이치다.

"Hooooooooooooooooooooooooooohhhh…!"

뭐야?

이것은, 궈렐라의 목소리?

들어본 적 없는 발성 방식이다.

"Heh!"

"Huh!"

"Hoh!"

"Heh! Heh!"

"Huh! Huh!"

"Hoh! Hoh!"

"Heeeeh! Hoh!"

"Hoooooooh! Huh!"

"Heh! Huh! Hoh! Hoh! Hoh!"

"Hoh! Hoh! Huh! Huh! Hoh! Huh! Ho Hoh!"

여기저기에서 분명 궈렐라들이 짖고 있다.

하루히로는 돌아보았다. 쿠자크. 유메. 시호루. 메리. 다들 안절부절못하고 있다. 하루히로도 무섭다. …드디어인가?

"Hoh Hoh Hoh Hoh Hoh!"

"Heh Heh Huh Hoh Huh Hoh Heh!"

"Hah Hah Huh Heh Huh Hah Huh Hoh!"

"Huh Huh Huh Huh Huh Huh Huh Huh Huh!"

하늘은 아직 다소는 밝지만, 태양은 이미 서쪽 저편으로 가라앉아 밤의 장막이 밀려오고 있다. 모습은 확인할 수 없지만, 목소리를 봐서 귀렐라들은 사방팔방에서 다가오고 있는 것 같다.

아니, 아니다. 사방팔방이 아니다.

세토라가 엠바의 어깨에서 내려왔다. 허리를 굽혀 키이치를 향해 손을 내민다. 키이치는 작게 냐… 하고 울고는 세토라에게 달려갔다. 세토라는 키이치를 들어 올려 꼭 껴안았다. 그리고 하루히로 일행을 둘러보았다.

"준비는 됐나?"

쿠자크가 후웃… 하고 숨을 내쉬고는 "…넷!" 하고 대답했다.

"웅냐!" 유메가 경례하는 동작을 한다.

시호루는 말없이 고개를 끄덕였다.

메리는 "응" 하고 짧게 답하고 하루히로에게 얼굴을 향하더니 아주 살짝 웃어 보였다.

"Houh!"

"Huh!"

"Hauh!"

"Huh! Hoh Hoh!"

"Heh Huh Hoh Hoh Huh Huh Huh Huh!"

"Hauh Hah Hah Hah Hah Hah Hah Hah Hah!"

―가깝다.

벌써 상당히 가까이 와 있다.

하루히로 일행은 엠바와 세토라가 서 있는 장소까지 걸어가봤다. 앞쪽을 보니 과연 등줄기가 오싹했다.

높, 구나….

입 밖에 내지 않는 편이 좋을 것 같아 하루히로는 마음속으로만 그렇게 중얼거렸다.

여기는 막다른 곳이다. 앞으로 한 걸음만 내딛으면 거기에는 아무것도 없다. 이 앞은, 굴러 떨어질 수도 없을 것 같은 깎아지른 듯한 절벽이다. 높이는 10미터 정도가 아니다. 20미터 이상. 수십 미터. 50미터까지는 안 될 거라고 생각한다. 아마도.

다행히 아래는 땅이 아니라 강이 흐르고 있다. 그러지 않았다면 이 방책은 성립하지 않는다. 당연하다. 만약 아래가 땅이라고 치자. 떨어지면 확실하게 즉사다. 아무것도, 달리 수단이 없어서, 귀렐라들에게 잡아먹힐 바에야 모두가 뛰어내려 자살하자는 뜻이 아니다. 궁여지책이긴 해도 희망은 있다. 하루히로 일행은 살아남을 생각이다.

"Hoh Hoh Hoh Hoh Hoh Hoh Hoh Hoh!"

"Heuh! Hoh Hoh Hoh Hoh Hoh Hoh Hoh Hoh!"

"잘 들어. 반드시 발부터다. 다리부터 떨어진다. 그것만 생각하고…."

하루히로는 말이 채 끝나기도 전에 제일 먼저 뛰어내렸다. 갑자기 결심이 서서 순간적으로 저질러버렸다.

실수했나? 해버렸나? 저지른 건가?

하지만, 네가 가라, 아니, 네가 먼저… 그런 식으로 서로 등을 떠미는 것보다는 누군가가 앞장서서 뛰어내리면 그 흐름을 타고 의외로 잘되거나 할 것 같지 않아…?

"으으으으으으으으으으으으으으으으으으으으…?!"

아니야, 아니야, 아니야, 아니야, 아니야. 높아, 높아, 높아, 높아, 높아. 높다니까 이거 진짜 상상 이상이라고 높아 위험해 무서

워. 튀어나온다. 내장이. 입으로. 뇌가, 쑤우우우우우우우우우우우욱
하고.

이거, 그거 아닌가?

저승행 직행 코스 아니야?

뭔가, 길고. 몇 백 미터나 떨어지는 게 아니니까, 눈 깜짝할 사이
에 끝나버려 비교적 괜찮지 않을까 생각했는데?

꽤나 걸리는 건, 어째서인지 그리 금방이 아니라거나 하는 건, 어
째서인가? 다른 사람들은? 제대로 따라오고 있는 건가? 뛰어내릴
수 있었을까? 어떻게 되었을까…?

위험해. 길다 길다 생각했더니 벌써 강이다. 길지도 멀지도 않아.
강, 강, 강. 가까워가까워가까워가까워가까워가까워가까워가까워
가까워가까워가까워가까워가까워가까워가까워가까워가까워.

"다리부텃…!"

왜 자기가 했던 말을 외치는 거야…?

스스로 생각해도 어이가 없다.

엄청난 물소리가 나고, 충격도 당연히 굉장했다.

"……하루 군! 쿠자쿵 여기 있어!"

"어?! 어디…?!"

"이쪽! 여기야! 하루 군, 이쪽에…!"

유메의 목소리는 하류 쪽에서 들린다.

하루히로는 과감히 강기슭에서 떨어져, 물의 흐름의 힘을 빌려 반쯤 헤엄치듯이 하류 방향으로 내려갔다. 발이 닿지 않는 곳까지는 가지 않는다. 정말로 휩쓸려 떠내려가면 큰일이다. 딱히 수영을 잘하는 것도 아니니 빠져 죽을지도 모른다.

캄캄하지만 수면에 반사하는 달과 별빛으로 사물의 윤곽 정도는 간신히 구분할 만하다. 하지만 강기슭 쪽까지는 보이지 않는다.

"시호루?! 메리…?!"

"응. 들려!" 메리가 대답을 했다.

"…우리도 그리로 갈게! 하루히로 군은 괜찮아?! 조심해…!"

하루히로는 "고마워, 시호루!" 라고 대답하면서 하류 쪽으로 서둘렀다. 그런데 이 강, 뭔가 위험한 생물 같은 게 사는 건 아닐까? 갑자기 걱정이 되었지만, 그런 말을 하고 있을 때가 아니다.

보인다.

누군가가 강기슭에서 뭔가 커다란 것을 질질 끌고 있다. 분명 유메겠지. 끌려가는 것은 쿠자크다. 의식이 없는 건가?

"유메, 거들게! 지금 갈 테니까…!"

"웅냐!"

하루히로는 강기슭 쪽으로 갔다. 도중에 강바닥의 커다란 돌을

밟아 자세가 흐트러져 물을 먹기도 했지만, 간신히 유메가 있는 곳까지 갈 수 있었다.

유메는 쿠자크의 오른팔을 부둥켜안은 것처럼 잡고 "끙… 끙—" 하고 잡아당기고 있다. 하루히로는 쿠자크의 왼팔을 잡았다.

"쿠자크, 살아 있는 거지?! 정신을 잃은 것뿐이지?! 쿠자크! 쿠자크…!"

말을 걸면서 유메와 둘이서 쿠자크를 강가까지 옮겼다. 메리와 시호루가 뭔가 외치면서 달려온다. 쿠자크는 투구를 쓴 채였다. 하루히로는 우선 투구를 벗겼다. 쿠자크, 쿠자크, 쿠자크… 부르면서, 등에 매달아놓았던 방패와 검을 풀었다. 유메도 거들어주었다. 하루히로는 쿠자크의 입을 찾았다. 턱에 힘이 들어가지 않았다.

"하루 군, 쿠자쿵 숨은…?!"

"안 쉬어!"

하루히로는 쿠자크의 목에 손을 대봤다. 맥박도 없다. 말도 안 돼. 아니야, 아직이다.

"갑옷! 거치적거리니까! 위에만이라도 좋아!"

"으, 응!"

갑옷을 벗기는 와중에 메리와 시호루가 왔다. "어때?!" 라고 물은 것 같다. 하루히로는 대답하지 않았다. 쿠자크를 눕히고 가슴 한가운데를 손바닥으로 눌렀다. 몇 번이나, 몇 번이나, 빠른 페이스로 누른다. "30회 정도로!" 라고 메리가 말해서 멈추고, 쿠자크의 이마에 오른손을 대고 왼손으로 턱을 들었다. 뭐더라? 그래. 기도 확보. 이게 맞을 거다. 그리고 이렇게 해서, 코를 잡고….

"두 번, 숨을 불어넣어! 그 뒤에 또 흉골을 압박…!"

메리의 지시에 따라 자신의 입으로 쿠자크의 입을 덮었다. 힘껏 숨을 불어넣는다. 그 입에서 입을, 코에서는 손가락을 떼자 쿠자크가 숨을 내뱉은 것처럼 보였다. 하지만 분명 들어갔던 공기가 나온 것뿐이다. 같은 일을 다시 한 번. 그리고 흉골 압박. 30회.

"지치면 유메가 교대할게!"

"아직 괜찮아!"

인공호흡. 흉골 압박. 인공호흡. 흉골 압박. 쿠자크. 돌아와. 돌아와라. 쿠자크. 너는 강해. 처음엔 아무래도 미덥지 못한 녀석이라고 생각했지만, 스스로 제대로 생각하고 성장했다. 극복했다. 강하지 않았다면 그런 일은 할 수 없다. 쿠자크. 너는 강한 거다. 물에 빠진 정도로 죽거나 하지 않아. 눈을 떠, 쿠자크. 돌아와. 쿠자크.

"쿠자크…!"

쿨럭…. 쿠자크가 뭔가를 토해냈다. 물인가? 좋아. 좋아, 좋아, 좋아!

메리가 "고개를 옆으로!" 라고 말하면서 쿠자크의 얼굴을 오른쪽으로 기울였다. "비켜, 하루!"

"웅! 부탁해, 메리!"

"나한테 맡겨!" 메리는 육망성을 그리는 동작을 하고 쿠자크의 가슴에 손을 댔다. "빛이여, 루미아리스의 가호 아래에! 새크라멘토…!"

하루히로는 주저앉아서 눈을 가늘게 뜨고 폭발하는 것처럼 넘쳐흐르는 빛을 바라보았다.

"웅냐아… 쿠자쿵…!"

유메는 폴짝폴짝 뛰고 있다.

시호루가 하루히로의 어깨에 손을 짚었다. 떨고 있다. 뭔가 말하고 싶지만 목소리가 나오지 않는 것 같다. 하루히로는 시호루의 왼손 위에 자신의 오른손을 올렸다. 큰일 났다.

울 것 같다.

위험했다. 틀렸다고는, 조금도 생각하지 않았지만. 그건 정말로. 그 엄청나게 높은 단애절벽 위에서 뛰어내리고도 하루히로와 유메, 엠바와 키이치는 운 좋게 거의 다친 데가 없었지만, 메리, 시호루, 세토라는 각각 골절과 심한 타박상 등 무거운 부상을 입었다. 그래도 하루히로 팀에는 메리가 있다. 전원이 강기슭까지 간신히 헤엄칠 수가 있었기 때문에 광마법으로 치료할 수 있었다. 쿠자크만 빼고.

쿠자크는 착수할 때 어딘가 부딪쳤는지 아니면 그 뒤에 물속에 잠겨버린 건지, 아무튼 정신을 잃어 자력으로 기슭까지 헤엄치지 못했다. 세토라와 엠바, 키이치는 귀렐라들이 쫓아오지 않는지 확인하러 가고, 유메와 하루히로는 강 속을, 메리와 시호루는 강기슭 주변을 열심히 수색했다. 발견이 늦었다면 어떻게 되었을지. 유메가 발견해서 강가로 끌어올렸을 때 쿠자크는 소위 심폐 기능 정지 상태였지만 죽지는 않았다. 단, 기도와 폐에 물이 들어갔다. 그대로는 새크라멘토를 써서 회복시켜도 다시금 괴로워하게 된다. 그래서 심폐 기능을 소생시키고 물을 토하게 한 뒤에 광마법을 실시했다. 이성적으로 판단을 내린 것은 아니었다. 무엇보다 정신이 없었고 아슬아슬했지만, 용케도 올바른 처치를 할 수 있었다.

죽지 않고 살아남았다.

안 되겠다.

이제 참을 수 없어.

뭐, 어때.

눈물로 시야가 순식간에 흐려졌다. 억지로 참으려고 하지 않았기 때문에 시원스레 흘러나와준다. 울고 싶을 때에는 이런 식으로 울면 되는 건지도 몰라. 어두우니까 볼품없는 우는 얼굴을 다른 사람들이 볼 염려가 없다는 것도 좋다.

"하루히로 군⋯."

시호루가 하루히로의 머리에 얼굴을 댔다. 시호루는 울지 않았다. 어지간한 일로는 울지 않게 되었다. 분명 시호루는 하루히로를 지탱해주려고 하는 것이다. 하루히로는 오른손으로 눈물을 닦고 작은 목소리로 "고마워" 라고 말했다. 시호루는 고개를 가로저었다.

"⋯웃, 우왓!"

쿠자크가 벌떡 일어나서 메리가 "꺅" 했고, 유메도 "후오웃?!" 하고 놀랐다.

"어이! 꺽다리는 찾았나?"

세토라의 목소리가 들리자 시호루는 재빨리 하루히로에게서 떨어졌다.

강가 저편은 건너편 기슭의 절벽만큼 급하지는 않지만 경사면이고 나무들이 우거져 있다. 세토라와 엠바는 그쪽에서 나타났다.

"응, 간신히⋯." 하루히로는 두 손으로 얼굴을 문지르면서 일어섰다. "그쪽은 어때?"

Heh⋯!

Hoh Hoh⋯!

Hah Hah Hah⋯!

Hoh Hoh Hoh Hoh…!

세토라가 대답하기도 전에 귀렐라들이 짖었다. 하지만 꽤 멀다. 분명 놈들은 아직 하루히로 일행이 뛰어내렸던 절벽 위나 그 근방에 있는 것이겠지.

"보아하니 아직까지는 이쪽으로 오지 않은 것 같다." 세토라는 턱을 까딱 움직여 건너편 기슭을 가리켰다. "아무리 그래도 저 절벽을 내려올 수는 없다. 우회하면 강을 건널 수는 있겠지만, 그렇게까지 하더라도 시간이 걸릴 것이다."

"이틈에 도망가야겠네."

"그렇다. 꺽다리가 뒈지지 않았으면 냉큼 가자."

"…저기, 가만히 듣고 있으니 계속 꺽다리라고 부르네. 쿠자크라는 이름이 분명히 있는데."

"나는 나에게 있어서 의미 있는 이름밖에 기억하지 않는다. 네가 정 원한다면 기억하도록 노력해줄 수도 있으나, 그럴 마음이 들 만한 보상을 뭔가 내놔라."

"보상이라니?"

"있을 텐데. 애무한다거나 입맞춤이라거나. 해본 적도 당한 적도 없지만, 좋은 것이지?"

"…그, 글쎄? 뭐, 우선은 됐어. 쿠자크에게 미안한 마음도 들지만, 계속 꺽다리라고 불러도…."

"재미없군."

강요하지 않아서 다행이다.

쿠자크에게 채비를 시키고 흠뻑 젖은 옷이며 이것저것을 짜서 물기를 가급적 없앴다. 말리고 있을 틈은 없다. 하루히로 일행은 출발했다. 안내역은 역시 엠바의 어깨에 올라탄 세토라다. 가끔씩 키이치의 울음소리가 들린다. 세토라는 키이치를 먼저 가게 해서 보고를 받으면서 갈 방향을 결정하는 모양이다.

귀렐라의 목소리는 얼마 후에는 전혀 들리지 않게 되었다. 체력적으로는 상당히 소모되었을 텐데도, 절벽에서 뛰어내리기 전보다 훨씬 편했다. 쫓기고 있다는 감각이 없기 때문이겠지. 아니, 방심하지 마. 귀렐라는 정말로 끈질기다. 돌아서라도 강을 넘어 쫓아올 거다. 그렇게 생각해야 한다. 최악의 케이스를 예상해두면, 지독한 지경에 처해도 충격을 받거나 좌절하거나 패닉에 빠지거나 하지 않는다. 적어도 하루히로만은 마음의 준비를 해둬야 한다. 귀렐라는 온다. 반드시 올 거다. 당연히 올 거다.

"세토라."

"뭐지?"

"덕분에 살았어."

"마음 쓰지 마. 나 자신을 위한 것이기도 했다. 게다가 다른 자들은 둘째치고, 너만은 죽게 하고 싶지 않으니까."

그런 말을 들을 때마다 뭐라고 대답해야 좋을지 몰라 사고가 정지해버린다.

"응, 뭐… 그건, 저기, 응. 그러니까, 나도 죽고 싶지는 않으니까…."

"빨리 너와 아이 만들기에 전념하고 싶다."

"…아…. 음…. 어…. …부, 부드럽게 부탁해…."

"하지만, 하는 방식은 이해하고 있다고 생각하는데, 순조롭게 될 것인가? 둘 다 처음이면 아무래도 힘들 것 같다."

"아아…"라고, 상상이 간다는 듯한 목소리를 쿠자크가 냈다.

"겨, 경험이…?"

시호루가 묻자 쿠자크는 "아니, 그런 건 아니지만"이라고 한 번은 부정했다.

"…아… 하지만 모르잖아. 그림갈에 오기 전 일은. 어라? 그보다, 다들 그렇지? 그렇다면 하루히로도 어떤지 모르지 않아?"

"나, 나는 없어. 그런 건…."

"쿠자크 군은 키가 크고, 웬만큼 인기가 있을 것 같아…."

"아니, 아니, 시호루 씨. 내 키는 단순히 큰 영역을 약간 넘어갔으니까. 비교적 다들 꺼려할 만한 차원이니까."

"그러고 보니 있잖아. 유메 있지, 쿠자쿵과 이야기하면 있지, 올려다보기만 하니까 목이 쬐끔 아파지기도 해."

"자주 들어… 유메 씨, 그런 말. 아니, 모르지만. 계속 그런 말을 들었던 것 같네요. 아마도 10센티미터 정도는 필요 없는데. 하지만 뭐, 성기사를 하기에는 크면 클수록 좋기도 하니까 괜찮은가…?"

"쿠자쿵!" 하루히로에게는 보이지 않았지만, 소리로 추측컨대 유메가 쿠자크의 몸을 때린 모양이다. "제대로 성기사 정신이잖여! 멋지잖아."

"그, 그래요? 그야 성기사니까. 강물에 빠져서 죽을 뻔했지만…."

"…장비가, 무거우니까." 시호루가 두둔해준다.

"그 때문도 있지만. 그걸 계산하지 않았어요. 이런 면이 멍청한 거야, 나는. 머리가 나쁜 걸까요? 좋지는 않겠지만."

세토라가 흥… 하고 코웃음을 쳤다.

메리는 입을 다물고 있다. 컨디션이라도 나쁜 건가? 치료해주느라 상당히 마법을 써서 피로한지도 모른다. 말을 걸고 싶었지만 세토라의 심기를 거스를 것 같아 말하지 못했다. 하지만 어째서 하루히로가 메리를 걱정하면 세토라가 화를 내는 걸까?

그런가.

세토라는 분명 하루히로가 메리를 의식하고 있는 것 아닐까 하고 의심하고 있다. 호감을 느끼고 있는 것 아닐까 하고. 그래서인가?

사실 맞지만.

물론 이 마음은 일방통행이고, 발전성이 없고, 어떻게 할 수도 없는, 그저 호감이다. 그것은 하루히로 본인이 깊이 이해하고 있다. 동료이고. 그 이상도 그 이하도 아니라고 메리도 말했었다. 무엇보다 메리와 하루히로는 어울리지 않는다. 메리는 하루히로를 어떻게 생각하고 있는 걸까? 그런 일을 생각하는 것조차 어리석다. 어떻긴 뭘 어때? 동료라고 했잖아? 리더로서 신뢰해주기는 하는 것 같고, 고맙고, 여러 가지로 마음을 써주기도 하니 고맙고. 그것만으로도 정말로 고맙다. 감사. 감사. 감사….

…가 아니다.

명백하게 긴장이 풀렸다. 이래서는 안 된다. 이래 봬도 리더인 것이다.

우선 귀렐라들이 아직 쫓아올지도 모른다. 경계해야 한다.

새롭게 귀렐라 같은 위협적인 다른 생물과 맞닥뜨릴 가능성도 고려할 필요가 있다.

이 여행의 종착점, 목적지는 오르타나다. 하지만 오르타나는 너무 멀다. 바다. 바다다. 바다로 나가고 싶다. 자유도시 베레까지 갈 수 있다면. 베레와 오르타나는 교역을 하고 있다. 상단이 오가니까 안전한 경로가 있을 것이다. 베레를 향하여, 바다로.

그러기 위해서는 한 걸음 한 걸음이다.

지금은 괜찮다. 고양되어서 몸이 움직인다. 단, 이것이 지속될 거라고 생각하면 큰 착각이다. 쉬지 않으면, 언젠가, 머지않아, 뚝 끊어져버린다.

먹을 것도 필요하다. 세토라 뫃은 키이치가 어떻게 챙겨주겠지만, 하루히로 팀은 자력으로 조달해야만 한다.

과제는 산더미다.

어딘가에서 휴식을 취하면서 먹을 수 있을 만한 것을 찾을까? 위험한 짐승은 대개 야행성이고 어두우면 주위 상황을 확인하는 것도 제대로 못한다. 쉰다고 해도 밝아진 후에 쉬는 편이 좋을까? 그때까지 버틸 수 있을까?

아주 작은 빛이, 어둠 뒤에는 없는 것을 보여준다.

뭔가 있었다.

저기에.

저기에도 있다.

꺄악. 누군가가 비명을 질렀다. 아니, 저것은 밤에 우는 새소리다. 그게 틀림없다. 뒤에서 다가오는 이 소리는 바람이 나뭇잎을 흔드는 것뿐이겠지.

용케도 살아 있네.

생각해보면, 몇 번을 죽어도 모자랄 만한 꼴을 당했다.

과거를 돌아보고 있을 때가 아니다. 앞만 봐라. 그것도 위험하다. 뒤에도, 좌우에도, 위에도, 밑에도 주의를 기울여야 한다.

왜 이렇게까지 해가면서 살아야만 하는 거지?

살아 있는 일에 그만한 가치가 있는 건가?

지쳤어. 이제 귀찮아. 죽으면 죽는 대로 그것도 괜찮지 않아?

―나, 정말로, 오르타나로 돌아가고 싶은 건가?

고향도 아닌데.

거기에 뭐가 있다는 거야?

그런 일, 생각하고 싶지 않고, 적어도 지금은 생각할 일이 아니다. 그런데도 생각해버린다.

생각하면서, 숨을 쉬고, 눈을 부릅뜬다.

귀를 기울인다.

발을 옮긴다. 걸어가려고 한다.

걷고 있다.

도대체, 무엇을 위해서?

어이.

마나토, 모구조. 가르쳐줘.

산다는 건, 그렇게 좋은 일인가?

그쪽은 어때?

역시 살아 있던 때가 좋아?

그쪽 같은 건, 없는지도 모르지만.

그러니까 살려고 하는 건가?

죽으면 아무것도 없어지니까. 놓아버리는 것이 아쉬운 건가?

하지만 말이지.

아무것도 없어지는 거라면, 아무것도 알 수 없게 되어버리는 것이고, 당연히 아쉽다고 생각할 일도 없다. 무섭지도 않다. 아무것도 느끼지 않는다.

그렇다면 괜찮지 않아?

슬프지도, 외롭지도, 괴롭지도 않은 거니까. 어떤 의미에서는 평온하다고나 할까. 솔직히 살아 있으면 힘든 일이 더 많기도 하고.

해방되고 싶다고 생각한 적도 있어.

기뻤던 일도, 즐거웠던 일도, 있기는 있지만.

기쁨이나 행복 같은 건 거의 순간적인 것일 뿐이고. 지나가버리면, 돌이켜 생각해봐도, 아, 그런 일도 있었지… 정도인 거고.

잃어버린 아픔 쪽이 여전히 더 리얼하게 떠오른다.

마나토와 모구조가 지금도 살아 있다면 어땠을까?

그런 생각을 하면 아직도 가슴이 꽉 조여드는 것 같다.

무슨 일이 있어도 살아 있고 싶은가 하고 묻는다면, 즉답은 할 수 없다. 잘 모르겠어.

단지, 동료들은 죽게 하고 싶지 않아. 살아 있어주길 바란다. 진심으로 그렇게 생각해.

그렇다면 나도 간단히는 죽을 수 없어.

동료들도 같은 마음일 테니까. 마나토와 모구조를 잃었을 때, 동료를 잃어버릴 뻔했을 때의 일을 기억하니까. 모두에게 그런 타격을 입히고 싶지 않아.

결국 자신을 위해서만 살아 있는 것이 아니다.

이 목숨이 나만의 것이라면 진작에 내던졌다. 꽤 하드하고. 비교적 고행이다. 나 혼자뿐이라면.

혼자가 아니니까, 살아 있다.

살아가자… 하고 생각할 수 있다.

아직 죽고 싶지 않아. 좀 더 살고 싶다고.

다들 가늠할 수도 없이 무한한 어둠 속에서 켜진 작고 초라한 빛인 것이다.

가치도 없어 보이는 그 빛이 다른 빛을 발견하고 모여든다.

서로를 비춰주고 따뜻하게 해준다.

언젠가 끝날 때가 와서 아무것도 모르게 되어버릴 때까지.

그때는 훨씬 뒤일지도 모른다.

1년 후일지도 모른다. 내일일지도 모른다.

어쩌면 오늘일지도 모른다.

남겨진 시간이 길든 짧든, 빛과 빛은 서로 이끌리고, 깜빡인다.

단지 지금을 끌어안고 빛나고 있다.

조금 밝아졌다. 새들이 부드럽게 지저귄다.

기온은 그리 낮지는 않을 테지만, 외투며 뭐며 옷이 덜 마른 탓인지 좀 쌀쌀하게 느껴진다.

희미한 안개가 껴서 사우전드 밸리를 연상시킨다. 그 짙은 안개 일대에는 두 번 다시 발을 들여놓고 싶지 않다. 숨겨진 촌락 사람들은 잘도 그런 곳에서 살 수 있네.

머리가 멍하다. 안 된다. 정신 차려야 해.

힘들지만.

아무튼 나른해서 견딜 수가 없다. 구역질이 난다. 토하려 해도 토할 수 없겠지. 분명 아무것도 나오지 않을 것이다. 만약 여기에 그 바보가 있었다면 주저앉아서 고래고래 소리를 지를 것 같다.

아… 이제 못 걷겠어. 장난 아니라고. 못해먹겠다고. 못해먹겠단 말이다.

그런 큰 목소리를 낼 힘이 남아 있다면 더 걸을 수 있잖아?

시끄러워, 파루피로링. 그거랑 이거는 달라! 못해먹겠다고! 못 먹겠다고!

먹긴 뭘 먹어?

닥쳐, 포루페로핑! 그럼 먹을 걸 줘!

왜 그럼이야? 전혀 앞뒤가 이어지지 않는데.

이어져. 내 속에서는 튼튼한 동아줄로 이어진다고!

…이런 비슷한, 푸념이라고도 할 수 없는 언쟁을 몇 번이고 몇 번이고 했었다. 잠자코 있을 수는 없는 건가? 쓸데없이 더 피곤해지잖아. 그러니까 싫다고, 그 녀석. 하지만, 이상하네.

그 녀석을 떠올리면 어째서 얼굴이 흐물거리는 건지? …나, 웃고 있어…?

앞쪽의 나뭇가지가 부자연스러운 방식으로 흔들렸다. 뭔가가 나뭇가지에서 나뭇가지로 뛰어 이동하는 건가? 하루히로는 발을 멈추고 스틸레토를 뽑았다. 반응할 수 있구나. 막상 닥치니 의외로 움직일 수가 있어. 동료에게 지시를 내리려고 했는데 세토라가 고개를 위로 쳐들고 "키이치다" 라고 말했다. 잘 보니 전방 오른쪽 위의 나뭇가지 위에 회색 냐아가 앙증맞게 앉아 있다. 키이치는 "냥" 하고 짧게 울고는 동쪽으로 고개를 돌렸다.

"흐흠." 세토라가 왠지 유쾌한 듯한 목소리를 내더니 엠바의 목덜미를 가볍게 손으로 밀었다. 엠바가 걷기 시작한다. 이대로 걸어갈 모양이다. 키이치는 점프하더니 금방 어디에 있는지 알 수 없게 되었다.

하루히로는 스틸레토를 칼집에 도로 넣고 세토라를 어깨에 태운 엠바를 따라갔다.

"냐아는 얼마나 똑똑한 거야?"

"옛날에 노나에라는 닌자가 있었다. 그녀는 오나키라는 냐아와 맺어져 끝까지 함께했다고 한다."

"맺어져….'

"어디까지나 전설이지만. 센쥬라는 하얀 냐아는 백 살도 넘게 살았고 인간의 말을 했다고 한다. 사실 센쥬에게는 날 때부터 꼬리가 두 개 있었다고 하니 변종이거나 특수한 개체였는지도 모르지."

"…키이치는 상당히 머리가 좋은 것 같던데."

"역할이 주어지지 않으면 냐아는 먹고 자는 것밖에 하지 않아. 할 필요가 없기 때문이다. 만족할 줄 알고, 욕심을 내는 일이 없다. 그러나 해야 할 일을 가르쳐주면 겁먹지 않고 한다. 무엇을 똑똑하다고 평가하는가에 따라 다르겠지만, 내가 생각하기에 냐아들은 우리 인간들보다 현명하다."

"그래서 세토라는 냐아를 좋아하는 건가?"

"아니다."

"그럼 왜?"

"귀엽기 때문이다."

세토라가 그렇게 말하자 뒤쪽에서 메리가 "…나도 이해해"라고 중얼거렸다.

엠바 어깨 위에서 세토라가 돌아보았다. 왠지 어리둥절한 얼굴을 하고 있다.

"너와는 마음이 맞을 것 같다, 신관. 메리, 였던가?"

"아무리 뜻이 맞지 않는 사이라도 의견이 일치하는 것 한두 개쯤은 있어도 이상할 것은 없겠지."

"뜻이 맞지 않는 사이라고? 어째서지? 같은 이를 좋아하는데."

"가, 같은 이라니? …냐, 냐아? 하긴, 냐아는, 그래… 응. 좋아하
는데? 처음 봤을 때부터. 그, 그게 왜? 안 되는 건가?"

하루히로는 도중부터 세토라와 메리의 대화를 듣지 않았다.

앞쪽이 넓어졌다. 아침 해다. 해가 뜨려고 한다. 하루히로는 걸음
을 빨리했다. 유메가 "뮤옷" 하고 의문의 목소리를 내며 따라온다.
하루히로와 유메는 빠른 걸음으로 엠바를 추월했다.

길이 넓어진 것이 아니었다. 이제부터는 급격한 내리막 경사길이
다. 그래서 시야가 트인 것이다.

하늘은 70이나 80퍼센트 정도 구름에 덮여 있다. 그래도 동쪽 저
편은 맑아서 능선 위에서 태양이 살짝 얼굴을 내밀고 있었다.

지금 하루히로 일행이 있는 산과 동쪽 산 사이는 평평하고, 남쪽
을 향해 강이 흐르고, 군데군데 나무들이 있고, 푸른 초원이 펼쳐져
있다. …아니.

저것은 초원 같은 것이 아니다.

"밭이다."

목조로 보이는 건물들이 점점이 있다. 밭들 사이를 몇 갈래의 길
이 달린다. 울타리 같은 것이 있다. 길 너머에는 마을이라고 부르기
에는 규모가 작지만, 그렇긴 해도 수십 채의 건물이 모여 있었다.

유메가 "후와아아…" 하고 하루히로 옆에서 눈을 휘둥그레 떴다.

하루히로는 천천히 숨을 내쉬었다. 약간 동요하고 있다. 진정하
자. 가급적 감정의 기복을 원치 않는다. 마음을 굴곡 없이 평평하게
유지하려고 한다. 이것은 거의 하루히로의 버릇이다.

"뭐가 살고 있는 걸까?"

"글쎄."

세토라가 엠바의 어깨에서 내려와 하루히로에게 다가왔다. 어깨에 뺨을 대기에 자기도 모르게 도망칠 뻔했으나, 그것은 좋지 않은가? …안 좋은 건가?

안 좋을까? 응. 역시 안 좋은 것 같다.

"인간이 아니라는 것만은 틀림없겠지만."

"…그렇, 지."

오크일까? 아니면 언데드일까? 편견일지도 모르지만, 언데드의 마을치고는 생활감이 너무 강하단 말이지.

메리와 시호루, 쿠자크가 종종걸음으로 다가왔다.

"마을, 인가…?"라고 쿠자크는 감탄하는 것처럼 중얼거렸다.

시호루가 "…마을, 이네"라고 끄덕인다.

메리는 말없이 힐끔 하루히로 쪽을 보았다. 단지 그저 하루히로가 있다는 것을 확인하는 것뿐인 듯한, 다른 뜻은 없다는 듯한 시선이었다.

하루히로는 옆눈으로 메리의 옆얼굴을 보았다.

메리는 아랫입술 끝을 아주 살짝 깨물고 뭔가를 억누르고 있는 것 같은 눈을 하고 있었다.

잠시 후에 집집마다 주민으로 짐작되는 생물들이 나왔다.

건물의 형태 등으로 어느 정도는 예상을 했었기 때문에 놀라지는 않았지만, 주민들은 인간처럼 두발로 걸어 다녔다. 체격은 제각각이다. 극단적으로 큰 것은 없고 지나치게 작은 것도 없다. 먼발치에서 본 바로는 인간과 큰 차이가 없는 것 같다.

주민들은 길을 통해 밭으로 흩어지더니 걸어 다니거나 몸을 굽히고 손을 움직이거나 하며 농사일에 매진하고 있는 것 같았다.

가축으로 보이는 네발 달린 짐승이 줄지어 걸어간다. 저것은 소일까? 가나로일까? 아니면 크기로 봐서 양일까? 좀 더 다른 동물처럼도 보인다.

농촌의 평온한 아침의 일상 풍경. 그런 말이 하루히로의 뇌리에 떠올랐다.

저 마을은 평화로운 것 같다. 이렇게 살그머니 상황을 살피고 있는 하루히로 쪽이 훨씬 수상하고 흉흉하겠지. 좀 더 말하자면, 악역 같다.

실제로 종족이 뭐든 그들은 그저 농민이고 저 마을이 단순한 농촌이라면, 하루히로 일행은 악역이랄까, 악당 이외의 그 무엇도 아닌지도 모른다. 저 마을에서 물자를 조달하려는 꿍꿍이가 있고, 그러기 위해서 정찰하고 있는 것이니까.

그야 배가 고프다. 먹을 것이 필요하다. 벌컥벌컥 들이켤 물이든 가축의 젖이든 상관없다. 있기만 하면 된다. 달라고 부탁해서 얻을 수 있는 거라면 머리든 뭐든 숙이겠다. 하지만 거절당하면? 저 마을의 주민들 입장에서 보면 하루히로 일행은 생면부지의 타인이고 게다가 인간이다. 이쪽의 요청에 응할 의리는 없겠지. 그럼 어떻게 하지? 순순히 포기하는 건가? 아니면 훔치나? 빼앗나?

가급적이면 강행 수단을 쓰고 싶지는 않다. 원만한 대화를 통해서 음식물을 얻을 수 있다면 그보다 좋은 일은 없겠지만, 애초에 말이 통할지 어떨지.

하루히로는 동료들을 대기하게 하고 혼자서 산을 내려갔다. 우선은 주민에 관해서 가능한 한 알고 싶다. 단, 당연하지만, 아무리 스텔스(은폐)를 구사해도, 다가가면 다가갈수록 발견될 위험성도 높아진다. 어디까지 갈 수 있을까? 가도 되는 건가? 갈 수 없을까? 판단해가면서 조금씩, 조금씩 걸어갔다.

이런 작업은 싫지 않다. 스스로 말하기는 좀 그렇지만, 아니, 굳이 공언할 일은 아니지만, 비교적 잘한다고 생각한다. 재능이 있는지 어떤지는 다른 문제라고 해도, 꽤 적성에 맞지 않나 하고 남몰래 자부하고 있기도 하다.

"…하지만 자만하는 건가? 약간은….''

하루히로는 볏과 비슷한 식물이 빽빽하게 난 밭 속에 있다. 볏과 비슷한. 일단 논은 아니다. 밭이니까, 보리인가? 어느 쪽일까? 솔직히 잘 모르겠다. 식물에 관해서는 잘 알지 못하고. 일개 도적에 불과하고. 하지만 왠지 보리 비슷하지?

그 보리 같은 식물의 높이는 하루히로의 허리 위까지 오고, 이삭에 작은 알갱이 상태의 열매가 잔뜩 달려 있다. 열매 부분은 먹을 수 있을 것 같다. 일부러 이렇게 기르는 것이니 먹을 수 없을 리가 없다. 한 알 따서 입에 넣어본다.

"…음."

딱딱하다. 맛은, 있는 것 같기도 하고 없는 것 같기도 하고. 보아하니 생식에는 적합하지 않은 것 같다. 삶거나 찌거나, 갈아서 물을 부어 동그랗게 반죽해서 삶거나 굽거나 하면 맛있게 먹을 수 있지 않을까? 아마도.

하루히로는 도마뱀같이 반쯤 기어가는 것처럼 신중하게 전진하면서, 하지만 역시 좀 너무 서둘렀나? 라고 생각하기도 하고 아니라고 생각하기도 했다. 모습은 완전히 숨겼으니 괜찮을까? 아니면 역시 돌아가는 편이 좋을 듯…?

조금 고개를 들고 주변을 본다. 가장 가까운 데 있는 밭일 중인 주민까지 여기에서 50미터 이상 떨어져 있겠지. 들킬 만한 거리는 아니다. 아직 괜찮다. 현시점에서는 괜찮지만, 더 접근하는 것은 주저할 수밖에 없었다.

주민은 허리를 숙이고 뭔가 하고 있다. 잡초라도 뽑는 건가? 낮은 자세로, 게다가 두건을 써서 전혀 얼굴을 확인할 수 없다. 그래도 상당히 인간과 닮은 것 같은. 하루히로는 그렇게 생각했지만 실상은 어떨지? 행동거지랄까. 분위기가 꽤 인간스럽다. 조금만 더 가면 보일 것 같은데. 흘깃이라도 얼굴이 보인다면.

이런 때에는 섣불리 움직이지 않는 편이 좋다. 여기서 가만히 있으면 들키지는 않겠지. 그러니까 초조해하지 말고 기다린다. 언젠가 기회가 온다… 는 보장은 전혀 없지만, 안 되면 안 되는 거고, 그때 가서 뭔가 다른 방법을 생각하면 된다.

방심하지는 않았다고 생각한다. 그러나 굳이 말하자면, 밭까지 들어와버린 것은 좋지 않았나? 라는 느낌. 하지만 그렇게 하지 않으면 주민을 관찰할 수 없으니 어쩔 수 없었다.

뒤쪽에서 풀잎이 스치는 소리가 들려, 심장이 쿵… 하고 무겁고 아플 정도로 울렸다.

아니야, 잠깐만. 기분 탓 아닐까? 왜냐하면, 이상하잖아. 아까 주위를 둘러보았을 때 뒤쪽도 봤다. 뭔가 있었나? 없었을 텐데. 하지만 소리는 지금 분명히 들렸다.

침착해. 당황하는 것이 제일 안 좋다. 냉정하자. 소리. 들린다. 아직 들린다. 하루히로 뒤쪽에서 뭔가가 이동하고 있다는 뜻이다. 어떻게 하지?

어떻게 하지?

눈으로 확인하려면 고개를 들어야 한다. 그건 위험한가? 뒤. 거의 바로 뒤라고 생각한다. 소리는, 어떻지? 다가오고 있나? 멀어져 가나? 분명하게는 모르지만, 다가오고 있는 것 같다. 뭔가가 보리 비슷한 식물을 헤치고 밭 속을 걷고 있는 것 같다. 이쪽으로 온다. 그렇다는 것은, 여기에 있으면 발견되어버린다.

전진은 할 수 없다. 주민이 있다.

오른쪽이나 왼쪽으로. 보리 비슷한 식물을 흔들지 않도록. …아니, 그건 무리인가…?

갑자기 휘파람 같은 소리가 울렸다. 휘파람 같은… 이랄까, 그것은 휘파람 그 자체였다. 좀 멀리 있는 개를 부르려고 할 때 견주가 부는 휘파람. 그런 소리였다.

하루히로는 일어서자마자 몸을 돌렸다. 있다. 역시 두건을 깊이 눌러쓰고 길이가 긴 녹색 외투를 입었으나, 저 체격. 오크가 아니다. 언데드인가? 엘프인가? 혹은 인간인 건가?

하루히로는 비스듬히 오른쪽 방향으로 달렸다. 도대체 뭐야? 저 녀석. 20미터 정도 떨어진 곳에서 하루히로를 보고 있다. …보고 있다고 생각한다. 두건이 얼굴을 가려 시선의 방향은 모르지만, 분명. 아마도 하루히로를 보고 있는데도, 놈은 우두커니 서 있다. 농사일을 하던 주민들은 어떻게 하고 있나? 확인할 여유는 없다. 뛰어라. 전력 질주다. 뛰어라. 그런데 이상하다. 왜 놈은 쫓아오지 않지? 혹시나 그냥 봐주는 건가…?

그렇게 생각한 것도 잠시. 놈이 움직였다.

온다. 물론 하루히로 쪽으로. 아, 역시? 그렇겠지. 응. 알고 있었어. 봐줄 거라고 진심으로 생각한 건 아니야.

우선 밭에서 나가 산으로 들어가버리자. 이제 곧 밭이 끝난다. 놈은 하루히로를 향해 달리고 있지만 그렇게 빠르지는 않다. 그렇다고 해서 늦지도 않지만. 서로의 거리는 10미터 정도. 줄어들지는 않지만 더 벌어지지도 않는다. 놈의 발놀림은 가벼워 여력이 있는 것 같다. 왜 거리를 좁히지 않는 건가? 이상하다. 아무래도 마음에 걸린다.

하루히로는 발을 멈추지 않고 돌아보았다. 주민들은 바깥일을 멈추고 뿔뿔이 흩어져 도망간다. 보기에 그들은 그냥 농민 같다. 쫓아오는 것은 놈뿐인가? 그렇게 판단하는 것은 위험하지만, 적어도 현시점에서는 그런 것 같다.

"…그렇다면…?"

밭에서 뛰어나가, 울타리를 넘어, 조금만 가면 숲이다. 숲이라고 해도 사실 평평하지는 않다. 경사를 이루고 있다. 그런대로 급경사다. 올라가라. 뛰어올라가. 젠장. 숨이 차다. 유난히 힘들다. 공복

탓인가? 실은 기진맥진이다. 하지만 그런 말을 하고 있을 수는 없다. 놈의 위치를 확인한다. 여전히 가까이 붙지도, 멀리 떨어지지도 않은 상태인가? 기분 나쁘다. 상대가 놈 하나라면 나 혼자서 어떻게든 처치하고 싶다. 할 수만 있다면. 할 수 있을까? 놈의 역량을 읽을 수 없기 때문에 전혀 예측할 수 없다.

여기에서 승부를 걸었다가 힘이 미치지 못해 패한다고 해도 최악의 경우 죽는 것은 하루히로뿐이다. 동료들이 있는 곳을 들킬 일도 없다. 그렇다면… 자기도 모르게 생각해버린다. 정말로 좋지 않은 버릇이다. 또 시호루에게 야단맞겠다.

하루히로는 나무들 사이를 빠져나가 경사면을 올라갔다.

놈은 여전히 혼자서 쫓아온다.

좀 용기가 필요했지만, 하루히로는 굳이 꾸물거리는 척을 해봤다. 그래도 놈과의 거리는 변함없다. 뭐, 예상대로이긴 하다.

놈에게는 하루히로를 붙잡을 마음이 없다는 뜻이다. 우선 현시점까지는. 일부러 하루히로를 도망치게 만들고 있다. 무엇 때문에?

놈의 입장이 되었다고 치고 생각해보면 된다. 놈은 아마도 이 마을의 주민 중 한 명으로 경호 비슷한 일을 하고 있다. 어느 날 여느 때처럼 순찰을 돌다가 보기에도 수상쩍은 인물을 발견했다. 밤 속에서 뭔가 살그머니 탐색하고 있다. 침입자 같다. 휘파람을 불어 위협해보니 그 녀석은 허둥지둥 도망쳤다. 아무래도 혼자인 모양이다. 하지만 정말로 그럴까? 사실은 패거리가 있고, 저 녀석은 첨병에 불과한 것 아닐까? 도망간 그곳에 한패가 있는 것 아닐까?

놈은 하루히로를 몰아서 동료들이 있는 곳으로 안내하게 만들려는 건지도 모른다. 그렇다면 역시 동료들이 대기하는 장소에는 돌아가지 않는 편이 좋을까?

놈은 분명 실력에 자신이 있다. 그러지 않았다면 저런 식으로 당당히 쫓아오거나 하지 않는다. 하루히로가 놈이었다면, 똑같은 생각을 했다고 해도 몰래 뒤를 밟았을 것이다. 그래서 패거리의 숫자와 있는 장소를 확인하고 나서 선후책을 강구했을 것이다.

하루히로 혼자서는 분명 놈에게는 이길 수 없다. 아니, 그건 모르지만. 해보지 않은 이상은 뭐라 말할 수 없지만. 이길 수 있을지도 모르고 이길 수 없을지도 모른다. 그럴지도 몰라… 로는 안 된다. 하지만 모두의 힘을 빌리면 어떨까? 자기 자신의 역량에 관해서는 상당히 회의적이지만, 동료들은 믿을 수 있고, 의지하고 있다.

신호는?

그런 것은 필요 없다.

이 앞의 지형은 좀 특징이 있다. 경사면에서 큰 바위가 튀어나와 있고 무수한 넝쿨이 내려와 좀 음산하다. 음산 바위라고나 할까.

음산 바위 위로 눈길을 향하자 마침 시호루가 얼굴을 내밀고 있었다. 그 어깨 위에는 새까만 인간형이랄까, 별 모양 엘리멘탈 다크가 얌전히 올라가 있다.

"가라, 다크…!"

슈부우우웅…. 이런 느낌의 소리를 내며 다크가 날아온다.

하루히로는 오른쪽으로 방향 전환을 하면서 고개를 돌려 놈을 보았다. 놈은 멈춰 서 있었다. 잠복하고 있던 자를 보고 멍해진 건가? 만약 그렇다면 오히려 의외다. 놈은 평화에 길들여져 멍해진 마을의 태평한 경호원으로 깊이 생각도 하지 않고 하루히로를 쫓아온 것뿐인가? …그럴 리가 없다.

놈은 오른손 검지로 허공에 뭔가를 그리면서 목소리를 발했다.

"마리크 엠 파르크."

—저것은.

한동안 듣지 못했지만, 기억하고 있다. 저 주문은.

저 엘리멘탈 문자는.

빛이다.

놈의 얼굴 앞쪽에 빛의 구체가 나타났다.

틀림없다. 저것은 매직 미사일(마법의 광탄)이다. 마법사가 처음으로 배우는 마법. 초보 중의 초보.

하지만 저것은.

크다.

놈의 머리 크기와 같을 정도로, 아니, 좀 더 크겠지.

"웃…!" 시호루가 지팡이를 휘둘렀다.

다크는 광구를 우회해서 놈에게 덤벼들려고 한 것이라고 생각한다. 똑바로 날리는 것뿐만이 아니다. 시호루는 다크를 어느 정도 조종할 수 있다. 하지만 붙잡혀버렸다.

광구가 쓱 이동해서 다크를 붙잡은 것이다.

다크와 광구가 접촉한 순간, 회오리바람이 발생했다.

10미터 정도 떨어진 곳에 있는 하루히로는 그나마 괜찮았지만, 놈의 녹색 외투는 힘차게 펄럭였고 두건이 벗겨졌다.

"웃…."

하루히로는 말문이 막혀 눈을 크게 떴다.

빛이 강해진 것은 딱 한순간뿐이었고, 다크로 인해 중화된 것처럼 광구가 수축하더니 이윽고 소멸했다.

다크도 광구도 양쪽 다.

단 한 방의 매직 미사일에 시호루의 다크가 사라져버렸다.

놈은 마법사인 건가?

그렇다고 해도 이상할 것은 없⋯ 을지도 모른다.

왜냐하면, 놈은.

"우오오오오오오오오오오오오오오오오오오오⋯!"

음산 바위 바로 옆으로 방패와 대검을 든 쿠자크가 뛰어내려온다. 바보처럼 큰 소리를 내는 것은 일부러 그러는 거다. 그쪽으로 주의를 끌려는 것이다.

놈이 쿠자크 쪽으로 얼굴을 향했다. 그 직후였다.

유메다. 덤불 속에서 유메가 뛰어나왔다. 가깝다. 놈에게서 5미터 정도밖에 떨어지지 않았다. 저런 곳에 몸을 숨기고 있었다니. 하루히로는 전혀 눈치 채지 못했었다. 도적 빰치는 솜씨다. 제법이잖아.

유메가 말없이 놈에게 돌진한다.

놈은 유메 쪽을 보지 않는다. 쿠자크에게 눈길을 향하고 있다.

이상하다고 생각했다. 아까 외투가 펄럭였을 때 얼핏 보였는데, 놈은 허리에 검인지 뭔지를 차고 있었다. 그런데도 뽑으려고 하지 않는다. 놈은 마법사인 모양인데, 저 무기는 그저 장식품인가?

그렇지도 않은 모양이다.

유메가 놈에게 덤벼든다. 그 직전에 놈은 검을 뽑았다.

"에잇⋯!"

유메가 비스듬히 내리친 칼을 놈은 검으로 막아냈다.

보지도 않고 가볍게.

바로 이어서 유메의 배에 발차기를 날려 밀쳐낸다.

"…꾸욱…?!"

"젠자아아아아아아아아아아아아앙…!"

쿠자크가 놈에게 돌진한다. 가속도가 붙었고 투구와 갑옷, 더욱이 방패로 몸을 방어하고 있기 때문에 저것은 막을 수 없다. 쿠자크는 몸 전체로 부딪쳐 상대방을 날려버리든가 밀어 쓰러뜨리고 그대로 대검을 박으려는 생각이다. 거칠고 엉성하지만 혜택받은 체격인 쿠자크가 저 형태로 몰고 가면 엄청나게 강하다. 상대가 피하려고 해도 쿠자크는 긴 팔로 대검과 방패를 뻗는다. 박력도 엄청나고 피할 수 있을 것 같으면서도 좀처럼 피할 수 없다.

"으으으으랴라아아아아아아아아아아아아아…!"

쿠자크의 방패가 놈에게 부딪친다. 확실히 충돌했다.

놈은 날려간 건가? 하지만 뭔가 이상하다. 놈의 몸은 뒤랄까, 뒤쪽 비스듬히 위로 날았다. 게다가 놈이 공중에서 1회전한 것처럼 보였다.

"…뭐…?!"

쿠자크는 발을 구르며 머리 위를 쳐다보았다.

놈의 밑을 쿠자크가 지나치는 꼴이 되었다.

쿠자크가 돌아보려고 했을 때에는 이미 놈은 쿠자크 뒤에 착지했다.

놈이 쿠자크의 등에 뒤로차기를 날린다. 쿠자크는 "우옷" 하고 자세가 무너졌다. 엠바가 음산 바위에서 몸을 날려 놈에게 덤벼들지 않았다면, 쿠자크는 추가 공격을 당했을지도 모른다.

엠바는 몽둥이 같은 팔을 맹렬하게 휘두르며 놈에게 다가갔다.

…그러나 맞지 않는다. 놈은 물러난다. 오른쪽으로, 왼쪽으로, 자잘한 움직임으로 발을 놀리면서 후퇴하고, 나무를 장애물로 이용하면서 엠바의 팔을 피하고 있다.

도대체 뭐야? 놈은.

우리는 작정하고 덤비는 거고 사람 수도 많은데도·놈은 마치 노는 것 같다.

힘의 차이가 너무 난다…?

아니, 하루히로 일행은 아직 숫자의 우위를 살리지 못하고 있다. 음산 바위 위에는 시호루도, 그리고 메리도 있다. 세토라도 있나? 밑에는 하루히로와 유메, 쿠자크, 엠바. 시호루한테는 접근전을 시키고 싶지 않지만, 그렇다고 해도 4대1이다. 그런데도 현재로서는 거의 1대1 상황밖에 만들 수가 없다. 그 점이 바로 상대의 교묘한 점이겠지만, 아무리 그래도 에워싸면 이길 수 있을 것이다. 4대1, 3대1은 힘들어도 적어도 2대1이 될 수만 있으면.

"…내가."

이런 때야말로 도적이 등장할 차례 아닌가.

이미 유메와 쿠자크는 놈을 쫓아가고 있다. 하지만 안 된다. 놈은 엠바의 공격을 피하면서 유메와 쿠자크의 손이 닿지 않는 장소로 이동하고 있다.

딱히 길지도 짧지도 않은, 거치적거릴 정도로 자라나면 대충 자르는 것 같은 금발. 수염도 아주 가끔씩만 면도하는 건지도 모른다. 하얀 피부. 파란 눈. 하루히로보다 훨씬 연상이겠지. 키는 크지만 쿠자크처럼 유별나게 큰 키는 아니다.

어디서부터 어떻게 봐도 저 남자는 인간이다.

마법을 쓸 수 있다는 것은, 의용병 출신인 건가?

오크인 잠보가 이끄는 일당인 포르간 중에도 인간이 있었을 정도니까 그리 놀랄 만한 일도 아니겠지. 그보다 지금은 놀라거나 의아해하거나 할 때가 아니고. 저 남자가 뭐든, 어떤 사정이 있든, 어떤 경위로 여기에 있는 것이든 상관없다.

하루히로는 음산 바위 위로 시선을 던졌다. 시호루. 메리. 세토라와도 눈이 마주쳤다. 시호루는 끄덕이고 다크를 소환했다. 하루히로가 무엇을 하려고 하는 건지, 적어도 시호루는 알아준다. 메리, 무슨 일이 생기면 시호루를 부탁해. 세토라는 알아서 잘 처신하겠지.

한 번, 숨을 내쉰다.

온몸의 관절을 이완시켜 의식을 깊은 곳으로 가라앉힌다.

자기 자신을… 지워버린다.

스텔스.

사고와 감정도 멀어져가고 희석된다.

그러면서도 하루히로는 여기에 있다. 여기?

어디지?

됐다.

어디든.

유령이 되면 이런 기분일지도 몰라. 유령이 실제로 존재하는지 아닌지는 접어두고.

소리를 내지 않도록 걷는 것이 아니라, 걷는데도 어째서인지 소리가 나지 않는다.

현세에 있는 것 같으면서도 자기만 조금 어긋나게 존재하는 것 같은 감각.

나는 호흡을 하고 있는 건가?

하고 있다.

유난히 천천히.

심장은 맥박 친다.

너무나 완만하게.

쿠자크는 전혀 저 남자를 따라가지 못하게 되었다. 저 남자는 유유히 움직이는 것처럼 보이지만 상당히 기민하다. 엠바는 피로를 모르는 인조인간이니까 아직 달라붙어 있지만, 유메조차도 쫓아다니는 것이 고작이 되었다. 저래서는 파고들어가 엠바와 협공하는 건 지극히 어려운 일이겠지.

왼쪽 앞의 나무 위에 회색 냐아가 있었다. 키이치는 하루히로가 있는 것을 알아차리지 못한 것 같다.

하루히로는 나무들에 자기 존재를 섞으면서 걸었다.

신경이 몸 밖으로 나가 주위에 펼쳐지는 것 같다.

땅바닥.

풀.

나무 표면.

바람.

모든 것이 선명하게 느껴진다.

이렇게 들어가는 방식은 처음인지도 모르겠다. 백 스태브(등 찌르기)를 노릴 때 가끔씩 흐릿하게 빛나는 선이 보이는 일이 있다. 그것의 스텔스 판이랄까.

들어갔다, 이거.

뭔가 보이고. 예의 그 선과는 다르지만. 이렇게 하면 된다는… 그런 비슷한 것이라고나 할까, 이렇게 하는 수밖에 없다?

선택지라는 건 있는 것 같으면서도 없기도 하거든. 실은 어느 순간에도 한 번뿐. 선택하는 거라고 해도 누가 선택하라고 시키는 것도 아니고. 말하자면 운명? 자신이 결정하는 것이 아니다. 정해져 있다.

하루히로가 이때 그 남자의 등 뒤로 돌아가는 것은 훨씬 전부터 정해져 있었다.

그 남자는 뛰어서 물러나 엠바의 일격을 회피하면서 왼쪽 앞을 신경 썼다. 시호루다. 시호루가 메리와 세토라를 데리고 음산 바위에서 내려왔다. 다크를 쏘려고 한다.

"가라…!"

다크가 날아간다.

그 남자는 물러서지 않고 방향을 틀어 달렸다. 빠르다. 엠바에게서 거리를 두면서 검을 왼손으로 고쳐 잡고 오른손 손가락으로 엘리멘탈 문자를 그릴 생각이겠지.

유메와 쿠자크는 그 남자를 따라잡지 못한다. 엠바도.

하루히로는 움직이려고 작정할 필요도 없이 움직이고 있었다.

그 남자가 주문을 읊었다.

"마리크 엠 파르크."

광구. 또 매직 미사일이다.

다크를 아슬아슬한 거리까지 유인한 후에 광구를 던진다.

바람이 소용돌이를 치는 것처럼 휘몰아쳤다. 그것과 동시였다.

하루히로는 남자의 등을 스틸레토로 찔렀다. 남자가 두꺼운 갑옷을 입지 않았다는 것은 외투가 펄럭일 때 이미 확인했다. 스틸레토 날은 튼튼하지만 얇아서 갈비뼈 사이를 관통할 수도 있다. 단, 갈비뼈에 닿지 않게, 허리 부근 위치에서 약간 비스듬하게 올려 찌르면 내장에 닿으니까 그러는 편이 간단하다. 좌우의 신장. 거기서부터 더욱 간까지 노린다. 어떤 장기도 상처가 나면 많은 출혈을 하므로 치명적이지만 신장은 특히 아프다. 아무리 인내심이 강한 자라도 견딜 수 없을 정도의 극심한 고통이 엄습해 절규한다. 광마법으로 치료하지 않으면 살 수 없다. 그것도 가급적 빨리. 이것은 인간이든 오크든 아마도 엘프라도 드워프라도 마찬가지일 것이다.

"음, 음⋯."

─그러나 남자는 소리를 지르지 않고 신음만 하더니 몸을 틀고 얼굴을 돌렸고, 그 파란 눈동자에 하루히로가 비쳤다. 왼쪽 눈썹을 치켜 올리고 얇은 입술 사이로 숨을 내뱉는다. 너무나 놀라 감탄하고 있다. 그런 표정이다.

"제법인데" 라고, 남자는 말했다.

그리고 졌다는 것을 인정하지 않는 건지 뭔지, 웃음을 띤다.

"하지만, 유감."

"⋯어."

실패했다. 통한의 실수다. 어설펐다. 왜 이걸로 해치웠다고 생각한 걸까? 어리석은 것도 정도가 있다. 미숙하다. 약간은 경험을 쌓았다고 우쭐했던 것 아닐까? 어째서 이 남자를 그냥 인간이라고 생각했지? 인간처럼 보이긴 해도, 아닐지도 모르는데. 인간 같은 괴물이 있다고 해도 전혀 이상할 것 없는데.

여러 가지 사고와 감정들이 돌고 돌아 뒤엉켰다. 그때에는 이미 늦었다.

남자는 하루히로의 목에 팔을 둘러 끌어당기면서 허리를 틀었다. 유도 기술 같다. 그렇게 생각했다. …유도…?

내던져져 몸이 빙글 회전했다.

정신이 들고 보니 남자가 위에 올라타 하루히로를 내려다보고 있었다.

"때리는 것은 좋아하지 않는다. 야만적이잖아?"

말과 행동이 다르다. 남자는 손바닥을 하루히로의 턱에 대고 힘껏 눌렀다.

아아, 하지만, 이거, 때리는 것과는 미묘하게 다른가? 뇌가, 시야가 흔들… 흔들리고, 온몸에서 힘이 빠져나가버리는, 기묘한 타격이었다. 그리고 남자는 오른손 검지로 엘리멘탈 문자를 그리며, "마리크 엠 파르크" 라고 주문을 읊었다. …우와아.

뭐하는 거야? 하지 마.

매직 미사일.

광구가 떨어진다.

무사하지 못할 것이다, 분명.

머리가 멍해진 탓인지, 왠지 남의 일 같지만, 광구는 하루히로의 눈앞으로 다가오고 있다.

엄청나게 눈부시다.

뼈가 부서지는 소리를 하루히로는 들었다. 아마도 코뼈거나. 광대뼈거나. 아무튼 안면의 뼈다.

어둡지는 않지만 아무것도 보이지 않는다.

아무것도.

커헉… 입에서 숨이 흘러나왔다. 코는 막힌 것 같다. 목구멍도 유난히 좁아진 것 같고 입이 움직이지 않는다. 마비된, 건가?

잘 모르겠다.

동료들이 저마다 하루히로의 이름을 불렀다.

"움직이지 마." 남자가 말했다.

하루히로는 움직이고 싶어도 움직일 수 없었다.

미안, 여러분.

—진짜로 미안.

"움직이면 이 아이를 죽인다. 나도 별로 죽이고 싶은 건 아니다. 그러니까 다들 움직이지 마. 이해했나? 그래. 다행이다. 그럼, 우선 무기를 버려주실까. 아, 거기, 너는 숨겨진 촌락의 아이인가? 숨으려고 해도 소용없다. 그리고, 냐아를 한 마리 데리고 있군. 회색 냐아 말이다. 그 녀석에게도 쓸데없는 짓을 하지 말라고 하는 게 좋아. 한 마리뿐이라는 것은 소중히 여기는 것이겠지. 좋아. 그걸로 좋다. …자, 그럼, 어떻게 할까? 인조인간을 포함해서 여섯 명과 냐아가 한 마리. 그리고 이 아이인가? 이 아이는 내가 운반한다고 치고, 너희는 자기 발로 걸어가는 수밖에 없겠군. 여기에서 죽여도 좋지만, 아까도 말한 것처럼 나도 죽이고 싶은 것이 아니다. 무익한 살생은 바람직하지 않다는 것, 알지? 불교의 가르침이다. 아니던가? 뭐, 그럴 필요가 있다면 어쩔 수 없지만, 여기에 인간이 오는 것은 드문 일이니까. 가치를 판단한 뒤에 하지."

죽이는 것은 언제든지 할 수 있으니까. 그렇게 남자가 중얼거리는 것을 하루히로는 멀리서 들리는 것처럼 들었다.

이제 틀린 건가?

매달리고 싶은데. 여기에 있어야 하는데.

어떻게든 해야 하는데.

그런데도.

의식이 희미해진다.

"…제시랜드에 온 걸 환영한다."

5. 상생

―도대체 뭐야? 여기.

도대체 정체가 뭐야? 이 사람들은.

그 제시라는 남자의 명령으로 산을 내려오자 그와 비슷한 녹색 외투를 입은 무리가 달려와서 메리 일행을 밧줄로 묶었다. 다리는 자유롭게 움직일 수 있지만, 제시가 하루히로를 둘러메고 제일 뒤에 있기 때문에 도망칠 수가 없다. 걸어가라고 하면 걸어가는 수밖에 없고, 땅바닥을 기라고 요구한다면 따르는 수밖에 없는 것이 그들의 현 상황이다. 하루히로는 나는 괜찮으니까… 라고 말할지도 모른다. 하지만 그럴 수도 없는 것이다. 버릴 수는 없다.

하루히로는 얼굴이 깨져 실신했다. 메리는 물론 치료하게 해달라고 부탁했으나 제시는 허락하지 않았다. "이 정도는 괜찮아"라고 슬그머니 웃음까지 띠며 그 남자는 말했다. "일단 적당히 봐줬으니 죽지는 않아. 기절했으니 그리 괴롭지도 않겠지"라고. …그런 문제인가…?

부아가 치민다. 가능하다면 저 남자의 뒤통수를 둔기로 몇 번이고 강타해서 실신시킨 다음에 이렇게 말해주고 싶다. 일단 적당히 봐준 거니까. 지금 당장 죽는 일은 없지 않을까? 정신을 잃은 것 같으니 별로 괴롭지도 않지?

한편으로는, 냉정해져야 해… 라는 생각도 당연히 있다. 제시. 금발에 파란 눈에 메리와 같은 언어를 쓴다. 즉, 인간의 언어를. 그 용모는 인간 남성으로밖에는 보이지 않는다. 하지만 그 남자는 하루히로의 백 스태브를 정통으로 맞았다.

과거에 프리랜서 신관이었던 메리는 나름대로 많은 수의 도적과 일을 해봤다. 도적은 싸움이 시작되면 적의 뒤로 돌아가려고 하는데, 그렇다 해도 하루히로만큼 백 스태브에 집착하는 도적은 드물다. 장인 기질이랄까 뭐랄까. 아무튼 하루히로는, 본인은 어떻게 생각하는지는 모르지만, 백 스태브 기술에 관해서만 말하자면 이류는 결코 아니다. 그 일격은 틀림없이 제시의 급소를 포착했다.

뒤에서 신장을 찔려 무사할 리가 없다.

인간이라면 몸부림치다가 쇼크사하는 경우도 있고, 그러지 않더라도 대량 출혈로 오래는 버티지 못할 것이다.

그런데 제시는 메리 일행을 항복시킨 뒤에 등에서 스틸레토를 뽑아내기는 했지만, 응급 처치조차 하지 않았다. 출혈은 있었다. 궁금해서 메리는 보고 있었던 것이다. 적어도 제시의 바지와 부츠를 적실 정도의 피는 흘러나왔다. 단, 하루히로의 백 스태브는 혈류가 집중된 신장과 어쩌면 간, 더해서 몇 개의 혈관을 손상시켰을 터인데 그런 것치고는 대단한 양은 아니었던 것 같다. 애초에 제시는 딱히 아파하지도 않았으며 안색도 변하지 않고 태연했다.

인간과 꼭 닮았지만 제시는 인간이 아니다.

혹은 인간이지만 뭔가 특수한 힘을 갖고 있다.

그렇게 생각하는 것이 타당하겠지. …그래서?

제시에 관해서는 이해했다. 아니, 모르지만, 추측할 만한 단서는 없는 것도 아니다. 그런 제시가 마치 통솔하는 것 같은 이 사람들은…?

보리인지 뭔지가 자라난 밭 사이의 다져진 흙길을 메리 일행은 한 줄로 서서 걸어간다.

제시와 같은 녹색 외투를 입은 자는 줄 앞에 세 명, 오른쪽에도 세 명, 왼쪽에도 세 명. 합계 아홉 명. 외투에는 두건이 붙어 있어 쓰고 있는 자도 있고 쓰지 않은 자도 있다. 메리 바로 옆에 있는 자는 두건을 쓰지 않고 맨얼굴을 드러내고 있었다.

명백하게 제시와는 다르다. 즉, 인간이 아니다. 피부색은, 어떻게 표현하면 좋을까? 하얗지도, 노랗지도 않다. 살짝 녹색 빛이 도는 크림색이라고 말하면 가까울까? 모발도 피부와 그리 다르지 않은 색이다. 눈동자는 빨갛다.

코는 낮고 짧고 콧구멍은 칼집 같다. 이마는 튀어나왔지만 좁다. 볼은 홀쭉하게 여위었고, 튼튼해 보이는 턱은 끝이 뾰족하다. 옆으로 길게 찢어진 입술 사이로 꽉 다문 튼튼해 보이는 치아가 엿보이고 잇몸은 선명한 오렌지색이다.

그녀는 외투 겉에서도 알 수 있을 정도로 가슴이 나왔다. 아마도 여성이다.

메리의 시선을 깨달았는지 그녀가 이쪽을 보았다. 어째서인지 눈을 피할 수가 없었다.

그녀는 이윽고, 흥… 하고 코를 울리더니 다시 앞을 향했다. …인간이 아니다.

오크도 아니다.

그녀는 메리보다 훨씬 키가 크다. 분명 180센티미터는 되겠지. 다른 여덟 명도 그녀와 같은 정도거나 그녀보다도 키가 크다. 모두 여성인 것은 아니고, 남성도 있는 것 같다.

단, 그녀와 같지는 않다. 체형도, 피부색도, 모발 색도, 눈동자 색도, 얼굴 형태도 제각각인 것 같다. 공통점은 팔이 두 개, 다리가 두 개 있고, 두발로 걷는 인간에 가까운 체형이라는 것. 녹색 외투를 입고 있다는 것. 그것뿐이다.

덧붙여 말하자면, 농사일을 하다가 밭일을 하던 손을 멈춘 주민들도 그렇고, 이쪽을 궁금해서 길가로 나왔다가 제시가 뭐라고 하자 물러간 주민들 역시, 같은 외모를 가진 자는 거의 없었다. 아니, 있기는 있지만, 너무나 다종다양해서 누구와 누가 닮았고 누구는 안 닮았는지를 잘 알 수가 없었다.

제시랜드. 그렇게 그 남자는 말했다. 분명 제시는 이 마을의 지도자거나 총괄역이겠지. 그래도 제시와 주민들은 분명히 다르다. 외모만으로 말하자면, 제시는 이쪽 사람이고 주민들은 저쪽이다. 제시는 인간인 것 같지만 인간이 아닌지도 모른다. 메리 일행은 물론 인간이다.

적인 건가?

아군인 건가?

—바보 같은 소리를.

아군이라면 하루히로가 그런 꼴을 당하지 않았을 것이다. 하지만 제시는 죽이고 싶지 않다고도 했다. 실제로 죽임을 당해도 이상할 것 없는데, 메리 일행은 두 손목을 묶였을 뿐 살아 있다. 하루히로도 숨은 붙어 있다.

아직까지는.

"저기."

메리는 발을 멈추지는 않았으나, 고개를 돌려 제일 뒤에 있는 제시를 보았다. 그 어깨에 둘러멘 하루히로는 그저 짐덩어리처럼 꼼짝도 하지 않는다.

제시는 메리와 눈만 마주치고는 아무 말도 하지 않았다. 그의, 만지면 차가울 것 같은 파란 눈동자에는 감정다운 감정이 전혀 떠 있지 않은 것처럼 보인다.

메리는 몸이 떨리고 이가 딱딱 맞부딪쳤다. 현기증이 날 것 같다. …안 된다. 왠지, 내가 분노하면 할수록 오히려 저 제시라는 남자를 우위에 올려놓게 되어버릴 것 같다. 사실 입장은 압도적으로 불리하지만. 적어도 마음만은 지고 싶지 않다. 질 수는 없다. 억눌러라. 결코 목소리를 떨지 마.

"죽게 할 생각은 없는 거겠죠? 그렇다면, 치료하게 해줘요."

"노(안 돼)."

"…어째서?"

"너는 루미아리스의 신관이지? 분명히 파르푼테 같은 광마법이 있을 것이다. 그것을 쓰면 무슨 일이 일어날지 모르고 좀 골치 아프니까. 우리 제시랜드에도 샤먼이라면 딱 한 명 있다. 치료는 그녀에게 하게 한다."

"나는 그 마법을 습득하지 않았어."

"신용할 수 있을 거라고 생각하나?"

"그것은."

"…메리." 시호루가 이름을 불렀다.

그쪽을 보니 시호루는 고개를 가로저었다. 얼굴이 굳어 있다. 핏기도 없다. 시호루도 하루히로의 몸을 걱정하고 있는 것이다. 치료할 수 있다면 치료해주고 싶다. 하지만 지금은 강경한 태도를 취하지 않는 편이 좋다고 메리에게 전하려고 한다. 시호루의 판단이라면 신용해야 한다. 그녀는 신중하고 사려 깊다. 이 파티의 리더는 하루히로지만, 그가 지금 상황처럼 결단을 내릴 수 없을 때에는 사령탑이 될 수 있는 사람은 시호루다.

메리는 앞을 바라보았다. …하루히로.

하루히로.

제발 죽지 마.

제시는 하루히로를 죽게 하지는 않겠지. 본인이 명언했고, 시호루도 그렇게 예측하고 있다. 시호루를 믿는 수밖에 없다. 하루히로는 괜찮아. 반드시, 괜찮을 거야. 몇 번이나 죽음의 문턱까지 갔다가, 저쪽으로 건너가버릴 것 같았던 때에도 반드시 돌아와주었다. 언제나 사람을 조마조마하게 만들고. 안 그랬으면 좋겠는데. 이번에도 마법으로 치료하면 하루히로는 분명 쑥스러운 듯이 살짝 웃고는, 미안… 이라고 사과할 것이다. 사과로 끝날 문제가 아니야. 어째서 알아주지 않는 거야?

당신을 잃을 수는 없어.

퍼뜩 깨달았다.

세토라가 어떤 심정으로 있는 건지. 그녀는 진심으로 하루히로를 좋아하는 것 같다. 아마도 너무나 걱정되어 견딜 수 없겠지. 그녀를 신경 써줄 여유가 전혀 없었다.

힘든 것은 메리뿐만이 아니다. 시호루도, 유메도, 쿠자크도 제정신이 아닐 것이다. 연인 행세를 하던 세토라는 분명 살아 있어도 산 것 같지 않을 것이다. …왜냐하면, 만약.

만약 하루히로가 내 연인이고, 이런 상황에 처했다면… 이라고는 생각하고 싶지도 않다.

동료일 뿐인 나도 지나치게 충분할 정도로 힘든 것이다. 솔직히 메리는 지금 서 있거나 앉아 있기보다는 계속 걷고 싶다. 멈추면 발부터 시작해서 온몸이 무너질 것 같다. 울 수 있다면 울고 싶지만, 아마 눈물은 나오지 않을 것이다. 소리치고 싶어도 큰 소리는 나오지 않을 것이다. 하루히로. 당신이 없어지면 세계가 캄캄해지고 닫혀버려.

세토라의 상황을 살필 용기가 나지 않는다. 그녀의 얼굴을 보고 싶지 않았다. 나보다 훨씬 괴로워하고 있을 것이라고 생각하니 가엾어서 견딜 수가 없다.

─나는, 신관인데.

치료해줄 수 있는데.

"있잖아"라고, 유메가 제시에게 말을 걸었다.

"응?" 제시는 의외로 쉽게 대답해주었다. "뭐냐?"

"쳇시, 인간이야?"

과연 유메다. 직접적인 것도 정도가 있지. 그리고 쳇시가 아니라 제시지만….

"제시다." 제시는 가볍게 웃으면서 정정해주었다. "물론 인간이다. 나는."

"진짜?"

"의심하는군."

"왜냐하면, 푹 찔렸잖아. 그런 걸 당하면 무지 아파서 움직일 수 없게 될 것 같은데."

"그야 아팠다. 제법 괜찮은 스텔스였지. 백 스태브도 완벽했다. 이 아이, 좋은 도적이야."

"그치? 유메도 평생부터 그렇게 생각했어."

―나도 그렇게 생각해.

하지만 유메, 평생부터가 무슨 말이야…?

"평생부터." 제시는 짧게 웃었다. "아니, 평소부터라고 말하는 건가?"

"오호? 평송부터?"

"너, 재미있네."

"유메가? 재미있는 말 한 개도 안 했는데. 유메는 지금 열라 진지한데."

"열라, 라. 그런 일본어가 있어?"

"일본어? 훔…?"

"아니, 혼잣말이다."

제시가 밝은 말투로 유메와 이야기하고 있어서 긴장이 느슨해질 것 같다.

곧바로 다시 신경이 팽팽해졌다.

"잡담은 그쯤 해둬. 질문은 이쪽이 한다. 너희는 내가 물어보는 거에만 대답하면 돼. 쓸데없는 짓을 하면 이 아이가 오래 못 살아."

제시의 목소리는 변함없다. 차갑지는 않다. 어느 쪽인가 하면, 우호적인 느낌의 말투다. 그것이 오히려 무섭다.

유메가 입을 다물자 아무도 굳이 입을 열려고는 하지 않았다.

이제 곧 마을이다. 건물은 목조로, 벽 등 일부는 흙, 지붕은 짚인 것 같다. 빈말로라도 훌륭하다고는 할 수 없지만, 고상식 가옥(주1)도 그중에는 있었다. 창고일까?

마을의 한가운데쯤에 광장이 있고 우물이 있었다.

제시는 광장에서 하루히로를 바닥에 내려놓더니 메리에게 손짓

주1) 고상식 가옥: 무덥고 강수량이 많은 열대 지방에서 홍수가 났을 때 침수되지 않도록, 또한 동물이 기어 올라오지 않도록 땅에 기둥을 세우고 그 위에 지은 집

을 했다.

"이리 와, 신관. 치료해도 된다. 자기 손으로 하고 싶겠지?"

메리는 펄쩍 뛰는 것처럼 하루히로에게 달려가 무릎을 꿇었다. 제시가 뭔가 말하고 있다. 손이 어쩌니 하고. 메리는 제대로 듣지도 않고 눈을 최대한 크게 뜨고서 하루히로를 응시했다. …아아, 현실이 아니야. 거짓. …거짓이 아니다. 이것은 현실이다. 직시해야 한다. 하지만, 아, 너무해. 얼굴이 뭉개졌어. 피투성이에다가, 부었어. 안구가 파열하지 않은 게 다행인가? 뭐가 다행이야? 치아도 안쪽으로 부러졌다. 몇 개나. 단, 빠져서 없어지지는 않았다. 쉭, 쉭… 호흡을 하고 있다. 분명히 살아 있다. 살아 있기는 하지만, 잘도. 잘도, 이렇게. 제시. 때려 죽여버리고 싶다. 하지만 그전에. 그렇다. 치료를 해야 해. 내 손으로. 하루히로. …내가 치료해줄게.

두 손목을 밧줄로 꽉 묶였다. 그 때문에 답답했다. 그런가. 제시가 아까 말했던 것은 그거다. 밧줄을 풀지 않아도 되겠나? 확실히 그렇게 물었다. 됐어. 나중에. 이마에 오른손 손가락을 대고 육망성을 그렸다.

"빛이여, 루미아리스의 가호 아래에, 새크라멘토…!"

놓치지 않는다.

한순간도 눈을 떼거나 하지 않는다.

넘쳐흐르는 빛에 감싸여 뼈가, 근육이, 혈관이, 피부가, 온갖 조직이 재생되어가는, 말 그대로의 기적을.

메리는 진심으로 생각했다. 신관이 되길 잘했다. 운명이 광명신 루미아리스를 섬길 기회를 준 것이라면, 감사드린다. 루미아리스에게는 그 무엇을 바쳐도 아깝지 않다. 내 목숨조차도. 지금 급속하게 상처가 아물어가고 있는 하루히로로 말고 다른 것이라면, 어떤 것이라도 기꺼이 바칠 수 있다.

상처가 깔끔히 사라지고 원래의 하루히로로 돌아왔는데도 눈을 뜰 기색은 없었다. 그야 그렇겠지. 그토록 큰 부상을 입고 의식을 잃은 것이다. 한동안은 깨어날 수 없다.

메리는 두 손을 뻗어 하루히로의 얼굴을 만지려고 했다.

정신이 퍼뜩 들어 손을 도로 넣는다.

하늘을 우러러보고, 눈을 감았다.

―안 돼.

나는 동료일 뿐이고, 비록 계약 때문이라고는 해도 일단 하루히로의 연인이 된 세토라가 바로 옆에 있고, 그녀는 심장이 찢어질 것 같은 심경을 맛보고 있을 것임에 틀림없고, 그러니까, 뭐랄까, 이런 일은 해서는 안 되는 것이다.

아무리 기뻐도, 아무리 하루히로가 소중해도, 어디까지나 동료로서 소중히 여기는 것뿐이지 딱히 의미는 없는, 서서히 자연스럽게 친애의 정이 깊어진, 그것뿐이라고는 해도… 그래도 좋지 않은 것 같다.

오해받을 우려가 있고.

내가 세토라의 입장이라면 역시 싫을 것 같고.

남녀 사이라는 것은, 잘은 모르지만, 아마도 그런 것일 테고.

눈을 뜨고, 심호흡을 했다.

일어서서 다시 제시에게 시선을 향했다. 그 얼굴은 온화한 정도가 아니라 부드럽다고 말해도 좋을 정도인데도, 제시의 파란 눈동자는 여전히 잔물결 하나 없는 수면 같아서 무엇을 생각하는지 살

필 수가 없었다.

메리는 허리를 굽혀 깊이 고개를 숙였다.

"감사합니다."

"별말씀을." 제시는 웃었다. "…이라고 내가 말하는 것도 좀 이상하지만."

"…하아아아아아아아아아아." 쿠자크가 무너지는 것처럼 주저앉았다.

유메는 "응냐아옹" 하고 고양이처럼 울고는 묶인 두 손으로 눈시울을 비비고 있다. 눈물이 고였던 모양이다.

시호루는 메리와 눈이 마주치자 입가를 살짝 올리고 끄덕여주었다. 메리는 그녀에게 매달리고 싶었다. 어느 틈엔가 이렇게도 시호루에게 의지하게 되어버린 것이다. 시호루는 하루히로를 보좌해주고 있다. 메리야말로 시호루의 도움이 되어줘야 하는데도.

세토라는 하루히로를 보고는 있지만 망연자실한 것 같다. 안도한 나머지 맥이 풀려버린 것이겠지.

문득 메리는 생각했다. 세토라를 싫어하지는 않는다. 비뚤어진 것 같으면서도 솔직하고, 누구에게도 속박되지 않고 독립적인 것 같으면서도 인조인간에게서 떨어지려고 하지 않고, 냐아를 사랑하고, 누군가에게 끌리면 함께 있으려고 한다. 자신과는 달리 어딘지 애교가 있다고나 할까, 사랑할 만한 인품이라고 느낀다. 세토라 같은 인간은 바람직하다. 그런데도 반발하게 되어버린다.

세토라가 하루히로를 독점하려고 하기 때문이다.

하루히로는 모두의 리더이고, 말하자면, 그래, 하루히로는 우리 모두의 것이다. '것'이라는 표현은 이상할지도 모르지만, 누가 독점

하는 건 곤란하다. 애초에 세토라는 파티의 일원이 아니고. 그렇긴 해도 세토라와는 함께 사선을 넘었다. 전우 같은 존재다.

이제 괜찮아… 라고 세토라에게 말해주고 싶다. 당신 연인은 이런 곳에서 사라지거나 하지 않으니까. …내가, 그렇게 만들지 않을 거니까.

세토라 바로 뒤에는 엠바가 있고 그 어깨 위에는 회색 냐아가 앉아 있다.

아무튼 전원 다 무사하다. 앞 일 같은 건 모르지만, 무슨 일이 있어도 극복할 수 있다. 그렇게 믿고 나아가는 것만은 우선 할 수 있을 것이다.

"자, 그럼….." 제시가 메리 일행을 둘러보고 나서, 녹색 외투를 입고 있는, 마을의 외투조에게 뭔가 지시했다. 저 말. 메리네가 쓰는 언어와는 다르다. 오크 말과 비슷한 것 같지만, 아마 똑같지는 않은 것 같다.

외투조는 메리를 물러나게 하고 하루히로를 옆으로 눕혀서 묶었다.

"…질문에는" 이라고, 시호루가 앞으로 나섰다. "제가, 대답하겠습니다."

제시는 검을 뽑아 그 끝을 하루히로의 목덜미에 들이대면서 파란 눈동자를 시호루에게 향했다.

"너희는 누구냐?"

"…보시는 바와 같이 오르타나의 의용병입니다."

"숨겨진 촌락의 사령술사도 있는 것 같은데. 게다가 냐아까지 데리고 있다."

"그녀는… 냐아 애호가입니다."

"내가 아는 바에 의하면, 냐아술사는 여러 마리를 사역한다던데, 아닌가?"

시호루가 세토라를 흘낏 보았다. 세토라는 아직 멍한 상태라서 시호루와 제시의 대화를 듣지조차 못하는 것 같다.

"…지금은 한 마리뿐입니다. 여러 가지 일이 있어서, 길이 어긋나 버렸습니다."

"여러 가지 일이라. 과연." 제시는 어깻짓을 해 보였다. "…보아 하니 너희는 뭔가로부터 도망친 것 같군. 오크나 언데드에게 쫓기고 있는 거라면 다소 문제다."

시호루는 눈썹을 찡그리고 아랫입술을 살며시 깨물었다. 생각에 잠긴 것이다.

메리도 의아하게 생각했다. 여기는 쿠아론 산맥의 산골짜기로 나르기아 고원의 북동이다. 자세한 내용은 모르지만, 분명 구 아라바키아 왕국령이거나 구 이슈마르 왕국령이겠지. 어느 쪽이든 인간에게 있어서는 적지이고, 오크나 언데드의 영토일 것이다. 어째서 우리가 오크나 언데드에게 쫓기는 몸이면 문제인 건가?

제시는 오크도, 언데드도 아닌 것 같지만, 이쪽 편도 아니다. 오크나 언데드의 편을 드는 저쪽이겠지.

메리는 단순하게 그렇게 생각하고 있었는데, 그게 아닌 건가?

"…오크도, 언데드도 아닙니다."

시호루는 그렇게 대답했다. 꼭 진실은 아니지만, 거짓도 아니다. 마지막으로 메리 일행을 쫓아오던 것은 확실히 오크도, 언데드도 아니니까.

"…우리는, 짐승에게서 도망쳐온 것입니다."

"너희는 의용병이지?" 제시는 왼쪽 눈썹을 꿈틀 올렸다. "혼자라면 또 몰라도, 머릿수도 있다. 짐승 따위는 쫓아버려. 한심하군."

"귀렐라 무리다." 세토라가 중얼거리는 것처럼 말했다. "몇 마리인가 죽였지만, 놈들은 도망가지 않았다."

"아아." 제시는 눈을 크게 떴다. "그건 재난이었군. 그 이야기가 사실이라면 말이지만."

"사실입니다." 시호루치고는 상당히 강한 어조였다. "…목숨만 간신히 부지하며, 힘겹게 떨쳐버리고, 이 마을을 발견한 것입니다. …하지만, 어떤 사람들이 살고 있는지 모르니까. …그래서 하루히로 군이 혼자 상황을 살펴보러 갔다가."

"먹을 것을 훔치거나 약탈하거나 하기 위해서 말인가?"

"…뭔가와 교환해서 나눠받을 수 있다면 그렇게 하고 싶었어요. 단, 저희는… 당신들이 교섭 가능한 상대인지 판단할 필요가 있었습니다."

"일단, 앞뒤는 들어맞네."

제시는 검을 거두었다.

그러자마자 메리는 마치 지금까지 숨을 쉬지 않았던 것처럼 호흡이 편해졌다.

대신할 수 있다면 하루히로와 교대하고 싶다. 아무튼 하루히로만은 잃을 수 없다. 그 무엇보다 하루히로를 지켜야만 한다. 하루히로가 더 이상 상처받길 원하지 않는다. 그런 사람이니까, 하루히로는 이것저것 전부 다 신경 쓰고, 할 수 있는 일은 전부 하려고 하고, 제대로 쉬지도 못했을 것이다. 맛있는 것을 많이 먹이고 푹 재워주고 싶다.

"뭔가…!"

견딜 수 없게 되어 외치고 나서, 나는 뭘 하고 있는 거지? 라고 깊이 후회했고, 너무나 부끄러워졌다. 얼굴이 뜨겁다. 너무나 뜨거워서 아플 정도다. 지금 당장 발밑에 깊은 구멍을 파고 뛰어들고 싶다.

물론, 그럴 수는 없다.

당연하다.

"…뭔가, 할 수 있는 일은 없어? 내가, 뭔가. …뭐든지, 할 테니까."

제시는 "와오!" 하고 한 손을 들고 놀란 것 같은 얼굴을 했다.

"여자가 그런 말을 하는 게 아니야."

"그, 그런, 의미가….."

"아니, 뭐든지 한다는 것은 그런 일도 포함된 것 아닌가?"

"…바, 바라신다면….."

"메, 메리, 안 돼! 무슨…!" 시호루가 거품을 물고 말했다.

"그, 그래요!" 쿠자크의 목소리는 음 이탈이 일어났다. "아, 안 되지요, 그건! 정 그러면 대신 내가 뭐든지 할 거고?! 나라면, 진짜 진짜로 뭐든지 할 건데요?! 괜찮으니까?!"

"유메도 있지, 뭐든지 할 거야! 백신 엘리히 흉내라도!"

"흐음." 제시가 턱을 매만졌다. "해봐, 엘리히 흉내."

"응, 좋아!"

유메는 개가 '앉아'를 하는 것 같은 자세를 취하더니 "와오오오오오오옹…" 하고 짖었다.

"우오오오오옹. 와옹. 와옹. 우옹. 와오오오오오오오오옹….”

"흠. …그거, 비슷한 건가?”

"비슷해! 유메 있지, 꿈에 엘리히가 가끔씩 나오는데, 이렇게 짖었어! 와오오오오오오오옹… 하고. 엄청 귀여워, 엘리히. 복슬복슬하고 다정하고!”

"아, 그런가? 너는 사냥꾼이로군. 나도 사냥꾼이었다.”

"후오옷?! 그러면 있지, 혹시 스승님 알아? 그러니까, 이츠쿠시마라고 하는데.”

"알아, 알아. 너는 이츠쿠시마의 제자인가?”

"웅! 스승님 한참 못 만났어. 보고 싶다….”

"보면 좋겠네.”

제시는 빙긋, 만든 것 같지는 않은데도 어딘가 공허한 웃음을 띤다.

절대로 잊어서는 안 된다. 이 남자는 하루히로의 백 스태브로 치명상을 입어야 마땅한데도 태연한 자다. 인간 같고, 아무래도 의용병 출신 같다. 유메와 같은 사냥꾼이었다고 한다. 그래도 그는 명백히 보통 인간이 아니다.

"아까 말한 대로 나는 너희를 죽이고 싶어서 못 견디겠다는 것은 아니야. 필요하면 죽일 수밖에 없고, 그런다고 해서 내 마음이 아플 일은 없지만, 그렇지. 앞으로 어떻게 될지는 너희한테 달렸다.”

"…무슨 의미지요?”

시호루가 마음의 대비를 하며 물었다.

"간단해.”

제시는 검을 칼집에 넣었다.

그 행위를 화해의 증거라고 생각한다면 큰 착각이다.

"기브 앤드 테이크. 알지?"

도대체 메리 일행이 제시에게 뭘 줄 수 있다는 걸까?

동시에 메리는 생각하고 말았다. 지금까지 하루히로가 해줬던 일에 합당할 만큼의, 어떤 보답을 내가 할 수 있을까?

녹색 외투를 입은, 여자, 겠지. 아마도 여자일 거라고 생각하지만, 무서워서 물어볼 수는 없고, 말이 통할 것 같지 않으니 애초에 물어보려고 해도 물어볼 수가 없다. 하지만 분명 여자다. 가슴이 거시기하고. 있다? 고나 할까, 크고. 키가 크기는 해도 사실 남자 못지않게 키가 큰 여자도 더러 있다. 하지만 뭐. …얼굴이 말이지? 미인이라고는 도저히 말하기 힘들다. 피부색도 녹색 빛이 도는 크림색이고. 코가 없고. 아니, 있기는 있지만. 콧구멍뿐, 이랄까. 이와 잇몸이 보이는 입도 그래. 눈도 빨갛고. 뭔가, 무섭습니다. 오크보다 무서워. 참고로 그녀의 이름은 얀나라고 하는 모양이다.

얀나의 인도로 산에 들어가 한동안 걸어가니 오두막 같은 건물이 보였다. 오두막 같은 게 아니라 오두막인가? 오두막 옆에는 가지런히 자른 통나무가 쌓여 있다. 그러고 보니 아까부터 쿵… 쿵… 하는 소리가 단속적으로 들렸다. 아무래도 어딘가 근처에서 누군가가 나무를 베고 있는 모양이다. 그렇다는 것은, 그냥 오두막이 아니라 나무꾼의 오두막인 건가?

얀나는 턱짓으로 통나무 더미를 가리켰다. 혹시나 저걸로 뭔가 만들라는 건가?

"…그럴 리는 없겠지요?"

쿠자크는 눈에는 보이지 않는 긴 물체를 어깨 위로 들어 올리는 동작을 해 보이고 나서 왔던 방향으로 고개를 돌렸다.

"저걸 운반하라는 건가? 마을까지? 그렇겠지? 아마도."

얀나는 그렇다고 말하는 것처럼 끄덕였다.

쿠자크는 자기 자신을 손가락으로 가리켰다.

"나, 혼자서?"

"아?" 얀니가 고개를 갸웃거린다.

"그러니까… 뭐더라? 그 작업? 일? 나 혼자서 하는 건가? 그런 뜻. 봐요, 꽤 양이 많은데? 백 개는 훌쩍 넘을 듯? 더 될까? 게다가 저 나무, 비교적 크잖아요? 혼자서 운반할 수 있을까나? 라거나? 약간, 우려가…."

얀니는 잠자코 듣고 있었으나, 쿠자크의 말이 끊기자 빨리 착수하라는 듯이 또 턱짓을 했다. 쿠자크는 얼굴을 찡그리고 머리를 감싸 쥐었다.

"…젠장. 교섭의 여지는 없는 건가? 꽤 아슬아슬할 정도로 체력을 소모해서 육체노동은 힘든데…."

얀니가 슈웃… 하고 잇새로 숨을 내쉬었다. 분명 위협하는 거다. 무섭다. 쿠자크는 목을 움츠리고 고개를 숙였다.

"오케이입니다. 하겠습니다."

"워라아."

"…네? 뭡니까? 그건. 무슨 뜻?"

"워우후."

"아니, 모르겠는데. 하지만 아마도 빨리 하라거나 그런 뜻이겠지요. 하겠습니다. 해요. 하긴 이런 건 말이죠. 여성들한테는 무리고. 엠바 군은 외팔이고."

"네아쿳."

"넷! 한다니까요!"

쿠자크는 종종걸음으로 통나무 더미 쪽으로 갔다. 전력 질주를 할 정도의 마음가짐이었으나, 배에서 엄청나게 큰 꼬르르르르륵…
이라는 소리가 터져 나와 비틀거렸다.

이크. 허리에서 힘이 빠져나가는 것 같다. 몸에 힘이 안 들어가.

간신히 자빠지지는 않았으나, 도저히 서 있을 수가 없어서 쪼그
리고 앉았다.

"…오오. 뭐야? 이거. 눈이 돌아. 오오. 끝내준다…."

얀니가 다가와서 "루아?"라며 쿠자크의 얼굴을 들여다보았다.
역시 너무나 무시무시한 얼굴이지만, 왠지 마음을 써주는 듯한 느
낌인 것 같은 인상도 없지는 않다.

"…좀, 그게… 말하자면 공복이라서. 배가 등에 붙었다고나 할까.
같은 말인가? 제대로 먹지 못해서요. 이런 말을 하는 건 좀 거시기
하지만…."

얀니는 한 번 숨을 내쉬더니 외투 안쪽으로 뭔가를 주섬주섬 뒤
지기 시작했다. 그러더니 자… 이런 느낌으로 쿠자크에게 꾸러미
같은 것을 내밀었다.

두꺼운 잎사귀로 뭔가를 싼 건가? 쿠자크는 "…아. 고맙습니다"
라고 말하고 받아 들어 아무 생각 없이 코를 가까이 대보았다. …이
건. 잘은 모르겠지만, 아마도 곡물류의 냄새다. 순식간에 입안에 침
이 가득 고였다.

"…머, 먹을 것?"

얀니는 약간 멋쩍은 듯이 고개를 옆으로 돌리고 작은 목소리로
"워라아"라고 말했다. 순간적인 착각인지도 모르지만, 좀 귀여웠
다. 얼굴은 무섭지만 나쁜 사람은 아닌가…? 사람은 아니지만.

이파리 꾸러미를 풀자 갈색의 다소 납작한, 경단과 빵의 중간 정

도 되는 듯한 것이 모습을 드러냈다. 세 개. 세 개나 들어 있다. 손으로 움켜잡고 입에 넣었다.

"…오우… 웃…!"

들어 있다.

안에 뭔가 들어 있어.

뭔지 달콤 짭조름한 맛이 나는, 고기 비슷한 것이. 팥고물 같은 것이.

바깥쪽을 싸고 있는 경단인지 빵인지도 맛은 진하지 않지만 쫄깃하고, 좋다.

이거, 좋아.

한 마디로 말하자면 맛있는데, 맛있다고 말할 수 없을 정도로 맛있다. 이토록 굶주리지 않았을 때 먹었다면 그렇게까지는 아닌지도 모르지만, 아무튼 지금은 맛있다. 생명의 고마움을 절실히 느낄 정도로는 맛있다. 맛있어서, 너무 맛있어서, 정수리에서 이상한 액체가 분출될 것 같다. 맛있어. 맛있숑…. 맛있숑이 뭐야? 맛있다.

정신이 들고 보니 울면서 와구와구 먹고 있었다. 울지 마. 물론 쿠자크는 그렇게 스스로에게 말했으나, 울고 있는 자신을 그리 심하게 질책할 마음은 들지 않았다.

어쨌거나 경단과 빵의 중간 같은 것을 세 개 다 먹어치우자 행복한 충족감에 머리가 마비되는 것 같았다. 눈꺼풀과 콧구멍이 움찔움찔 경련하는 것을 막을 수가 없다. …그보다, 더 먹고 싶다. 그것이 거짓 없는 속마음이었다. 지금이라면 이 경단과 빵의 중간 같은 것을 백 개 정도 먹을 수 있을 것 같다. 욕심을 내다가는 한이 없다. 먹은 덕분에 간신히 움직일 수 있을 것 같고.

"얀니 씨."

쿠자크는 얀니에게 웃어 보였다. 아니, 멋대로 얼굴이 활짝 펴졌다.

"고마워요. 엄청 맛있었어요. 덕분에 살았습니다."

얀니는 한순간 쿠자크와 시선을 마주쳤을 뿐 이내 고개를 옆으로 홱 돌려버렸다. 누안… 인지 와쿤다오… 인지 뭐라고 말한다. 화난 건가? 그렇지도 않은가? 잘 모르겠다. 이종족 간 커뮤니케이션은 꽤나 힘들다.

쿠자크는 일어섰다. 갑옷은 입지 않았다. 벗어서 놓아두고 왔다. 당연히 검도 방패도 들고 있지 않다. 통나무 더미를 힐끔 본다.

"…일하지 않는 자, 먹지도 말라… 이런 뜻이네."

기브 앤드 테이크라는 것이다.

제시라고 한 남자는 쿠자크 일행을 죽이지는 않았고, 먹을 것과 물, 그리고 잠잘 장소도 안 준 것은 아니다. 그렇지만 공짜는 아니라고 했다. 더욱이 놈은 이런 조건을 덧붙였다. 이 마을, 제시랜드에서 나가는 것은 허락하지 않는다고.

하루히로를 인질로 삼아 전원이 구속된 이상, 선택의 여지는 없었다. 그보다 처음에 쿠자크는 솔직히, 어라? 이런 걸로 괜찮은 거야? 라고 생각했다. 하루히로를 포함한 쿠자크 일행의 몸에 직접적인 위해가 가해질 만한, 좀 더 위험한 일이 일어나는 게 아닐까 하고 예상했기 때문이다. 먹을 수 있다. 잘 수 있다. 목숨이 붙어 있다. 충분하지 않아?

하지만 강제로 노동을 하게 되고 얀니의 재촉에 걸어가기 시작할 때쯤에는 제시랜드에서 나갈 수 없다는 조건이 무거운 현실이 되어

마음을 내리눌렀다. 당분간은 어쩔 수 없다고 해도, 언제까지 여기에 있으면 되는 건가? 혹시나 계속? 영원히? 죽을 때까지 이 마을에서 살아야 한다는 뜻? 이제 오르타나에 돌아갈 수 없어…?

쿠자크는 통나무 더미에 다가갔다. 하나 들어본다. 무겁다. 길고. 그렇긴 해도 못 들 정도는 아니어서 "영차" 하고 어깨에 걸쳐봤더니 통나무가 흔들려 비틀거리고 말았다. 얀니가 "풋" 하고 웃었다.

"이보세요, 얀니 씨. 웃지 마세요. 아직 익숙하지 않아서 그러니까. 비결만 터득하면 여유롭다고요. 아니, 진짜라니까."

분명 중심이다. 통나무의 중앙 부근을 어깨에 싣는 것처럼 한다. 예상대로다. 통나무는 별로 흔들리지 않게 되었다.

"이거 봐요."

얀니는 "쿠핫" 하고 코웃음을 쳤다.

"…뭐야. 잠깐 귀엽다고 생각했더니 바로 그렇게 나오네. 좋다고요. 일하면 되잖아요. 열심히 일하면. 좋아. 갑니다. 얀니 씨. 아직도 따라오는 건가요? 감시하지 않아도 난 도망치거나 하지는 않을 건데요."

"워라아."

"네, 네. 빨리 가라거나 일하라거나 그런 의미겠지요. 그 워라아는. 머리가 좋지 않은 나도 그쯤 되면 안다고요."

"워우후."

"빨리 하라고? 오케이. 알겠습니다."

쿠자크는 2미터 이상 되는 통나무를 어깨에 걸치고 걷기 시작했다.

마을에서 이 나무꾼 오두막까지 얼마나 걸렸었지? 아마도 30분

정도인가? 통나무를 운반하면서 가려면 좀 더 걸릴 것 같다. 오늘 중으로 몇 번 왕복해야 하는 걸까? 정신이 아득해진다.

얀니는 쿠자크 뒤에 붙어 있다. 지금이다. 이 통나무를 휘둘러… 라고, 부질없는 생각을 해봤다. 설령 얀니를 쓰러뜨리고 도망칠 수 있다고 해도 그 뒤가 없다.

"…얀니 씨는 나쁜 사람은 아닌 것 같고."

얀니뿐만이 아니다. 쿠자크가 생각하기에 제시랜드의 주민들은 보기에는 추하고… 아니, 어디까지나 인간인 쿠자크의 미적 감각에 비춰서 그렇다는 것뿐이지만. 살아 있다는 느낌이 없으니 논외인 언데드는 접어두고라도, 오크나 고블린, 코볼트 등의 종족과 비교해도 외모가 예쁘다고는 말하기 힘든 것 같다. 다룽갈의 기괴한 무리보다는 낫지만, 역시 아무래도 기분 나쁘다, 외모는. 속은 어떨지 모르지만.

밭에서 농사일에 매진하는 놈들은 무장을 한 기색도 없어 정말 농민이라는 분위기였다. 외투조를 봐도 모두 체격은 좋고 무기를 소지한 것 같지만, 난폭한 인상은 받지 못했다. 몸놀림을 봐서는 상당히 단련되어 있다. 어떠한 훈련을 받은 것 같다. 하지만 전사보다는 사냥꾼의 움직임에 가깝다. 제시는 사냥꾼 출신 같으니 그 남자가 외투조에게 훈련을 시켰을지도 모른다.

얀니한테 이것저것 물어보면 좋겠지만, 현재로서는 무리다.

"뭐, 내가 생각해봤자 별수 없긴 하지…."

처음에는 통나무 위치를 잡기 힘들어 걷기 불편했지만, 금방 익숙해져 상황이 나아졌다. 이렇게 해서 몸을 움직이고 있노라니 마음이 편해진다. 결국 정신노동보다도 육체노동 쪽이 압도적으로 자신한테 맞는 것이겠지.

하루히로와 시호루를 보면서 쿠자크는 절실하게 느끼는 것이었다.

자신은 시야가 좁다. 눈앞에 적의 집단이 있으면 어떻게 대처해야 할지 머리를 굴리는 정도는 할 수 있다. 그것이 한계라고까지는 말하지 않겠지만, 예를 들어 1년 후의 일 같은 건 상상도 안 된다. 한 달 후도 너무 멀다. 열흘 후조차 구체적으로 상상하는 것은 어렵다. 내일. 며칠 후. 그 정도가 고작이다.

이것저것 신경을 쓰는 것도 잘하지 못한다. 자기 나름대로 동료들을 잘 보고 있고 동료들 생각을 한다고 생각했었지만, 특히 여성진의 머릿속은 도저히 이해할 수 없다. 유메는 너무 엉뚱해서 영문을 모르겠고. 재미있으니까 좋지만. 시호루는 모든 것을 다 꿰뚫어 보는 것 같아 약간 무섭다거나 하고. 하지만 시호루 씨, 당신 본인은 어때? 늘 동료, 동료, 동료 타령. 시호루 씨는 그걸로 만족인가요? …라고 생각은 해도 말할 수는 없다. 세토라까지 가면, 쿠자크를 인간으로 보지 않는 것 아닐까 싶다.

메리는….

여러 가지 일이 있어서, 아무래도 마음에 걸려서, 자신도 모르게 걸핏하면 그녀의 언동이나 표정을 살피게 된다.

그거 말이야.

응.

하루히로를 마법으로 치료했을 때의.

실은 그전부터 쿠자크는 내심, 이것 봐라? 하는 생각을 하기도 했다.

말할 필요도 없이, 메리가 하루히로를 걱정하는 것은 당연하다. 하루히로는 리더이고. 메리가 하루히로를 존경하고 있다는 것도 쿠자크는 잘 알고 있다. 존경이라고 하면 표현이 좀 딱딱한가? 숭배? 그건 더욱 좀 거시기한가? 뭐지? 높이 평가하고 있고, 두터운 신뢰를 보내는, 그런?

"…나도 그렇지만."

아무리 박하게 평가해도 하루히로는 은인이다. 하루히로가 없었다면 지금의 자신은 없다. 그런 거 있잖아. 잔소리하면서 남한테 이래라저래라 하지 않지만, 뒷모습으로 말하는 것 같은? 자신도 저런 남자가 되고 싶다고 생각하는 건 아니다. 될 수도 없고. 단지, 따라가고 싶다. 힘이 되어주고 싶다.

하루히로는 남들보다 훨씬 노력하고 있으니까. 자신도 그래야지… 하고, 격려가 된다기보다는 자연히 그런 마음이 들고. 좀 더 할 수 있지 않을까? 못할 리가 없어. 그런 비슷한? 그야, 하루히로가 하고 있으니까. 자주 졸린 눈을 하고, 평범하지 않아. 비범한 히어로 같은 것과는 전혀 다르지만, 그래도 대단하거든. 우리 리더는.

메리도 분명 같은 생각을 할 것이다.

하지만 그것뿐일까?

전혀 자기 자랑이 아니지만, 쿠자크는 그리 둔감한 편은 아니다. 감이 뛰어난 여성만큼은 아니라고 해도 그런대로 연애 센서가 움직인다. 그래서 전혀 수상히 여기지 않았던 것은 아닌 것이다.

뭐랄까, 그런.

세토라가 하루히로에게 찰싹 달라붙어 있으면 메리 씨의 태도가 묘해지거든. 다소 열받아 하는 것 같은 느낌이 든 적도 있고.

아니, 그야 딱히 다른 마음이 없어도, 파티 동료이고 게다가 리더인 남성을, 어디에서 굴러먹던 말 뼈다귀인지도 모를 사람은 아니라고 해도 얼마 전까지는 알지도 못했던 전혀 타인이었던 여자가 채가면 여성 멤버로서는 열을 받는 것이겠지. 쿠자크도 유메나 시호루가 어떤 놈팡이와 짝짜꿍이 맞으면 왠지 화가 날지도 모른다. 물론, 축복해줄 거고 금방 괜찮아지겠지만, 한동안은 질투 미만의 어설픈 시기심 같은 마음이 솟아날 것이다. 특히 쿠자크 일행은 다룽갈에서 다른 인간과 별로 접촉하지 않고 동료들끼리만 오붓하게 지내기도 했기 때문에 아마도 유대감이 더 강하다. 뭐랄까, 우리 누나와 여동생과 사귀는 건 괜찮지만 내 눈앞에서 애정행각을 벌이는 건 삼가줬으면 좋겠고, 상처 입히거나 하면 가만두지 않겠어… 그런 비슷한?

메리도 그런 건가? …라고, 쿠자크는 처음에는 생각하려고 했다.

하지만 그것과는 좀 다르지 않아?

뭐랄까.

메리 씨, 진짜로 질투하는 거 아니야?

비교적 질투가 불끈불끈 솟는 거 아닙니까?

하지만 그런 면에 있어서는 쿠자크 자신의 완전히 정리되지 못한 메리에 대한 사모의 마음이 작용해서 그렇게 느껴지는 건지도 모른다. 단정할 만한 근거는 없다고 쿠자크는 생각하고 있었다. …그랬는데, 말이죠.

메리는 새크라멘토로 하루히로의 상처를 치료했다. 그 뒤에 손을 뻗어 하루히로의 얼굴을 만지려고 했다. 그때의 표정이 눈에 새겨져 뇌리에서 떠나지 않는다.

눈썹을 모으고, 눈을 가늘게 뜨고, 입술을 오므리고, 뭔가 말하고 싶은 듯이, 하지만 아무것도 말할 수 없는 것처럼, 존재 자체가 통째로 빨려 들어가는 것 같은, 혹은 몸과 마음을 다해 끌어당기려고 하는 것 같은, 정말로 부드러운 얼굴을 하고 있었다.

잘됐다. 그렇게 쿠자크는 진심으로 생각했던 것이다. 메리 씨, 잘됐어. 힘들었지? 하루히로를 한시라도 빨리 치료해주고 싶었을 테니까. 1초 1초가 바늘방석이랄까. 마치 자기가 다친 것처럼 엄청나게 아팠겠지. 진짜로 정말 잘됐어. 드디어 치료해줄 수 있어서. 동료니까. 우리의 리더고. 그야 그렇잖아? 안도했겠지. 기뻤겠지.

하지만, 그것뿐?

흔한 표현을 쓰자면, 이건 메리 씨가 하루히로를 좋아하는 건지도… 라고, 생각보다 많이 동요하지 않고, 비교적 순순히, 절반 정도는 납득해버렸다. 아니, 있을 수 없는 일이잖아. 그렇게 부정해도 될 텐데, 부정할 수 없었다. 부정은 고사하고, 있을 수 있는 일이야… 라고 납득했다고나 할까.

그랬었구나. 과연. 그랬구나. 그런 거였나요? 아, 그렇구나, 그래. 이해해요. 그보다 있지. 가위바위보에서 한 박자 늦게 낸 것 같아서 좀 그랬고. 하지만 지금 와서 생각해보면, 왠지 느끼고는 있었다. …그런 심정?

그러나 하루히로는 어떨까?

그야 분명, 흔하디흔한? 평범한 여자가 아니라 메리 씨니까. 좋으냐 싫으냐로 묻는다면 당연히 좋아하겠지. 아무리 무뚝뚝한 하루히로라도. 아니, 이건 디스하는 게 아니라, 고지식하다는 의미지만. 그런 사람이니까 설령 진짜로 좋아하게 되어도 고백하거나 하지는 않을 것 같지만. 하루히로는 숙맥인 것 같고. 무엇보다 동료고. 메리는 미인이지, 좋아… 라고 생각해도 곧바로 자제할 것이다. 사랑과 동료. 어느 쪽을 우선시할까? 하루히로라면 동료를 선택할 것이다.

양쪽 다 선택하면 되잖아?

쿠자크라면 그렇게 생각해버리겠지만, 하루히로는 분명 그런 넉살 좋은 짓은 못하겠지. 그런 점도 하루히로가 하루히로인 이유인지도 모른다.

그리고 메리에게도 하루히로와 닮은 부분이 있다.

그렇다는 것은, 말이지.

가시밭길이잖아.

주위에서 오케이… 오케이… 서로 좋아한다면 사귀어라… 비슷한 분위기가 된다 해도, 그건 그거대로 쿠자크로서는 다소 힘들지만, 상대는 망할 바보 란타가 아니니까. 흔히 보는 얼굴만 잘생긴 경박한 녀석도 아니고. 하루히로라면, 눈물을 머금고 행복을 빌어줄 수 있다. 거짓말이 아니다. 분명히 말할 수 있다. 애초에 메리에게 단칼에 차인 쿠자크에게는 눈물을 머금을 자격 따위 없지만, 그건 기분 문제다.

하지만, 실은 서로 좋아하는 거라고 해도 그 두 사람은 잘 안 될 거야.

둘 중 어느 쪽에서도 너를 좋아한다거나, 당신을 좋아합니다 하고는 말하지 않을 거야. 말할 것 같지 않아. 말로 하지 않더라도 분위기상 그런 흐름이 되어 저질러버리는… 그런 비슷한 일도 일어날 것 같지 않아. 설령 서로 좋아한다고 해도 주위 사람들 질투심만 부추기고는 결국 아무 일도 일어나지 않는 것 아닐까…?

게다가 세토라가 있다. 그 여자는 하루히로한테 진짜로 반한 것 같다. 분명히 메리보다도 백 배, 아니, 만 배는 적극적이니까 조만간 밤에 덮칠지도 모른다. 그렇게 되면 하루히로는 거부할 수 없겠지. 그야 고지식하니까. 계약을 빌미로 삼으면 할 일을 해버릴지도 모른다.

그 결과, 아이가 생기거나 할지도 모르고.

제시랜드에서 그 아이를 키우게 될지도 모른다.

메리는 귀여운 것을 좋아하니까, 의외로 그 아이를 예뻐할지도 모른다.

그렇게 된다고 해도 그것도 또한 인생의 한 가지 형태이긴 하고, 언젠가 전부 다 웃으며 말할 수 있는 추억담이 되거나 할지도 모르지만, 과연 어떨까? 그 과정을 똑똑히 지켜봐야 하는 메리의 심경은? 꽤 타격이 크지 않을까? 게다가 한 방에 끝나는 게 아닌, 지속적 타격이라는 거잖아…?

괴롭지.

너무 괴로울 거야.

그래도 포기하고, 받아들이고, 자기 입장을 자각하고, 갸륵하게 하루히로의 행복을 빌어주고, 어떻게든 고생을 감내하려는 메리의 모습이 눈에 선하다.

―그렇… 지.

그 사람은, 그늘이 있다고나 할까. 박복해 보이거든. 뭐랄까. 신관인데 동료를 죽게 만든 일이 있는 탓인가? 어딘지 자기 자신을 버리는 것 같은 면이 있다.

쿠자크로서는 그 점이 걱정이다. 메리 같은 사람이야말로 행복해 졌으면 좋겠다. 언제나 웃기를 바라고, 가능하다면 웃게 해주고 싶다.

역부족이었지만.

동료이기 때문이라거나, 파티 내에서 그런 건 좀 아니라거나, 지금은 연애 따위를 생각할 수 없다거나, 메리가 쿠자크를 찼을 때의 이유는 거짓말은 아닌지도 모르지만, 분명 그게 다는 아니다. 요컨대 쿠자크로는 안 되는 것이다. 메리 입장에서 보면 쿠자크는 너무 어린아이 같아서 연애 대상이 되지 않는 것이겠지. 시호루와 이야기할 때에도 느끼는 건데, 아무래도 남동생 같은 포지션에 정착해 버리게 된다. 결국 자신은 여성이 잘 받아주길 원하는 것이다. 응석을 부리고 싶다. 그런 욕구가 있는 것이겠지.

한심한 남자다.

그러니까 메리도 그에게 기대지 않는 것이다.

하루히로라면, 어떨까?

적어도 책임감은 강하다. 마음이 넓다. 그야 온화한 성격이다. 함께 있으면 엄청나게 재미있는 인간은 아니지만, 묘하게 안정이 된다. 좁은 텐트에서 어깨를 맞대고 자도 불쾌하지 않다. 비교적 힐링계다.

메리에게는 아마도 잘 맞는 성격이다.

만약 하루히로와 메리가 그런 관계가 된다면 시호루와 유메는 어떤 반응을 보일까? 놀라기는 해도 부정적인 말은 분명 하지 않을 것이다. 기꺼이 축복해주지 않을까?

—퍼뜩 떠올랐다.

좋은 아이디어가 떠올랐거든.

차라리 두 사람을 엮어버리면 되지 않나…?

당사자들에게 맡겨뒀다가는 절대로 진전되지 않는다. 그렇다면 외부에서 그렇게 부추긴다. 시호루한테 협력을 요청해도 좋다. 그녀라면 힘을 빌려줄 것 같다.

쿠자크도 메리를 아직 좋아하지만, 어차피 희망이 없다. 하루히로라면 메리를 맡길 수 있다. …그런 건방진 말을 할 입장은 아니지만, 다른 남자에게 빼앗길 바에야 하루히로가 훨씬 좋다. 메리가 누군가와 러브러브가 되는 건, 비록 상대가 하루히로라고 해도 당연히 보고 싶지는 않지만, 두 사람이 행복하다면 견디는 보람이 있다는 뜻이다.

문제는….

슈로 세토라.

그 여자가 방해다.

"어떻게 하면… 좋을까? 우옷?!"

실수로 땅바닥의 움푹 팬 곳에 발이 걸려 휘청거렸다. 통나무가 위로 올라가는 것처럼 크게 흔들리더니 한쪽이 바닥을 쳤다. 얀니가 "아옷" 이라고 짧게 외쳤다.

"아, 위험…."

쿠자크는 당황해서 통나무를 다시 짊어졌다. 얀니가 "셰이왓!" 이라고 야단쳤다. 아마도 똑바로 해… 라는 의미겠지.

"미, 미안하다니까! 조심할 테니까 용서해줘요."

고개를 뒤로 돌리자 또 균형이 무너질 것 같았다.

"우왓, 우옷…."

얀니는, 어쩔 수 없는 놈이네… 라고 말하는 것처럼 "와이네아…" 라고 중얼거렸다.

7. 돌아갈 수 없어

　그는 그리 키가 크지 않다. 하루히로보다 약간 큰 정도일 것이다. 처진 어깨에, 어깨폭도 넓지 않은 정도가 아니라 오히려 좁은 편이다. 외투조는 체격이 좋은 사람들뿐일 것이라고 유메는 생각했었다. 보아하니 그런 것도 아닌 모양이다. 덧붙여 말하자면, 외투조는 유메 일행을 마을까지 호송한 아홉 명뿐만이 아니라 더 있는데, 이 투코탕이라는 이름을 가진 그는 그중 한 사람이다. …투코탕? 아니, 토우콩? 이었던가? 토토캬이었는지도 모른다. 귀여우니까 토토캬으로 하자. 그보다 토토캬, 귀여워.

　"있잖아, 토토캬."

　불러보니 토토캬은 발을 멈추고 돌아보았다. 눈가까지 깊이 내려 쓴 두건의 챙 부분을 손으로 잡고 약간 들어올렸다.

　그의 얼굴은 갈색이고 울퉁불퉁하다. 턱이 갈라졌고, 송곳니가 튀어나와 있고, 코가 유난히 길고 크다. 눈동자는 붉은 보라색이다. 덥수룩한 머리털은 새까맣고 윤기가 났다.

　토토캬은 활과 화살 통을 등에 비스듬히 메고 있다. 활은 단순한 구조지만 완성도는 나쁘지 않다. 아주 꼼꼼하게 마감 처리가 된 것이다.

　유메에게도 활과 화살이 주어졌다. 어린아이가 쓰는 것 같은 소형의 활과 그 크기에 맞춘 다소 짧은 화살이 열두 발.

　"이거 있잖아." 유메는 등에 있는 화살을 만져봤다. "좀 더 큰 게 좋겠다고 유메는 생각하거든. 이 활, 작으니까. 이런 거는 아마 화살이 별로 멀리 날아가주지 않을 것 같아."

토토캥은 붉은 보라색 눈으로 빤히 유메를 응시할 뿐 아무 말도 하지 않는다.

"음….." 유메는 고개를 갸웃거렸다. 어떻게 설명하면 알아줄까? 바닥에 눈길을 떨어뜨린다. 토토캥은 길을 벗어나 산으로 들어가 때때로 풀과 나뭇가지를 손으로 치우면서 걸어갔다. 하지만 걷기 쉬운 곳을 골라서 걸어가고 있다. 길처럼 보이지는 않지만, 토토캥이 자주 이용하는 루트겠지.

위를 올려다보니 작은 새가 끼룩끼룩 울면서 날아가는 모습이 가끔씩 눈에 들어온다.

"투오키."

갑자기 토토캥이 말했다.

유메는 "웅?"이라며 눈을 깜빡였다.

"투오키."

토토캥이 되풀이해서 말한 대로 유메는 "투, 오, 키" 라고 발음해 봤다. 그러자 토토캥은 끄덕이더니 자기 가슴을 검지로 두드렸다.

유메는 눈을 크게 뜨고 손뼉을 짝 쳤다.

"아! 토토캥이 아니라 투, 오, 키라는 거구나."

"야아이."

"그렇구나. 투, 오, 키, 구나. 투, 투, 투우오키. 끙… 좀 발음하기 힘들어. 투오킹은 안 돼? 유메, 투오킹이라면 부르기 쉽다고 생각하는데. 귀엽고."

"투오킹….." 투오킹은 눈을 내리깔고 아주 살짝 어깻짓을 했다. "레에이. 투오킹. 웨이하아."

"오오. 그걸로 좋다는 뜻인겨? 그럼, 다시 정식으로, 잘 부탁해.

투오킹."

유메는 오른손을 내밀었다.

투오킹은 잠시 동안 유메의 오른손을 의아하다는 듯이 바라보았다. 그리고 가만히 자기 오른손으로 유메의 오른손을 잡았다. 유메가 꼭 맞잡아주자 투오킹은 손을 빼려고 했다.

"괜찮아, 괜찮아. 유메는 있잖아, 아프게 하거나 하지 않으니까."

유메가 방긋 웃으며 손을 위아래로 움직였다. 투오킹의 손은 촉촉하고 따뜻했다. 투오킹은 당황하는 것 같았지만, 이제 자기 쪽에서 손을 빼려고는 하지 않았다. 투오킹은 믿을 수 있다. 유메는 그렇게 느꼈다.

"응! 잘 부탁해, 투오킹."

"…아?"

"음… 그러니까…."

유메는 투오킹의 오른손에 왼손을 포개고 두 손으로 꼭 쥐었다. 눈을 감고, 잘 부탁해, 잘 부탁해, 잘 부탁해, 잘 부탁해, 잘 부탁해 … 라고 메시지를 보내본다. 말로는 이해하지 못해도 마음은 전달될 것이다. 눈을 뜨고, 웃었다.

"잘 부탁해!"

투오킹은 "…야아이" 라며 턱을 잡아당겼다. "…잘, 부탁해."

"후오웃! 잘 부탁해, 잘 부탁해다!"

"잘 부탁해."

"짠!" 유메는 일단 손을 놓더니 곧바로 다시 한 번 투오킹의 오른손을 두 손으로 잡았다.

투오킹은 "…잘 부탁해" 라고 말해주었다.

"방가방가!"

"방가가…?"

"방가 방가!"

"바, 방가 방가!"

"굿!"

유메가 윙크를 하자 투오킹도 윙크를 했다. 역시 투오킹은 좋은 사람이다. 사람은 아닌가? 뭐, 사람이든 사람이 아니든 상관없다.

"그래서 말인데." 유메는 오른손으로 투오킹의 오른손을 잡은 채로 왼손으로 그의 손등을 가볍게 살짝살짝 두드렸다. "투오킹. 유메 활은 있지, 좀 더 큰 것이 좋거든."

이번엔 간신히 뜻이 통한 모양으로, 투오킹은 손짓발짓을 섞어가며 제시가 아직 유메 일행을 신용하지 않는다는 듯한 말을 했다. 작은 활은 다루기 쉽긴 하지만, 장애물이 많은 상황에서 사냥감에 접근해서 쓰러뜨리는 사냥이나 비교적 가까운 거리에서 이루어지는 전투에서밖에 쓸 수 없다. 사정거리가 길고 위력이 있는 활이면 멀리에서 저격할 수도 있다. 자기들에게 위해를 가할지도 모르는 상대에게 그런 무기는 넘겨줄 수 없다. 그런 뜻이겠지. 유메는 팔짱을 끼고 "그런가…" 하고 한쪽 볼을 내밀었다.

"그렇구나. 그럼 할 수 없네."

"레에이."

"그럼 투오킹, 갈까?"

"야아이."

"그런데 있지, 유메네, 어디 가는 거야?"

투오킹은 검지를 세워서 크게 돌렸다. 유메는 "후오…" 라며 그의 손가락의 움직임을 눈으로 좇았다.

"빙글빙글 도네."

"워라아."

"응, 응. 유메, 준비는 오케이야. 언제든지 갈 수 있어."

투오킹이 걷기 시작해서 유메는 그 뒤를 따라갔다.

어쨌든 지금쯤 동료들은 어떻게 하고 있을까? 아무래도 그 제시라는 남자는 유메 일행에게 각각 다른 일을 시키려는 것 같다. 어쩌면 식사를 하거나 잠을 자거나 할 장소도 갈라놓을 생각인지도 모른다. 만약 그렇다면 동료들을 좀처럼 만날 수가 없게 된다. 특히 시호루와 메리와 함께 있을 수 없다는 건 쓸쓸하다.

투오킹은 때때로 돌아보고 그때마다 속도를 조정했다. 유메를 배려해주고 있는 것이겠지.

"투오킹, 착하네. 유메는 괜찮은데. 유메, 잘 따라갈 수 있으니까 그렇게 마음 써주지 않아도 돼."

그렇게 말하자 투오킹은 흘낏 유메를 돌아보고 나서 조금 발걸음을 빨리했다. 그 이후로는 걸음을 늦추는 일은 없었다.

유메는 투오킹에게 뒤처지지 않도록 하는 것과 주위를 관찰하는 일에 집중했다. 여러 가지 일들이 머릿속에 떠올랐지만, 생각해봤자 어떻게 되는 것도 아니니 쓸데없는 생각은 하지 않는 편이 좋겠지.

다시 태어난다면 다음에는 늑대개가 되고 싶다. 문득 그런 생각을 했다.

가끔씩, 인간은 나한테 안 맞는지도 모른다고 느낀다. 아무에게도 말한 적 없고 아마 앞으로도 말하지 않겠지만, 나 같은 사람은 인간이 아닌 편이 좋을지도 모른다. 늑대개가 아니라면 냐아도 꽤 좋을 것 같다.

"…이크. 안 되지."

중얼거리고 잡념을 떨쳐버린다.

투오킹은 가끔씩 나무나 바닥을 만졌다. 얼핏 봤을 때에는 눈치 채지 못했지만, 나무와 땅바닥에 못 같은 것이 박혀 있는 것 같다. 분명 무슨 표식이겠지. 여기는 우리 영역이라고 확인하기 위한 표식인지도 모른다.

몇 번인가 짧은 휴식을 취했다. 그때마다 투오킹이 유메에게 물통을 건네주어 물을 마시게 했다. 갈색의 좀 납작한, 경단과 빵의 중간 같은 것도 먹게 해주었다. 물에는 향초인지 뭔가가 들어 있어 상큼한 풍미가 났고, 경단인지 빵인지는 맛있었다.

몇 개째의 표식일까? 처음에는 세지 않았기 때문에 정확히는 모르지만, 분명 40개째쯤일 거라고 생각한다. 투오킹은 몸을 굽혀 바닥을 살피자마자 고개를 들고 재빨리 주변을 둘러보았다.

유메도 자세를 낮추고 등에 있는 활로 손을 뻗었다. 무슨 일인지 물어보고 싶었으나, 조용히 있는 게 좋을 것 같다.

투오킹은 아직 몸을 굽히고 있다. 오른손으로 땅바닥에서 못 같은 것을 뽑아 품에 넣었다. 저 못에서 무슨 이상이 발견된 것인가?

"유우—메." 작은 목소리로 투오킹이 유메의 이름을 불렀다.

"응. 왜?"

유메가 속삭이는 목소리로 대답하자 투오킹은 오른손으로 입을 막아 보이고 나서 앞쪽을 가리켰다. 그리고 손바닥을 아래로 향하고 몇 번인가 오른손을 위아래로 올렸다가 내렸다가 했다. 아마도 전진한다, 단, 천천히… 라는 뜻을 몸짓으로 전하려고 하는 것이겠지. 유메는 끄덕였다.

투오킹이 발소리를 죽이며 걸어가기 시작했다. 유메도 따라간다.

해가 기울기 시작했다. 상당히 걸었지만, 마을에서 그리 멀리 떨어지지는 않았다. 분명 마을 주변을 순회하며 위험이 닥치지는 않았는지 확인하고 무슨 일이 있으면 제시한테 보고하는 것이 투오킹을 포함한 외투조의 역할일 것이다.

유메는 발걸음을 옮기면서 허리에 찬 검 손잡이를 만졌다. 제시가 버리게 했던 유메 일행의 무기는 외투조가 회수했고 마을을 나오기 전에 돌려주었다. 처음으로 사용했던 헌팅 나이프와 월이라 부르던 월도보다 이 검은 길고 무겁다. 그래도 꽤 익숙해져서 지금은 자연스럽게 다룰 수 있게 되었다.

투오킹은 명백하게 경계하고 있다. 뭔가 위협이 될 만한 것이 가까이에 있는지도 모른다. 그것을 찾고 있는 것이겠지.

실은 유메도 조금 전부터 뭔가를 느끼고 있었다.

뭔가, 라고밖에는 말할 수 없지만, 목덜미 부근이 살짝 따끔거리는 것이다.

기분 탓이라면 좋겠다. 하지만 그렇지 않을지도 모른다.

솔직히 그렇지 않을 가능성이 높다고 유메는 생각했다.

"투오킹."

"아?"

"뭔가, 있는 건지도? 유메 있지, 누가 보고 있는 것… 같아."

"레에이."

투오킹도 유메와 마찬가지로 기척을 알아차린 모양이다. 그러나 이렇다 할 것은 보이지 않는다.

갑자기 높은 울음소리와 날갯짓 소리가 들렸다. 새인가?

투오킹이 멈춰 서서 유메도 발을 멈췄다. 역시 새 같다. 즐거운 듯이 지저귀던 새들이 뭔가에 놀라 날아가버린 모양이다. 유메와 투오킹 때문에 놀란 것은 아닐 것이다. 분명 다른 것이다.

"있잖아, 투오킹과 유메가, 찾는 거야?"

물어보자 투오킹은 가늘게 숨을 뱉어냈다. 망설이는 모양이다.

"투오킹." 유메는 투오킹의 팔에 가만히 손을 댔다. "망설일 때에는, 있지, 결정하지 않아도 돼. 그런 때에는 누군가의 힘을 빌리는 게 좋으니까. 저기 말이야, 할 수 있는 일을 자기가 하는 건 중요하지만, 더 중요한 건 결과잖아. 그리고 있지, 투오킹이 무리해서 위험한 상황에 처하는 것도 좋지 않으니까. 투오킹한테도 동료가 있잖아. 투오킹이 큰 부상을 입거나 하면 아무도 기뻐하지 않을 거니까. 유메가 말하는 거 알아주면 좋겠는데…."

투오킹은 "괜차나"라고 대답하고 입술 양쪽 끝을 잡아당기는 것처럼 올렸다. 웃은 모양이다.

"닷트 안부. 오 데아. 우 넨스 제시."

아마도, 짐작이지만… 어두워졌으니 이제 돌아가자. 이 일은 제시한테 보고한다. 이런 말을 투오킹은 한 것이 아닐까? 유메는 그렇게 이해하기로 했다.

"그럼 있지, 투오킹. 그만 갈까?"

"야아이. 워라아."

"조심해서. 있잖아, 집에 돌아갈 때까지는 소풍이 끝난 게 아니니까."

"소, 풍…."

"그러니까, 소풍은… 좀 어려우니까 다음에 설명할게. 우선 돌아가자!"

유메는 투오킹의 등을 두드리고 발걸음을 돌렸다. 투오킹이 따라온다. 이건 마치 유메가 투오킹을 데리고 다니는 것 같다.

"투오킹, 투오킹. 앞서서 가주지 않으면 유메는 아직 길을 잘 모르는데."

"왓."

투오킹은 약간 멋쩍은 것처럼 "괜찮아"라고 엄지를 세워 보이고 나서 유메를 앞질렀다. 유메는 킥킥 웃었다.

"투오킹 귀여워."

앞으로 어떻게 되는 걸까? 유메도 불안하기는 했다. 하지만 어떻게도 할 수 없는 일은 없겠지.

그야 시호루가 있고, 메리가 있고, 쿠자크도 있다. 슈로 세토라와 엠바도 말은 이러니저러니 하면서도 자기만 살자고 유메네를 희생시키는 짓은 하지 않는다. 적어도 유메는 그렇게 생각한다. 게다가 회색 냐아 키이치는 무척 귀엽다. 하루히로는 큰 고생을 했지만, 메리의 마법으로 상처는 치료했다. 조만간 눈을 뜨겠지. 그러면 원래대로 되는 거다.

가슴이 따끔… 아팠다.

"…바보 란타."

원래대로가 아니다. 두 번 다시, 원래대로 되는 일은 없는 것이다.

이대로 평생 만날 일도 없는 걸까?

물론, 만나고 싶지는 않다.

하지만, 정말로 만날 수 없는 것이라면, 좀 서운하다.

아주 조금이다.

만약 란타의 얼굴을 본다면 열받아서 따귀를 날릴지도 모른다. 아니, 좀 더, 분명 힘껏 주먹으로 때려버리겠지.

란타에게 펀치를 날릴 기회도 분명 없겠지만.

그렇게 생각하는 편이 좋다. 그런 느낌이 든다.

그편이, 실망하지 않으니까.

"웃…."

유메는 숨을 들이마시고는 돌아보았다.

가슴이 두근거린다. 호흡이 얕고, 빠르다. 온몸이 차가워지고 땀이 흐르는 걸 느꼈다. 뭐지? 뭔가. 그렇다. 과장되게 말하자면, 뭔가 목덜미를 움켜잡는 것 같은 감각에 휩싸인 것이다.

유메는 자기도 모르게 검을 빼려고 했다. 말로는 설명할 수 없어서, 감이라고밖에 말할 수가 없다.

"유우메?"

투오킹이 부르자 유메는 곧바로 머리를 흔들어 보였다.

"쉿. …잠깐만. 지금, 뭔가…."

눈을 크게 뜨고 그 뭔가를 찾아내려고 했다. 하지만 무엇을 발견해야 하는 걸까?

안 그래도 나무들 때문에 시야가 양호하다고는 말하기 힘든데, 산속은 이미 어둑어둑해져 멀리까지는 보이지 않는다.

숨을 두 번, 내쉬었다.

차가워진 몸이 순식간에 열기를 되찾는다.

"아자…."

유메가 그렇게 말하자 투오킹은 의아해하기는 했으나 끄덕였다.

다시금 걷기 시작하기 전에 유메는 다시 한 번 주위를 둘러보았다.

뭔가가 투오킹과 유메를 보고 있었다. 그 사실은 이제 의심하지 않았다.

문제는, 그것이 뭔가 하는 것이다.

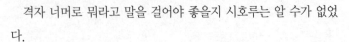
격자 너머로 뭐라고 말을 걸어야 좋을지 시호루는 알 수가 없었다.

결코 크다고는 말할 수 없는 제시랜드에도 감옥은 필요한 모양이다. 여기는 그것을 위해 만들어진 건물 같다.

창문은 없고, 지금은 열어젖힌 출입구에서 스며들어오는 저녁 햇살만이 실내를 희미하게 비추고 있다. 목제 격자로 흙마루 통로와 구분한 방은 세 개. 통로 오른편에 두 개, 왼편에 하나 있다.

오른편 앞쪽 방에는 외팔을 몸에 묶이고 발에는 족쇄가 채워진 엠바가, 구석 쪽 방에는 두 손목과 발목이 묶인 슈로 세토라가 갇혀 있었다. 그리고 회색 냐아 키이치에게도 왼쪽 방이 주어졌다.

키이치는 방구석에서 몸을 둥글게 말고 잠을 자고 있는 것 같다. 엠바는 방 한가운데에 서 있었다.

세토라는 측벽에 등을 기대고 앉아 맞은편 벽을 보고 있다. 격자 너머에 있는 시호루에게는 눈길도 주지 않는다.

"저…." 시호루는 세토라가 아니라 옆에 있는 제시에게 물었다. "어째서 그들만… 이렇게 감금해야 하는 건가요?"

"물론, 조심하기 위해서다." 제시는 수염이 자란 뺨을 손으로 문지르면서 대답했다. "슈로가의 여자라면 사령술사이고 인조인간을 데리고 다니는 건 알아. 그러나 동시에 냐아술사이기도 하다는 건 좀 수상하다고나 할까, 위험하다. 냐아는 저래 봬도 무서운 생물이니까. 길들이면 암살이든 뭐든 해낸다."

세토라가 훗 하고 코웃음을 쳤다.

제시는 희미한 웃음을 띠고 격자에 손가락을 댔다.

"뭐가 우습나?"

"입으로 말하는 만큼 우리에 대해서도, 냐아에 대해서도 모르는 모양이네."

"아니. 쿠젠의 농민. 너희에 관해서는 알고 있어. 어쩌면 너보다도 잘 알고 있을지도 모르지."

세토라가 얼굴을 이쪽으로 돌렸다. 표정에는 나타나 있지 않지만 놀란 모양이다.

"…네 녀석, 그냥 의용병 나부랭이가 아니로군."

"역사에 좀 정통한 편일 뿐이다. 너희는 냐아에게 뭐든지 시켰다. 오크의 고기만 즐겨 먹는 냐아를 키운 적도 있다. 냐아는 똑똑한 생물이지만, 그렇긴 해도 양심이나 윤리관을 갖지는 않는다. 기르는 방식에 따라 어떤 무시무시한 일도 태연히 한다. 인조인간도 그 점은 비슷하지. 몰래 도망쳐 숨는 것과, 살인 도구를 만들어내서 그것을 사용하는 것이 너희들의 특기다."

"나라가 멸망당하고, 살던 토지에서 쫓겨났다. 그들은 고난을 극복해야만 했던 것이다."

"그건 알아. 동정한다, 우리는. 하지만 너희들은 아무래도 신용할 수 없거든. 애초에 너희도 자기들 이외의 인간은 믿지 않지? 그러니까 그런 식으로 사우전드 밸리에 틀어박혀 산다."

"조국이 침공당했을 때 아무도 구원의 손길을 내밀어주지 않았다. 그리 쉽사리 이방인을 믿을 수 있겠나?"

"즉, 너희는 스스로 고립의 길을 자처했다는 뜻이다. 남들과 잘 지내보려는 마음이 없는 녀석을 어떻게 믿을 수 있겠어? 너희는 가족, 친지조차 규율을 어기면 태연히 잘라 내버리는데."

"나는 촌락을 버린 몸이다."

"슈로가에서 태어났으면서도 냐아를 키울 만한 괴짜니까, 원래부터 따돌림을 당했던 것 아닌가?"

"저기…!"

시호루는 참을 수가 없게 되어 목소리를 쥐어짜 냈다.

파란 눈동자가 시호루를 본다. 이 남자의 눈은 어딘가 기묘하다. 뭐가 이상한 건가? 눈뿐만이 아닌지도 모른다. 분명 얼굴 전체다. 제시의 얼굴을, 피부와 그 밑의 근육을 벗겨내면 전혀 다른 얼굴이 나타나는 것 아닐까?

이 남자의 얼굴은 만들어낸 가짜가 아닌데도, 진짜는 아닌 것처럼 느껴진다.

"…세토라 씨는, 냐아를 소중히 여깁니다. 당신이 말하는 그런 일을, 냐아에게 시키지 않아요. …저는, 그렇게 생각합니다. 분명히… 계속 행동을 함께 했던 것은 아니에요. …동료라고도 말할 수 없을지도 몰라요. 세토라 씨는, 우리를… 그렇게는, 여기지 않을지도 몰라요. 하지만… 그래도, 우리를 몇 번이나 도와줬습니다. …숨겨진 촌락 일은 잘 모르지만, 세토라 씨는 믿을 만한 사람이에요."

"그렇군." 제시는 턱을 만지작거리며 살짝 고개를 갸웃거렸다. "네가 호인이라는 건 알았다. 아, 이건 비꼬는 게 아니야. 솔직한 감상이다. 너 같은 아이는 좋아해. 이런 표현은 오해를 초래할까? 호의가 아니라 호감을 품었다는 뜻이다. 나는 말이지."

"…감사합니다."

"솔직하지만 경솔하지 않아. 그 점도 좋아. 아무튼…." 제시는 격자를 손등으로 가볍게 두드렸다. "이 여자는 아직 신용할 수 없어. 이 게임은 신중하게 진행하고 있거든. 뭐든지 진지하게 착수하지 않으면 재미없잖아?"

시호루는 눈썹을 찡그렸다.

"게임…?"

"이 여자의 처우는 나중에 결정하겠다. 이리 와, 시호루."

제시는 출입구를 향해서 걷기 시작하면서 손짓을 했다.

시호루는 세토라의 상태를 살폈다. 그녀는 벽에 눈길을 향하고 있다. 그녀에게서 동료라고 인정받는 것은 상당히 힘들 것 같다.

제시를 따라 밖으로 나가자 벌써 꽤 어두워졌다. 바깥에 돌아다니는 주민은 없다. 저녁식사를 위해 밥을 짓고 있는 것이겠지. 집집마다 연기가 솟아올랐다.

"그런데, 시호루. 너에게는 제시랜드의 실태를 이것저것 보여줬는데." 제시는 걸어가면서 말했다. "…어떻게 생각해?"

쿠자크는 육체노동에 차출되었다. 유메는 외투조 한 명이 마을 밖으로 데리고 나간 모양이다. 메리는 하루히로 곁에서 간병하고 있다. 세토라와 엠바, 키이치는 갇힌 몸이다.

시호루는 제시에게 여기저기 끌려 다녔다. 밭과 주민들의 가옥, 가축 축사와 창고 안에도 들어갔고, 우물, 용수로, 물레방아 오두막 등의 시설도 직접 눈으로 봤다. 제시는 예를 들면, 이것은 풍차인가? 라는 식의 간단한 질문에밖에 대답해주지 않았다.

"…어떻게, 라는 건…?"

"여기에서 살아갈 수 있을 것 같아?"

"조용한…." 시호루는 고개를 숙이고 말을 골랐다. "…평화로워

보이는 마을이에요. 질서도 있고. …음식과 물만 있으면 살아갈 수는 있을 테고."

"그야 그렇지. 하지만 그냥 살아 있는 것만으로는 따분하겠지?"

"…그러, 네요."

"의용병이었던 적도 있으니까, 자극이 있는 생활에서 빠져나올 수 없다는 건 이해할 수 있어. 나는 말이지."

"저는… 평화로운 쪽이 맞는지도 몰라요."

"지쳐버려서. …지쳤다? 그게 아닌가? 뭐지? 싫증났다… 인가? 분명하게는 떠오르지 않네. 그 무렵의 심정. 아무튼 의용병을 그만두고 동료들과도 헤어져 혼자가 되어봤지. 나 홀로 여행이라는 것 말이야. 바람이 부는 대로, 발길 닿는 대로? 일본어에 그런 표현이 있지?"

"…네에. …일본어…."

"너 일본인이지? 저패니즈. …라고 해도 모르겠지만."

"모르…."

시호루의 발이 멋대로 멈췄다.

뭔가 중요한 일을 잊어버리고 있는 것 같다.

그것도 이번이 처음이 아니다.

비슷한 일이 전에도 있었다.

몇 번이나.

셀 수 없을 정도로, 몇 번이나.

천천히 고개를 돌렸다. 빨리 돌리면 쓰러져버릴 것 같았다. 여기는…?

여기는, 어디야…?

제시랜드.

산골짜기 마을.

그림갈.

여기는, 뭐?

까마귀 같은 새가 어딘가에서 울고 있다.

무서우니까, 까마귀는 싫다.

과자 같은 걸 들고 있으면 습격하기도 하고.

인간이 맛있는 것을 갖고 있다는 걸 분명히 아는 거야.

해 저문 골목길을 빠른 걸음으로 걷는다. 돌아보면 자기 그림자
가 유난히 길다. 자기도 모르게 도망치고 싶어진다. 뛰어도 뛰어도
돌아보면 그림자는 거기에 있다. 어디까지고 쫓아온다. 내 그림자
니까 당연하기는 하지만, 무서워서.

무서워서, 너무 무서워서.

—시호루는 겁쟁이네.

옛날부터 그랬지.

그렇게 말하는 당신은, 누구…?

모르겠다.

생각나지 않아.

잊어버리자.

당신에 관해서도.

모든 것을 다.

거기에 누군가가 있었던 사실조차도.

거기라니?

어디?

여기가 아닌, 어딘가?

그것은…?

아아….

모르겠다.

몰라. 몰라.

몰라. 몰라. 몰라.

"…나는."

시호루는 손으로 얼굴을 가렸다.

몰라. 몰라. 몰라. 몰라. 몰라. 몰라.

"…뭘…?"

"괜찮아?"

어깨에 손이 올라온다.

얼굴을 들었다.

그림자가 드리운 남자의 얼굴에서 두 개의 파란 눈만이 형형하게 빛나는 것처럼 보였다.

"…괜, 찮… 아, 요. 나… 지금, 무슨, 말 했나요…?"

"몰라." 제시는 대답했다. "너는 그렇게 말했어. 몰라라고."

"…몰라."

"신경 쓰지 않아도 돼. 그게 보통이니까."

"보통…?"

"어차피 너는 내가 하는 말이 무슨 말인지 몰라. 그런 거다. 생각해봤자 무의미한 거라면 생각하지 않는 편이 좋겠지?"

"…무의미."

제시는 몸을 굽혀 시호루의 귓가에 "…그래. 의미가 없어" 라고 속삭였다.

"일본. 도쿄. 신주쿠. 아키하바라. 너는 어차피 듣자마자 전부 다 잊어버린다. 이유는 몰라. 나는. 어떻게 할 수도 없는 거야. 잊어버렸다는 사실조차도 잊어버린다."

마치 뇌를 마구 휘젓는 것 같은. …기억.

기억하는 것.

그것은 머릿속에 있다.

어떤 형태로든 뇌 어딘가에 새겨져 있다.

그 부분에 제시의 말이 닿는다.

그러면서 손가락처럼 기억을 집어 든다.

비틀고, 짓눌러버린다.

또는 어딘가 다른 장소로 이동시킨다.

하지만 그것은 거기에 존재해야만 한다. 움직여버리면, 기억이 기억으로서의 기능을 다할 수 없게 된다.

　—그럴 리가 없어.

　왜냐하면 제시는 그저 속삭이는 것뿐이다. 무엇을?

　뭔가를 입에 올렸다.

　××.

　××.

　××.

　×××.

　××××.

　×××××.

　×××■■■■■.

　■■■■■■■■.

　■■■■■■■■■. 틀렸다.

　몰라.

　몰라.

　몰라.

　"…시호루. 너도 일본에서 그림갈로 온 거지?"

　일본.

　××.

　■■.

　왔다?

　그림갈에.

　"그 열리지 않는 탑에서 나와서…."

　나왔다?

열리지 않는 탑. ×××의 탑. ■■■의 ×. ■■■■■. …×.
탑. 그 탑에서.

…저기. …여기는, 어디지요?

누군가가, 그렇게 묻고 있다.

저기, 누, 누가….

—그건, 나?

몰라요? 여기가, 어디인지….

물어봐도 소용없다.
아무도, 아무 말도 하지 않는다.
아무도 모른다.
몰라.
"너도 빨간 달을 봤지? 처음 빨간 달을 봤을 때, 어떻게 생각했
지?"
…달.
빨간, 달.
그렇다. 빨간 달을 봤다. 달이 빨개서, 나도 모르게 숨을 멈췄다.
"어떤 시스템인지는 몰라. 하지만 너희는 잊어버린다. 과거엔 나
도 그랬었다. 우연인 것이다."

"…우연."

"어떤 사건이 있어서. 그것 자체는… 사생활이니 너에게는 직접 관계없고, 대수로운 문제는 아니야. 아무튼, 아마 특수한 조건이 겹쳐진 탓에 나는 생각이 났고 잊어버리지 않게 되었다. 흥미롭지?"

"…당신은, 알고 있는… 거야?"

"Truth(진실)? 진상을 알고 있냐고? 그건 글쎄. 확인할 방법이 없으니. 내 과대망상에 불과한 건지도 모르지. 적어도 나에게 있어서의 Fact(사실)는 있다고 말할 수밖에 없지."

"당신은… 정체가 뭐야?"

"나?"

제시는 시호루에게서 떨어지더니 윙크를 해 보였다.

"내 이름은 제시 스미스, 입니다. 전에는 규헤이, 였습니다."

일부러 어눌한 말투로 말하는 것이겠지. 평소에도 말에 거의 위화감이 없고 유창하긴 하지만 때때로 억양이 아주 약간 이상하다.

그리고 제시는 "…나는 말이지" 라고 덧붙였다.

나는 말이지. 몇 번이나 들었던 것 같다. 굳이 입에 올릴 필요가 없는 말이다. 단순한 입버릇일까? 아무래도 걸린다. 나는 말이지.

"…여기는, 이 제시랜드라는 장소는, 도대체… 뭔가요?"

"게임이야." 제시는 가슴을 펴고 두 팔을 벌리고는 빙글 돌았다. "나는 장르로 치자면 에프피에스나 알피지를 좋아했지만, 시뮬레이션 게임도 싫어하진 않았어. 이 마을은 내가 하나부터 열까지 다 만들었다."

"에프… 알… 시뮬레… 네?"

"구모라 불리는 무리가 있거든. 오크 말로는 데미 같은 뜻이다.

요컨대, 오크가 인간을 포함한 다른 종족에게 낳게 한 아이나 그 자손을 말하지."

"…그럼… 제시랜드의 주민은."

"맞아. 그들은 모두 구모다."

"구모… 분들은… 박해를 당하고 있는 건가요…?"

"너는 이해력이 빨라서 이야기하기가 편해. 그래. 오크는 구모를 차별하고 있다. 게다가 아주 심하게. 오크는 본디 혈통을 중시한다. 예전보다는 꽤 융통성이 생기기는 했지만 씨족은 지금도 중요하다. 씨족이란 건 알아?"

"…선조가 공통이고, 같은 성을 가진 집단… 이지요."

"응. 그거야."

제시가 갑자기 걷기 시작해서 시호루는 황급히 따라갔다.

"핏줄을 널리 퍼뜨리고 씨족의 세력을 확장하기 위해서 오크들은 자주 다른 씨족의 여성을 납치하고 강간했다. 여자한테 할 이야기는 아니지만."

"…아니요. 괜찮, 아요."

"제왕연합이 결성되고 쿠젠, 이슈마르, 나난카, 아라바키아라는 인간족 나라와 엘프나 드워프의 영토에 침략했을 때에도 오크는 옛날부터의 전통을 따랐다. 인간족은 오크를 야만스러운 수인(짐승인간) 종류로 간주하고 노예로 삼거나 구경거리로 만들기도 했기 때문에 그에 대한 복수심도 있었겠지. 정말로 여자한테 이런 말을 하는 건 좀 아니라고 생각하지만, 살육과 강간이 그들에게는 울분을 해소하는 핑계거리였던 것이다. 의외였던 것은, 오크와 인간, 엘프, 드워프가 서로 교배가 가능했다는 것."

"…아이가, 태어났다."

"이건 말이지, 놀랄 만한 일이야. 왜냐하면 개와 고양이는 같은 포유류고, 네발로 움직이고, 꼬리가 있고, 마음만 먹으면 교미할 수 있다. 우선 그럴 마음이 들지 않겠지만. 아무튼 가능한 건 가능하다. 그러나 새끼를 낳는 건 절대로 불가능해. 개들끼리라면 외모가 아무리 달라도, 예를 들어 치와와와 세인트 버나드라도, 이론상은 임신할 수 있다."

"…치와와."

"작은 개야. 소형견 견종. 세인트 버나드는 굉장히 커. 체격이 너무 차이가 나니까 현실적으로는 어렵지만. 근친종인 사자와 호랑이도 가능하다. 그래도 단 1대뿐이다. 하지만 인간과 엘프, 드워프와 오크는?"

"…오크가, 다른 종족에게 낳게 한 아이와, 그 자손… 이라고 아까."

"분명히 나는 그렇게 말했지. 구모끼리는 교배할 수 있다. 구모와 오크, 구모와 인간. 그런 조합도 아마 가능하겠지. 알겠어? 시호루. 결국 인간, 엘프, 드워프, 그리고 오크는 아주 가까운 종이라는 뜻이다."

"…외모는 상당히 다른, 개들처럼?"

"흥미롭지? 진화의 과정에서 나뉜 건지 아니면 우연히 유전자가 비슷한 건지. 혹은 그렇게 만들어진 건지. 어쨌든 동류인 거야. 인간도 오크도 엘프도 드워프도 다 형제 같은 것이다. 형제끼리는 보통 그 짓은 하지 않고, 실례, 이 표현은 천박하네. 열정에 휩싸여 성적인 행동에 이르거나 하지 않지만, 불가능한 건 아니야. 하면 할 수는 있다. 아이도 태어난다."

제시는 큰 몸짓을 섞어 말하고 있다. 아무래도 자기 이야기에 열중하다 보면 그렇게 되는 모양이다. 버릇이겠지.

그렇다 해도, 이 남자는 어떻게 이런 일을 알고 있는 걸까? 생각나고는 다시 잊어버리지도 않게 되었다. 제시는 그렇게 말했다. 그것은 무슨 의미인가? 혹시나 시호루도 잊어버리기 전에는 알고 있었던 건가? 알고 있던 것을 잊어버렸다. 그래서 제시의 말을 전혀 생소한 일처럼 듣고 있는 건가?

제시는 막힘없이 물 흐르듯이 술술 이야기하고 있다.

"오크들에게 있어서 구모의 대량발생은 충격이었고 오점이기도 했다. 쓰레기처럼 갓난아기 때 처분당한 구모도 적지 않아. 이해는 할 수 있어. 그야 증오스러운 인간이나 엘프, 드워프의 피를 받은 이어받은 존재가 구모니까. 단, 몰살당한 것은 아니야. 인간들이 생각하는 만큼 오크는 야만적이지 않았으니까. 오크와 같은 취급은 바랄 수도 없었지만, 살아가는 것을 허락받은 구모도 많이 있다. 오크의 큰 거리에 가봐. 곳곳에 구모가 일하고 있다. 아무도 하고 싶어하지 않는 일을 하며 가축 사료 같은 음식물을 먹고 간신히 목숨을 부지하고 있다. 추하고, 불쌍하고, 냄새 나고, 조심성 없이 오크에게 다가갔다가는 호통을 듣거나 발에 차여 쫓겨난다. 쥐꼬리만큼의 가치도 없어. 오크의 인정으로 간신히 연명하고 있다. 그것이 표준적인 구모다. 존엄성 따위는 당연히 없다. 불쌍하다고 생각하나? 시호루."

"…외모는 다르지만, 우리와 그리 다를 것 없는… 것처럼 보여요."

"그렇지. 구모는 좀 임팩트 있는 외모를 지녔다. 체격은 오크와 인간의 중간쯤일까? 인간과 별반 다르지 않아. 일반적으로 봐도 그들은 오크나 인간과 비슷한 정도로 영리해. 가르쳐주면 뭐든 배운다. 오크의 거리에 사는 구모는 비굴하고 교활하고 게으르다. 하지만 그것은 환경 탓이겠지. 우리 제시랜드의 구모들은 10을 주면 11이나 12를 갚으려고 한다. 110%나 120%로 부풀려 은혜를 갚지 않으면 직성이 풀리지 않는 것 같아. 물론 그중에는 성격이 거친 자도 있다. 하루나 이틀 정도 감옥에 가둬두면 반성해서 고분고분해지지만. 다들 순종적이고 일을 열심히 한다. 이상적인 마을 주민이라는 거지. 관리하기 쉬워서 편하지만, 좀 재미가 떨어져."

"…그래서, 우리를… 새로운 마을 주민으로 만들려고?"

제시는 어깨를 흔들며 웃을 뿐 대답을 하지 않았다.

이윽고 건물이 모여 있는 일대를 벗어났다. 좌우는 밭이다.

해도 이미 저물었다.

"시호루." 제시가 발을 멈췄다.

"…네."

시호루는 가만히 숨을 내쉬었다. 지팡이를 든 손에 자연히 힘이 들어간다.

"너는 희한한 마법을 쓰더군. 그건 어디에서 배웠지?"

이 남자는 분명 호기심이 남들보다 강하다. 알고 싶어한다. 언젠가 물어볼 것이라고 예상하고 있었다.

시호루도 알고 싶은 일이 있다.

"…매직 미사일로 내 마법을 지워버렸죠. 그런 사용법이 있다니. 게다가 당신은… 마법사로는 보이지 않아요."

"마법사가 아니야." 제시는 그렇게 말하고 어깻짓을 했다. "나는 말이지."

또, 저거다.

나는 말이지.

제시가 돌아본다.

"써봐주지 않겠어? 그 마법을. 다시 한 번 천천히 보고 싶다."

"…당신을, 쓰러뜨리려고 할지도 몰라요."

"오히려 그런 각오로 해달라고 하고 싶은데. 괜찮아. 나를 죽이는 건 아주 힘들다. 너는 바보가 아니니까 알고 있겠지?"

"다크."

시호루가 부르면, 보이지 않는 문을 열고 그는 나타난다. 아니, 문 같은 건 없다. 그는 언제나 거기에 있다. 항상 그들은 여기저기에 있다고 말하는 편이 좋을지도 모른다. 그저 보이지 않을 뿐이다. 시호루에게도 보이지는 않는다. 마법생물. 엘리멘탈. 마법사 길드에서는 신기하게도 그 실체에 관해서는 가르쳐주지 않는다. 하지만 그것은 틀림없이 있고, 느낄 수도 있고, 그 힘을 빌림으로써 마법은 효과를 발휘한다. 실제로 그렇다는 것을 똑똑히 보게 되고 또한 자기 자신이 직접 마법을 실천하게 되면 어쩔 수 없이 믿을 수밖에 없다.

엘리멘탈이라 불리는 것은 실제로 존재한다.

시호루가 생각하기에 그것은 분명 특정한 형태를 갖지 않는다. 아르부(화열). 카논(빙결). 팔츠(전자). 다슈(그림자). 그러한 종류도 없다. 아마도 인간들이 생각하는 생물과는 완전히 다를 것이다. 무색투명하고 중량도 없다. 상식적으로는 그런 것을 가리켜 존재한다고는 말하지 않을 것이다. 존재 방식조차 다르다.

엘리멘탈의 존재 축과 인간의 존재 축은 평행해서 그대로는 결코 마주치는 일이 없다. 마법사가 엘리멘탈을 이쪽으로 끌어당기는 것이다. 그렇게 함으로써 접점이 생긴다.

통상 마법사는 그것을 위해서 엘리멘탈 문자와 주문을 이용한다. 정신을 집중시켜 어떤 엘리멘탈 문자를 그리면서 정해진 주문을 읊음으로써, 엘리멘탈을 끌어당기는 것이 가능해지는 것이다. 그렇게 굳게 믿는다. 선조들, 마법사인 선진들이 개척하고 확립시킨 마법의 길을 걸어가다 보면 자기도 그들처럼 마법을 쓸 수 있게 되는 것이다. 어떤 의미에서는 그것이야말로 마법사 길드에서 배울 수 있는 마법의 진수이며 비밀인 것이리라.

시호루의 다크는 검은 소용돌이로 모습을 드러냈고 별 같은 형태가 되어 그녀의 어깨 바로 위에 떠 있다.

엘리멘탈을 이쪽으로 끌어당길 때 시호루는 그를 의인화했다. 그렇게 하는 것이 가장 이미지를 떠올리기 쉽기 때문이다. 그에게는 사람과 소통하는 마음 같은 것은 없다. 그래도 있다고 가정하는 것이 여러 가지로 편하다.

"재미있네. 마치 소환마법 같다." 제시는 오른손 검지로 엘리멘탈 문자를 그렸다. "…마리크 엠 파르크."

매직 미사일.

제시의 가슴 앞쪽에 빛나는 구체가 출현했다.

크다.

처음에는 작았던 것이다.

아주 평범한 매직 미사일이었으나, 커졌다.

마법사 길드에서 배운 지식에 조합해보면, 기묘하다고 고개를 갸웃거릴 수밖에 없다. 일정한 순서를 따름으로써 기대했던 현상을 일으킨다. 그것이 이른바 마법이라는 것이다. 그러기에 마법사 길드에서는 정확한 마법을 정확하게 행하는 것을 배운다.

하지만, 요컨대 다크와 같은 것이겠지. 어떻게 엘리멘탈을 이쪽에 출현시켜 힘을 행사하게 만드는가. 시호루는 다크라는 방법을 취했다. 제시는 매직 미사일로 그것을 해낸다. 겉모습은 달라도 양쪽 다 엘리멘탈인 것이다.

"…가라, 다크."

다크가 슈부우우우우웅 이음을 발하면서 직진을 개시했다. 시호루는 적당히 봐주지 않았다. 다크는 가속해서 최고속도로 제시를 향해 간다.

제시가 입술 한쪽 끝을 약간만 올렸다. 오른손으로 밀어내는 것처럼, 광구를 나가게 한다.

그 직후, 시호루는 꺾어져라… 라고 마음속으로 외쳤다. 직진하던 다크가 궤도를 바꾼다. 오른쪽으로. 급각도로 꺾은 것은 아니지만, 광구와는 격돌하지 않는다. 곡선을 그리는 것처럼 해서 광구를 회피하고 제시에게 부딪칠 작정이었다. 쓰러뜨릴 작정으로 쏘라고 했으니까 군이 그렇게 하겠다. 하지만 통하지 않는다. 알고 있었다.

예상대로 광구는 다크에 맞춰서 움직였다.

부딪친다.

빛이 한순간, 강해지고, 바람이 일어났다. 부는 것이 아니라 휘말려 올라가는 것 같은 강풍이다. 모자가 벗겨질 뻔하고 몸이 둥실 뜰 것 같다.

다크는 광구에 잡아먹히는 것처럼 빨려들어가버렸다. 사실 동시에 광구도 소멸했기 때문에, 서로 잡아먹었다고 표현하는 게 정확할지도 모른다.

시호루는 숨을 들이쉴 수도, 내쉴 수도 없었다. …알고 있다.

훨씬 전부터. 아니, 처음부터 알고 있던 것이다.

화열인 아르부는 빨갛게 타오르는 불꽃을 닮았다.

빙결인 카논은 눈의 결정을 닮았다.

전자인 팔츠는 벼락을 닮았다.

그림자인 다슈는 새카만 해초 덩어리 같다.

엘리멘탈의 4형태. 엘리멘탈은 어디에나 있다. 마법사의 정신력, 즉 마력을 흡수해서 모습을 드러내고 위력을 발휘한다.

"나는 마법사가 아니야" 라고, 제시는 마치 변명이라도 하는 것처럼 눈을 내리깔고 중얼거리듯이 말했다. "단, 사연이 있어서, 라고나 할까. 마법을 쓸 수 있다. 시호루. 너는 마법사 길드에서 누구의 가르침을 받았지?"

간신히 호흡을 할 수 있게 되었다. 시호루는 숨을 고르면서, "…담당은, 위저드(마도사) 요르카입니다" 라고 대답했다.

"요르카. 아아. 그녀, 위저드가 되었나? 아직 젊을 텐데, 대단하군."

"…하지만 기초 연성은 위저드 사라이에게서."

"대장로잖아."

"위저드 요르카는… 위저드 사라이에게서 배웠다는 사실은 둘도 없는 자산이 될 거라고 말씀하셨습니다. 지금은 몰라도… 앞으로 그 사실을 깨달을 것이라고."

"그렇군. 그렇다면 마법사가 처음으로 매직 미사일을 배우는 의미에 관해서는?"

매직 미사일. 화염 아르부도, 빙결 카논도, 전자 팔츠도, 그림자 다슈도 아니다. 이것은 무슨 엘리멘탈인 거지? 그런 의문을 기초 연성 마지막에 품었던 기억이 희미하게나마 남아 있다.

"…아니요. …직접은."

"그런가. 분명히 말로 하지는 않았어도 열쇠는 던져줬다는 거로군."

"열쇠…."

시호루는 지팡이를 잡고 몸을 지탱했다.

손이, 아니, 온몸이 떨린다. …열쇠. 그 말이 맞다.

열쇠는 진작에 주어졌다. 남은 건 그 열쇠를 문의 열쇠 구멍에 넣고, 돌려서, 풀고, 문을 열어젖히기만 하면 되었다. 그런데도 시호루는 열쇠를 주머니에 넣어둔 채로 제대로 돌아보지도 않았다. 어떤 의미에서 위저드 사라이와 위저드 요르카는 모든 것을 말해주었는데도.

시호루는 엉뚱하게 멀리 돌았다. 쓸데없는 고생을 했다고는 생각하지 않지만, 좀 더 일찍 깨달았다면, 그때 할 수 없었던 일을 할 수 있었을지도 모른다. 고난에 처한 동료에게 시호루가 손을 내밀어 잡아당겨줄 수 있었을지도 모른다. …나는, 바보다.

쓰레기고, 얼간이다.

이미 알고 있던 일이긴 하지만. 그래도 전보다는 나아졌다. 그런 식으로는 생각하지 않는 편이 좋아. 단단히 명심하는 거다. 나는 모자라다. 그러기에 더욱, 할 수 있는 한 열심히 머리를 써야만 하고,

결코 걸음을 멈춰서는 안 된다. 발을 멈추면, 이제 어떻게 되든 상관없다고 자포자기가 되어 주저앉아버려 앞으로 나아갈 수 없게 되어버린다.

시호루는 고개를 들어 위를 향하고 한숨을 쉬었다.

그리고, 제시를 응시한다.

"마법사는 아니라고… 당신은 말씀하셨습니다."

"말했다."

"…그런 것치고는 잘 아시네요. 어째서인가요?"

"한마디로는 설명할 수 없어."

"…한마디가 아니어도 저는 전혀 상관없는데요."

"어라, 안 통했나?" 제시는 살짝 고개를 옆으로 기울였다. "완곡한 거절 표현이었는데. 내 말하는 방식이 서툴렀나?"

즉, 말하고 싶지 않다. 말할 생각도 없다, 그 뜻이겠지.

역시 이 남자는 일절 신용하지 않는 것이 좋을 것 같다. 하루히로의 백 스태브를 맞았는데도 치료조차 받지 않았고, 숨기는 것이 많다. 보기에는 인간이고, 전 의용병인 모양이고, 오르타나에 대해서도 잘 알고 있다. 하지만 적어도 지금은 시호루 일행과 같은 인간이 아니다. 그렇게 생각해야 마땅할 것이다.

현시점에서는 그의 말을 듣는 수밖에 없다. 거역하지 말고 가능하면 신뢰를 얻어내어 기회를 노리는 것이다.

"그런데 시호루."

"…네."

너무 지나치게 순종적인 것도 일부러 꾸미는 것 같아서 간파당할지도 모른다. 거짓말만으로 확고히 하려고 했다가는 분명 실패한다. 가급적 거짓을 말하지 않도록 하면서 정작 중요한 순간에 속인다. 내가 할 수 있을까? 힘들어도 하는 거다. 무슨 속셈인지는 모르지만, 제시는 이렇게 시호루를 데리고 다니고 있다. 함께 있으니까 환심을 살 기회는 있다.

"뭔가요?"

"너는 꽤 좋은 몸을 하고 있군."

"…네?"

"벗으면 더욱 굉장한가?"

"…네…?"

무슨 말을 하는 건지 이해하지 못하고 생각에 잠겨버렸다.

아, 그런 뜻인가?

이해하자마자 무서워져서 자기도 모르게 뒤로 펄쩍 물러났다.

"…나, 나, 나, 나나나, 나, 나나나는 그, 조, 조, 조조조 좋은 몸이라거나 그런 게 아니라, 그, 그저 사, 살이 찐 것뿐, 이라서, 보, 보면 실망하실 거라고 말씀드리고 싶다고나 할까, 그, 그, 그러니까, 그게, 나, 나, 나아아아아 남들한테 보일 만한 물건이 아니라고나 할까!"

"농담이야." 제시는 목젖을 울리며 웃어젖혔다. "진짜 재미있어. 너는."

"…노, 농담…."

그런가? 농담. 그렇다. 당연히 농담이겠지. 당연하다. 누가 이런 추하고 볼품없는 몸을 보고 싶어할까? 물론, 보고 싶어한다면 보여주겠다는 뜻은 아니다. 생색내는 건 아니지만. 안 된다. 그건 절대로. 농담. 하지만, 정말로 농담일까? 이 남자는 신용할 수 없다. 상대는 시호루가 아니어도 좋으니, 누구든 닥치는 대로 마수를 뻗치려는 저열한 욕망의 소유자가 아니라고 어떻게 단언할 수 있지?

"…죄, 죄송했습니다." 시호루는 헛기침을 했다. "…정색을 하고 받아들여서… 민망하기 짝이 없습니다…."

"아니, 네가 문제없다면 나는 언제든지 오케이지만."

"…무, 문제없지도, 않은… 데요…."

"그러니까, 농담이라니까."

"…제시."

"응? 무슨 말 했어?"

"아니요. …아무 말도. 환청 아닐까요?"

"그런가? 살기까지 담아서 내 이름을 중얼거리는 목소리를 들은 것 같은데…."

갑자기 제시가 돌아보았다. 북서쪽으로 얼굴을 향하고 있다. 시호루도 그쪽을 보았다. 누군가가 밭두렁을 걸어온다. 누구지? 주민인 구모들은 벌써 농사일을 마치고 각자의 집으로 돌아갔다. 이미 꽤 어둡다. 시호루는 눈에 힘을 주고 보았다. 한 명이 아니라 두 명 같다. 그중 한 명이 손을 흔든다.

"냐옹! 시호루…!"

"유메!" 시호루는 손을 흔들어 대답했다. "어서 와, 유메! 아무 일도 없었어…?! 다행이다…!"

"다녀왔어! 유메는 있지, 완전 괜찮아! 시호루는 어땠어?!"

"어, 나도…! 보는 바와 같이, 괜찮아…!"

"그렇구나! 그건 나행이야! 아니지, 다행이야!"

"정말…!"

"다른 사람들은?! 어떻게 하고 있어?!"

"다른 사람들은…!"

시호루는 목구멍에 아픔을 느끼고 손으로 눌렀다.

"그렇게 큰 목소리로 말할 것 없는데." 제시가 어깨를 흔들며 웃었다. "가까이 온 뒤에 천천히 말하면 되잖아."

"…그러, 네요…."

"시, 호루! 유메가, 지금, 그리로 갈게!"

"서, 서두르지 않아도 되니까…."

"으쌰! 투오킹, 뛰자!"

"…뛰지 않아도 되는데."

소리 지르는 것을 그만둔 시호루의 목소리는 들리지 않았을 것이다. 유메는 옆에 있는 동행자의 등을 두드리고는 뛰기 시작했다. 그 동행자도 유메와 함께 뛰어온다.

"…친해졌잖아."

유메답다고 하면 그뿐이지만, 매번 겪는 일이면서도 놀란다. 어떻게 저렇게 누구와도, 종족조차 초월해서 친해져버리는 걸까? 솔직히 부럽다. 유메가 눈부시다고 느끼는 일도 있다. 옛날엔 질투하기도 했었다. 옛날이라고 해도 5년이나 10년 전의 일은 아니지만.

생각해보면, 그림갈에 온 지 2년도 지나지 않은 것이다. 그 이전의 일은 구체적으로는 아무것도 기억나지 않는다. 단, 여러 가지 일이 있었겠지. 그림갈에 뚝 떨어져 태어난 것이 아니다. 그것은 틀림없다고 생각되는데, 그렇다면 있어야 마땅할 기억이 끊겨 사라졌다.

그러니까, 이 2년도 채 안 되는 시간이 시호루의 전부이고, 너무나 소중한 것이다. 만난 사람들, 잃어버린 것, 모든 것을 언제까지고 꼭 끌어안고 싶다.

유메가 동행자인 외투조 구모를 전속력으로 추월해서 달려오더니 "시호루!"라며 오른손을 들었다.

"…엇?! 뭐, 뭐야…?!"

시호루는 당황하면서도 우선 지팡이를 왼손으로 바꿔들고 오른손을 앞으로 내밀었다.

유메는 "뉴잉!"이라며 시호루의 오른손에 자기 오른손을 부딪쳤다.

짝. 커다란 소리가 나서 깜짝 놀랐고, 자기도 모르게 시호루는 눈을 감아버렸다. 손바닥이 아팠지만 어째서인지 기분 좋기도 했다.

"냐하하하아! 시호루!"

"…꺅."

더욱이 유메가 펄쩍 뛰어 품으로 날아들어 또 소스라치게 놀라고 말았다. 다리가 휘청거린다. 넘어지기 전에 유메가 시호루를 안고 옆으로 빙빙 돌기 시작했다.

"자… 잠깐, 유, 유메, 위, 위험, 나, 눈이 돌아…."

"우옷, 그럼 직각 역회전!"

"그, 그런 문제가. 그, 그리고, 직각이 아니라 즉각…."

"우왓! 유메, 이번에도 거릅 실수했네?!"

"거, 거릅이 아니라 거듭…."

"거름이구나! 역시 시호루야! 그렇구나!"

"거름이 아니라 거듭! 내, 내려줘, 유메. 부탁이야. 정말 눈이…."

"라저~! 레이저~! 빙 빙 빙! 스토옵!"

유메는 도는 것을 멈추더니 시호루에게 볼을 비볐다. 원래 동성 간의 스킨십을 좋아하는 성격이지만, 그렇다 해도 정상이 아닌 것 같다. 분명 줄곧 구모와 행동을 함께 하느라고 유메 나름대로 긴장을 했던 탓이겠지. 그렇게 생각하니 이제 그만하라고는 할 수가 없어졌다. 게다가 시호루도 유메와 접촉하고 있으면 진정이 된다… 고는 쑥스러워서 입 밖에 낼 수 없지만. 유메처럼 솔직해질 수 없으니까.

외투조 구모도 유메보다 좀 늦게 다가왔다. 투오킹이었던가? 확실히 유메는 그렇게 불렀었다.

투오킹은 제시에게 뭔가 이야기하고 있다. 오크 말인가? 구모의 언어인가? 어느 쪽이든 시호루는 전혀 알아들을 수가 없다.

하지만 묘하게 마음에 걸렸다. 제시가 팔짱을 끼고 별이 빛나기 시작한 밤하늘을 올려다보며 생각에 잠긴 듯이 고개를 갸웃거리고 있었기 때문일까? 뭔가 좋다고는 말할 수 없는 예감이 든다. 시호루는 아무래도 뭐든 나쁜 쪽으로 생각하게 되어버린다. 그 때문이라고 생각하고 싶었다.

…깨닫고 보면 말이야.

탄산을, 마시고 있잖아.

목구멍이 아프다고 말하면서, 탄산만 마시지 않아?

네가 마시는, 탄산음료.

나 좀 줘.

한 모금이라도 좋으니까.

목이 말라.

장난 아닐 정도로, 갈증이 나.

너는 자동판매기 앞에 앉아서, 늘 그렇듯이, 탄산음료를 마시고 있다.

밤, 인 건가?

벌써 새벽인지도 모르겠다.

어둡잖아.

캄캄하고.

여기저기 다… 캄캄하다고나 할까, 새까맣다고나 할까.

단지 저 자동판매기만이.

자동판매기가 내뿜는 빛이, 너를 비춘다.

하지만, 얼굴이 보이지 않아.

얼굴만이.

이상하네.

알고 있을 터인데.

어째서지?

너는, 누구…?

물어보잖아.

아까부터, 몇 번이나, 몇 번이나, 반복해서.

목소리가 들리지 않는 건가?

그래서 너는 고개를 숙이고 있는 건가? 그래서 얼굴이 보이지 않는 건가?

너는 역시, 탄산음료를, 마시고 있다.

한없이, 계속 마신다.

탄산만.

덕분에, 빈 캔이 나뒹군다. 수십, 수백 개, 그보다도 더 많은 빈 캔이.

여기에도 저기에도 사방 천지에. 나뒹구는 정도가 아니라.

무수한 빈 캔이, 너를, 자동판매기를, 당장이라도 묻어버릴 것 같아.

야, 너 말이야.

위험해.

거기에 있으면.

어… 이….

소리 높여 주의를 준다.

위험하다니까.

빈 캔이.

이상해.

계속해서 늘어나.

저 빈 캔, 어디에서 밀려오는 걸까?

어… 이.

야, 부르잖아.

부탁이야, 대답, 해줘.

어째서지? 잘 모르겠지만, 여기에서 말을 거는 것밖에는 할 수가 없어.

거기까지 갈 수가 없어.

—알지?

귀에 익은 목소리가 들려, 돌아본다.

누군가가 있다.

새까만, 질척할 정도로 무거운 어둠 속에, 누군가가.

있다는 것은 안다. 하지만 모습이 보이지 않는다. 그가, 말한다.

—그쪽은, 있을 장소가 아니야.

—맞아.

다른 누군가가, 말한다.

—그쪽으로는, 갈 수 없어. 아직은. 이쪽으로도, 올 수 없어.

뭐야? 그게.

무슨 말이야?

그럼, 여기에 있는 수밖에 없다는 뜻…?

—오고 싶으면 와도 되는데.

—아니야. 안 돼.

—응. 그러네. 아직 일러.

—아아. 그쪽으로 가지 마. 이쪽으로 와도 안 돼.

그렇게 말하면.

그럼 혼자잖아.

이렇게 어두운데.

아무것도 없는데.

여기에 혼자 있는 건, 도저히 견딜 수 없어.

—이리 와.

자동판매기 앞에서 네가 말한다.

쳐다보니 너는 일어서 있다.

너는 고개를 숙이고 있었다. 하지만 지금은 달라. 얼굴을 들고, 이쪽을 보고 있다.

손에는 탄산음료 캔을 들고, 검은, 어둠에 덧칠된 것 같은 얼굴로.

캔 입구에서는 줄줄 액체가 쏟아지고 있다. 검고, 검은, 먹물 같은 액체가.

어둠 그 자체가.

—이쪽으로 와.

너는 말한다. 입술 같은 것은 너에게는 없는데도.

—외로워. 이리 와.

무서워서.
너무나 무섭지만, 슬퍼서 견딜 수 없게 된다.
가고 싶어.
그쪽으로 가주고 싶어.
네 곁에.
너를 혼자 두고 싶지 않아.

—가면 안 돼.
—기다려. 가지 마.

왜 말려?
혼자 두고 싶지 않고, 혼자 있고 싶지도 않아. 알잖아.
왜냐하면, 여기는….

여기는, 어디야?

아아….

초코.

마나토.

모구조.

없다.
아무도.
그렇다. 자동판매기.
없다.
빛이.
어둠.

이 압도적이고, 완전한 어둠.

어둠 어둠 어둠 어둠 어둠 어둠 어둠 어둠 어둠 어둠 어둠 어둠
어둠 어둠 어둠 어둠 어둠 어둠 어둠 어둠 어둠 어둠 어둠 어둠 어
둠 어둠 어둠 어둠 어둠 어둠 어둠 어둠 어둠 어둠 어둠 어둠
어둠 어둠 어둠 어둠 어둠 어둠 어둠 어둠 어둠 어둠 어둠 어
둠 어둠 어둠 어둠 어둠 어둠 어둠 어둠 어둠 어둠 어둠 어둠 어둠
어둠 어둠 어둠 어둠 어둠 어둠 어둠 어둠 어둠 어둠 어둠 어
둠 어둠 어둠 어둠 어둠 어둠 어둠 어둠 어둠 어둠 어둠 어둠 어둠

어둠 어둠 어둠 어둠 어둠 어둠 어둠 어둠 어둠 어둠 어둠 어둠 어
둠 어둠 어둠 어둠 어둠 어둠 어둠 어둠 어둠 어둠 어둠 어둠 어둠
어둠 어둠 어둠 어둠 어둠 어둠 어둠 어둠 어둠 어둠 어둠 어둠 어
둠 어둠 어둠 어둠 어둠 어둠 어둠 어둠 어둠 어둠 어둠 어둠 어둠
어둠 어둠 어둠 어둠 어둠 어둠 어둠 어둠 어둠 어둠 어둠 어둠 어
둠 어둠 어둠 어둠 어둠 어둠 어둠 어둠 어둠 어둠 어둠 어둠 어둠
어둠 어둠 어둠 어둠 어둠 어둠 어둠 어둠 어둠 어둠 어둠 어둠 어
둠 어둠 어둠 어둠 어둠 어둠 어둠 어둠 어둠 어둠 어둠 어둠 어둠
어둠 어둠 어둠 어둠 어둠 어둠 어둠 어둠 어둠 어둠 어둠 어둠 어
둠 어둠 어둠 어둠 어둠 어둠 어둠 어둠 어둠 어둠 어둠 어둠 어둠
어둠 어둠 어둠 어둠 어둠 어둠 어둠 어둠 어둠 어둠 어둠 어둠 어
둠 어둠 어둠 어둠 어둠 어둠 어둠 어둠 어둠 어둠 어둠 어둠 어둠
어둠 어둠 어둠 어둠 어둠 어둠 어둠 어둠 어둠 어둠 어둠 어둠 어
둠 어둠 어둠 어둠 어둠 어둠 어둠 어둠 어둠 어둠 어둠 어둠 어둠
어둠 어둠 어둠 어둠 어둠 어둠 어둠 어둠 어둠 어둠 어둠 어둠 어
둠 어둠 어둠 어둠 어둠 어둠 어둠 어둠 어둠 어둠 어둠 어둠 어둠
어둠 어둠 어둠 어둠 어둠 어둠 어둠 어둠 어둠 어둠 어둠 어둠 어
둠 어둠 어둠 어둠 어둠 어둠 어둠 어둠 어둠 어둠 어둠 어둠 어둠
어둠 어둠 어둠 어둠 어둠 어둠 어둠 어둠 어둠 어둠 어둠 어둠 어
둠 어둠 어둠 어둠 어둠 어둠 어둠 어둠 어둠 어둠 어둠 어둠 어둠
어둠 어둠 어둠 어둠 어둠 어둠 어둠 어둠 어둠 어둠 어둠 어둠 어
둠 어둠 어둠 어둠 어둠 어둠 어둠 어둠 어둠 어둠 어둠 어둠 어둠
어둠 어둠 어둠 어둠 어둠 어둠 어둠 어둠 어둠 어둠 어둠 어둠 어
둠 어둠 어둠 어둠 어둠 어둠 어둠 어둠 어둠 어둠 어둠 어둠 어둠

어둠 어둠 어둠 어둠 어둠 어둠 어둠 어둠 어둠 어둠 어둠 어둠 어둠 나 어둠 어둠 어둠 어둠 어둠 어둠 어둠 어둠 어둠 는 어둠 나 어둠 어둠 어둠 어둠 어둠 어둠 어둠 어둠 어둠 어둠 어둠 어둠 어둠 어둠 나는 어둠 어둠 어둠 어둠 어둠 어둠 어둠 어둠 어디에…?

숨을 들이켜는 소리가 났다.

캄캄하지 않다─는 것을 금방 알았다.

실내. 그렇다. 여기는 야외가 아니다. 지붕 밑이다. 게다가 부드럽다. 땅바닥도, 마룻바닥도 아니고, 요인지 뭔지 위에 누워 있다.

몸을 일으키려고 했더니, "하루…?!" 라고 이름을 부른다.

"어, 메리…?"

메리. 분명히 메리다.

보아하니 하루히로는 침대 같은 것에 누워 있고, 메리는 그 바로 옆에 의자인지 뭔지를 놓고 앉아 있던 모양이다. 메리는 그 의자를 넘어뜨릴 뻔하면서 일어서서 하루히로 위로 덮쳤다. 아니, 덮친 것이 아니다. 정확히는. 하지만 메리는 거의 덮칠 듯한 기세로 하루히로의 머리 옆을 왼손으로 짚고 몸을 지탱하며 오른손으로 하루히로의 뺨과 목을 만졌다.

메리의 머리카락이 하루히로의 얼굴에 흘러내렸다. 메리의 냄새가 났다.

아마도 밤이고, 어둡기는 어둡지만, 창문이 있고, 거기에서 빛이 다소 스며들어서, 덕분에 메리의 얼굴이 흐릿하게 보였다. 특히 눈동자가. 시선은 마주치지 않았다. 메리는 여기저기 만져보고, 그리고 눈으로 보고, 확인하는 것 같았다. 하루히로가 아무렇지 않은지. 괜찮아 하고 말하고 싶은데, 말할 수가 없었다.

하루히로는 메리에게서 눈을 뗄 수가 없었다. 불순하다고는 생각하지만, 한참 동안이 아니라도 좋아, 잠시 동안만, 조금만 더, 만져주길 바랐다. 손을 뻗으면 끌어안을 수 있다. 그런 생각을 했다. 어쩌면 메리는 거부하지 않는 것 아닐까? 바보 같은 일이 머리에 떠올라 진심으로 자신이 한심했다.

"나는 괜찮아, 메리."

하루히로는 그렇게 말하고 웃어봤다. 과연 제대로 웃었을까? 스스로는 알 수 없고, 자신은 없었다. 항상 그렇다.

"…그래."

메리는 한 번 숨을 내쉬고 나서 몸을 들어 침대 가장자리에 걸터앉은 자세가 되었다. 메리의 손도 하루히로에게서 떨어지고, 그녀의 향기도 희미해졌다. 거의 느껴지지 않을 정도로.

안타까운 것 같은, 안도한 것 같은. 양쪽 다인 것 같은.

어쨌든, 이걸로 좋다. 이 정도가 아슬아슬하게 정상이다. 동료끼리는 적절한 거리라는 것이 있어야 하고. 분명 그렇다. 목숨을 서로 맡기는 동료이기 때문에 더욱.

"…미안."

"왜 사과해?"

"아니, 그게… 뭐지? 그러니까, 뭐가 어떻게 되어서 이렇게 된 건지. …잘 모르겠고. 뭐랄까, 이런 상황에 처한 일 자체가 내 탓이랄까."

메리는 말없이 고개를 저었다. 하루히로도 이쯤 되면 안다. 내 잘못이다. 판단을 잘못했다. 그렇다고 해도 동료들은 하루히로를 일방적으로 탓하거나 하지 않는다. 머리로는 이해하는데도, 같은 일을 몇 번이나 반복해야 직성이 풀리는 건가?

사과를 하고 있을 때가 아니다. 물어봐야 할 일이 많이 있다. 어째서 아무 말도 할 수 없는 거지?

메리도 잠자코 있었다.

침묵이 아프다. 주로, 가슴이랄까, 배랄까, 위장 근처가. 찌릿찌릿 아프다.

이윽고 메리가 코를 훌쩍이기 시작했다.

하루히로는 흠칫 놀랐다.

"…메리?"

"미안해."

메리는 왼손으로 얼굴을 가렸다. 눈 주위를 누르고, 눈물을 참으려고 하는 건지도 모른다.

"아니… 무슨. 하지만….."

"아무것도 아니야. 단지… 긴장이 풀린 것뿐이야."

"그렇… 구나. 그런 거라면, 뭐….."

"바보."

메리는 하루히로의 가슴을 퉁 치더니 키득 웃었다.

그 오른손이, 떨어질 듯 떨어지지 않는다. 하루히로의 가슴 위에 가만히 놓여 있다.

"…아니야. 바보는, 나야."

"응?"

"신경 쓰지 마. 나, 아마도 의미 없는 말을 하고 있어."

"그… 래?"

"나는 똑똑하지 못하니까, 그런 때도 있어."

"…똑똑하지 않지는, 않다고 생각하는데."

"얕보이는 것이 두려워서 감추려고 하고 있는 것뿐. 하지만 완전히 들통나버려."

메리의 오른손에 약간 힘이 들어가 있다.

하루히로는 "아…" 하고 얼빠진 목소리를 냈다. 이런 때 재치 있는 말을 할 수 없는 자신이 저주스럽다. 하지만, 이런 때라니? 도대체 지금이 어떤 때란 말인가?

"메리는."

뭐라는 거야? 메리는? 뭐…?

하루히로는 숨을 빨아들이고, 내쉬었다. 말이여, 나와라. …나와 줘.

나와… 주세요.

제발. 부탁이야. 이참에 어떤 말이든 좋으니까.

"둘도 없는… 존재, 야. 다들… 응. 다들, 메리가 구해주고 있어. 나… 얼굴도 그렇고, 엉망이 되었었겠지. 치료해준 거, 메리지?"

"나는, 신관이니까."

"…필요해, 메리는, 그러니까… 우리한테 있어서. …꼭."

"하루야말로. 당신이 있어주지 않으면 곤란해. …우리, 모두."

"모두… 응."

"그러니까…."

"그러니까?"

"다행이야. 하루. 당신이… 있어주어서. 당신을, 만날 수 있어서."

"아니야. 나야말로… 말하고 싶다고나 할까…."

"뭘?"

"엇. …아, 그러니까… 그게, 메리를 만나서, 다행이다… 라고…."

뭐야? 이건.

이 대화.

만남을 서로가 감사하고 있다. 그것 자체는 전혀 이상하지 않다.

사실이고. 감사하고 있거든? 하지만, 뭔가, 그런 것과는 다른 것 같은…? 어라?

다르지 않아?

멋대로 깊은 의미로 받아들이는 것뿐이라거나? 깊은 의미? 어떤 식으로?

어라라라라? 잘 알 수 없게 되어버렸습니다요…?

"무" 하고, 자기가 말해놓고, 무슨 말을 하려고 했던 건지 하루히로는 짐작도 가지 않았다. "…무. 무. …무…?"

메리가 "무…?"라며 고개를 갸웃거렸다.

"무…."

이크.

머릿속이 새하얗다. 어두운데도. 그러고 보니 건물 안인 것 같은데, 조명이 한 개 정도는 있어야 하지 않나? 건물. …건물?

"…무…."

이 건물은 어디에 있는 건가? 그 마을인가? 그렇다면, 어째서? 하루히로는 손발을 묶이거나 한 것이 아니다. 아무래도 메리도 마찬가지인 모양이다. 하루히로가 의식을 잃은 뒤에 무슨 일이 있었던 건가? 메리는 여기에 있다. 시호루는? 유메는? 쿠자크는? 세토라와 엠바, 키이치는…?

"무….

이 '무'. 몇 번째일까?

메리가 살짝 웃음을 터뜨리며 하루히로의 가슴 위에 올려놓은 채로 있던 손을 거두었다.

"무슨 일이 있었는지, 간단히 설명할게."

"…부, 부탁해. 아, 그렇지. …일어나도 돼? 나?"

메리는 또 웃고는 "일어나"라고 말했다.

일어나보니 약간 머리가 어지러웠으나, 그밖에 그다지 이상 증상이라 할 정도의 이상은 없었다. 실신하기 전에 얼굴이 박살 났던 것을 생각해보면, 이만하면 꽤 괜찮은 상태겠지.

괜찮다는 점에서는, 메리의 태도에서도 상상할 수 있듯이, 동료들도 모두 무사하다고 한다. 메리는 제시라고 하는 남자가 하루히로를 인질로 삼아 동료들을 굴복시키고, 이 제시랜드에 연행한 경위에 대해서 알려주었다. 하지만 그 뒤에 한곳에 한꺼번에 감금당하는 줄 알았는데 그렇지 않았다. 메리는 하루히로에게 붙어 간병을 하게 해주었고 다른 동료들도 각각 행동을 하게 되었다. 아까 잠깐 시호루가 제시와 함께 상태를 보러 왔었다. 그때 잠시 이야기를 나누어 세토라와 엠바, 키이치는 감옥 같은 곳에 갇혀 있다고 들었다. 유메와 쿠자크는 일을 할당받았다고 한다. 시호루 본인은 제시와 함께 행동하게 되어 제시랜드의 실태를 보고 듣고 있다고 한다.

"…시호루에게, 마을의 속사정을 밝힌다는 말인가?"

"응. 시호루 말로는 그런 것 같아. 뭔가 숨기고 있을지도 모르지만."

"알 수 없네…."

"애초에 그 남자는 하루의 백 스태브를 제대로 맞았는데도 아무렇지도 않았어."

"인간으로밖에는 보이지 않는데, 그게 아닌가. …구모, 였던가? 오크가 인간에게 임신시킨…?"

"그 부분에 관해서는 자세히 듣지 못했으니까. 하지만, 요컨대 제왕연합이 인간족을 무찌른 전쟁에서 오크들이….”

“아, 응. …뭔가, 불쌍한 사람들이지. 사람이 아닌가? 아니, 하지만 인간의 피를 이어받았으니까… 그렇지, 순혈 오크보다는 우리랑 가까울 거야.”

“이 건물의 감시도 녹색 외투를 입은 구모가 해. 여기는 구모의 마을이니까 당연하겠지만. 비교적, 친절하고. …그렇지.”

메리는 침대에서 일어났다. 벽 쪽에 테이블 같은 것이 있는 것 같다. 메리는 그 위에 놓여 있던 것을 들고 돌아왔다.

“먹을 것과 물. 이것도 구모가 갖다줬어. 나도 먹어봤고, 이상한 것은 들어 있지 않은 것 같아.”

“웃….”

갑자기 배 속에서 커다란 소리가 나고 입안에 침이 고였다.

“잠깐만.” 메리가 다시 침대에 걸터앉았다. “먹을 것은 포장되어 있으니까. 지금 벗길게. 이걸, 먼저.”

건네받은 가죽 물통에 입을 대고 마셨다. 미지근하고, 살짝 산미가 있다. 썩은 것 같은 불쾌한 신맛은 아니고 마시기 편하다. 자기도 모르게 벌컥벌컥 들이켜고 말았다.

메리가 “자” 하고 뭔가 납작한 것을 내밀었다. 당연히 손으로 받아야 했는데, 식욕 때문인지 하루히로는 고개만 내밀어 메리가 들고 있는 그것을 덥석 물었다. 놀라게 만든 듯, 메리는 “꺅” 하고 소리를 냈다. 사과하는 것보다도 먼저 정수리가 찌르르했다.

“맛, 있….”

“그, 그래! 맛있어, 이거.”

“…되살아나는 것 같아.”

"살아 있어."

"그건 그렇지만…."

"더 있어."

"아, 응."

"자."

아무 생각 없이 입을 벌리자, 그 납작한 경단 같은 음식 나머지가 입에 들어와서 살짝 당황했지만, 모처럼 주는데 안 먹을 수도 없다. 그보다 이미 먹고 있고. …그래서 하루히로는 그것을 씹어 위장 안으로 집어넣었다. 역시, 맛있다. 단순히 배가 고팠기 때문만은 아닌 것 같다. 우선, 쫄깃한 식감이 좋다. 살짝 고소하기도 하다. 좋다. 그리고 안에 뭔가 들어 있다. 다진 고기에 향신료나 야채 같은 것을 첨가해 달콤 짭조름한 맛이 난다. 한동안 제대로 된 음식을 먹지 못했었고. 아니, 그렇지 않더라도 이건 맛있었을 것이다. 질리지 않는 맛이다. 덧붙여 말하자면, 그리운 맛이기도 하다. 소울 푸드 같은. 무슨 소울 푸드인 건가? 잘은 모르지만, 근사하다.

"하나 더?"

먹으라고 하면 거절할 수가 없다. 아니. 메리가 권하지 않았더라도 두 개째를 원했을 것이다. 틀림없이. 두 개든 세 개든, 있는 만큼 다 먹고 싶다.

"…주세요."

"앙…."

"네. 아…."

응?

하루히로는 입을 크게 벌린 채로 메리를 쳐다보았다.

시선과 시선이 맞부딪쳤다.

"앗…." 메리는 고개를 옆으로 돌렸다. "…미, 미안해. 분위기의 흐름상, 그만. 따, 딱히, 그러니까… 기, 깊은 뜻은 없…."

"으, 응" 하루히로는 고개를 숙이고 손가락으로 괜히 미간을 문질렀다. "아, 알아."

"…자, 먹어."

주뼛거리며 내민 납작한 경단 같은 것을 씹었다. 맛있다. 몸에 스미네, 이거. 착한 맛이다. 뭐든 어울릴 것 같고. 이런 것을 항상 먹는 사람들과는, 설령 종족이 달라도 친해질 수 있을 것 같다. 물론, 어디까지나 그런 느낌이 드는 것뿐이다. 이 음식 맛을 판단 근거로 삼지는 않는다. 나쁜 인상을 품기는 힘들지만. 두 개째를 벌써 먹어 버렸고.

"이쯤에서 그만… 먹을까? 갑자기 먹고 싶은 만큼 다 먹었다가는 몸이 깜짝 놀랄지도 모르고."

메리는 살포시 웃었다.

"하루다워."

"어, 그래? 어디가?"

"냉정하게 자신을 컨트롤하려고 하는 점. 본받아야지, 라고 늘 생각해."

"그런, 대단한 게 아닌… 데. 지, 진짜로."

"겸허한 점도."

"…음…."

하루히로는 몸 여기저기를 긁적였다.

칭찬받는 것은 익숙지 못하다. 기쁘지 않은 것은 아니지만, 단순히 쑥스럽고, 확대해석하고 싶지는 않다. …그야? 우쭐해질 만하잖아. 메리가 면전에서 이토록 칭찬해주는데. 그러니까, 그만했으면 하는데. 너무 기뻐지고 싶지 않아. 좋은 일이 있으면 불안해지는 것이다. 편안함이 있으면 고생이 있고. 오르막이 있으면 내리막이 있다. 길흉화복은 같이 꼬여 있는 새끼줄 같다고 하잖아.

"메리."

"응?"

"뭔가…."

이 건물의 창은 다소 높은 위치에 있고, 그 문은 열려 있고, 받침 막대기가 걸려 있다. 바깥은 조용했다. 방금 전까지는.

두, 두, 두, 두, 두, 두, 두, 두, 두, 두, 두, 두….

그런 소리가 들렸다. 말도 안 돼. 그렇게 생각했다. 심정적으로는 믿고 싶지 않았으나, 하루히로의 몸은 재빨리 반응했다.

펄쩍 뛰듯이 벌떡 일어나 침대 위에 서서 창을 통해 바깥을 보려고 했다. 안 되나? 어두워서 잘 모르겠다. 하지만 저, 두, 두, 두, 두, 두, 두, 두, 두, 두… 하는 특징적인 소리는 아직 멀리서부터 계속 울리고 있다.

"드러밍이다. …레드백. 귀렐라의."

"설마—" 하고 메리가 경악했다.

그 심정은 안다. 하루히로도 동감이다.

귀렐라는 이상할 정도로 집념이 강하다. 하루히로 일행은 무리의 리더인 수컷 레드백을 해치웠다. 그런데도 놈들은 계속 쫓아왔다. 아무래도 예외적인 무리로, 레드백이 여러 마리 있는 모양이다. 어쩔 수 없이 절벽에서 목숨을 걸고 다이빙을 감행해서 간신히 떨쳐버렸다. 그런 줄 알았다.

드러밍뿐만이 아니다. 다른 소리도 들렸다. 외침 소리. 의미는 모른다. 구모의 말인가? 빛이 교차한다. 횃불인 모양이다.

출입구 문이 열리고 실내가 밝아졌다.

"메리! 하루히로 군…?!"

시호루였다. 문가에서 두 사람의 이름을 부른 시호루의 뒤에 금발의 남자가 횃불을 들고 서 있다. 제시.

"깨어났나? 마침 잘됐다. 너희들 손을 빌려야 할 것 같다."

제시는 담담히 말했다. 전혀 어깨에 힘이 들어가지 않은 말투. 표정도 평온하다.

하루히로는 방구석에 한꺼번에 놓여 있던 스틸레토와 가드 달린 대거 등 무기와 외투를 챙겨 메리와 함께 건물을 나왔다. 다리가 약간 휘청거렸지만, 움직이다 보면 곧 괜찮아지겠지. 요기를 해두길 잘했다.

마을은 의외로 차분했다. 주민들이 거품을 물고 집집마다 뛰쳐나와 여기저기로 도망 다니는, 그런 일은 일어나지 않았다.

"그들에게는 집에서 나오지 말라고 명령했다." 제시가 걸어가면서 말했다. "아직까지는 말을 듣고 있는 것 같군. 참고로, 나와 똑같은 외투를 입은 구모들은 다르다. 나는 그들을 레인저 부대라고 부른다. 내 수족 같은 자들이라고나 할까. 오르타나의 의용병에게 뒤지지 않을 정도로는 우수하다."

하루히로가 있던 건물은 마을 바깥쪽에 가까운 위치였던 모양이다. 잠시 후 주위에 건물이 없게 되었다. 길 양쪽은 이미 밭이다. 멀리에서 몇 개나 불빛이 보였다. 크지는 않은 것 같지만, 망루 같은 것이 있는 모양이다.

"몇 명 있는 겁니까? 그… 레인저는?"

"스물네 명." 제시는 대답했다.

제시가 선두에 서고 그 뒤에 하루히로, 시호루와 메리는 나란히 제일 뒤에서 걷고 있다.

두, 두, 두, 두, 두, 두…. 두, 두, 두, 두, 두, 두…. 두, 두, 두, 두, 두, 두, 두, 두, 두…. 드러밍 소리는 그치지 않는다. 여기에서도 저기에서도 들린다.

"…피해는?"

"아직…."

제시는 고개를 저었다. "몰라. 현재로서는."

우리 탓, 인 건가?

하루히로 일행이 이 제시랜드에 귀렐라를 끌어들이고 말았다. 그건 그럴지도 모르지만, 제시에게도 책임은 있다. 하루히로 일행을 쫓아버릴 수도, 모두 죽여버리는 일조차 제시는 할 수 있었다. 이유는 잘 모르지만, 그러지 않았다. 그 결과, 이렇게 되었다. 그러니까 자업자득이라고 말할 수도 있겠지.

제시는 좁은 길로 들어섰다. 그 앞에는 오두막이 덩그러니 놓여 있다.

오두막 앞에서 누군가가 "아아앗!" 하고 큰 소리를 내며 횃불을 휘둘렀다.

"하루 군이다! 시호루! 메리도…!"

"유메…!"

오두막에는 유메 말고도 한 명 더, 외투를 입은 구모 레인저가 있었다. 제시가 "투오키다"라고 하루히로에게 소개하자, 그 보라색 얼굴을 한 레인저는 턱을 당기는 듯한 동작으로 인사를 했다.

"아, 안녕하세요. …하루히로입니다."

"투오킹은 있지, 꽤 똑똑한 아이야!"

유메가 등을 찰싹찰싹 때리자 투오키는 가볍게 기침을 했다.

"…유메, 그 사람과 친해?"

"응. 쫌. 아직 만난 지 얼마 안 됐으니까? 그래도 친구가 된 거지? 그치? 투오킹."

"아, 아아….."

"쫌, 난처한 것 같기도….."

시호루가 지적하자 유메는 "무에엣?!"이라며 눈을 휘둥그레 뜨더니 투오키 앞으로 휙 나서서 그의 얼굴을 빤히 쳐다보았다.

"투오킹, 난처해? 친구는 아직 이른가…?"

"…우아."

"유메….." 메리가 머리를 흔들었다. "…아마도 말이 통하지 않는 게…?"

"오옷. 그런가!" 유메는 제시의 옆구리를 쿡 찔렀다. "젯시. 그럼 있지, 방금 유메가 한 말 있지, 통역 좀 해줘!"

"응… 아니, 지금 그럴 때가 아닌데….."

"후아웃, 그렇지! 하루 군, 칠대사아아!"

"일대사겠지. 칠이 아니라 일….."

하긴, 7이 1보다 더 대단하긴 하고, 유메니까, 뭐 그걸로 됐지 않을까 하는 마음은 들었지만, 정말 그럴 때가 아니다. 오두막은 창고인지 휴게소인지 그런 것 같은데, 외벽에 사다리가 달려 있고, 지붕 위에는 간소한 망루가 있다. 제시는 투오키와 하루히로에게 동행하라고 말하고 망루로 올라갔다. 망루 위는 좁았다. 세 명이나 네 명이 한계겠지. 2층보다 좀 높은 정도지만, 차폐물이 없어서 멀리까지 보였다.

그들이 지금 있는 이 망루를 제외하고, 화톳불인지 뭔지가 타오르는 망루는 전부 여덟 개가 있다. 제시랜드 바깥 테두리의 동서남북과, 북동, 남동, 남서, 북서에 하나씩, 그런 배치인가?

"북쪽은 저쪽이다." 제시가 가리키며 알려주었다. 역시 하루히로가 생각했던 대로, 여덟 방향에 망루를 세워둔 모양이다.

두, 두, 두, 두, 두, 두, 두···. 두, 두, 두, 두, 두, 두, 두, 두, 두···. 두, 두, 두, 두, 두, 두, 두, 두, 두···.

귀를 기울이고 잘 들으니 귀렐라의 드러밍은 세 방향에서 울리고 있다. 북과 서, 그리고 남서인가?

"이건 이상한 사태로군." 제시는 어깻짓을 했다. "귀렐라 무리 중에 드러밍을 하는 것은 레드백뿐이다. 정확히 말하면, 못하는 건 아니지만, 레드백 이외의 수컷이 드러밍을 하면 레드백에 대한 도발 행위로 간주된다. 보통은 무리 중의 암컷도 젊은 수컷도 레드백에게 가담해서 드러밍을 한 수컷을 두들겨 팰 거다."

"···나도, 그렇게 들었습니다."

"그 촌락의 여자한테서?"

"세토라 말이로군요. 네, 그렇습니다. 우리는 다룽갈이라는, 그림갈과는 다른 세계에 있다가···."

"그 이야기는 시호루가 대충 말해주었다. 화룡의 산이라, 재미있어. 다룽갈에서 운조를 만났다고?"

"아는 분… 입니까?"

"아니. 몰라. 나는."

"…네?"

"제시!" 투오키가 외쳤다. 그는 북동쪽을 보고 있다.

그쪽을 보니 망루의 화톳불이 하나 꺼져버렸다.

"어이, 어이." 제시는 코로 숨을 내쉬었다. "드러밍은 양동 작전이었나? 대단한데."

확실히 대단하다. 귀렐라들은 드러밍으로 자기 존재를 과시하며, 여기에 있다, 이제부터 공격한다… 그렇게 위협했다. 그래놓고는 이쪽의 허를 찔러 다른 방향에서 습격한 것이다.

"…아니, 하지만 감탄하고 있을 때가 아닌 것 같은."

"맞는 말이다. 투오키."

제시는 투오키에게 뭔가 지시를 내렸다. 투오키는 끄덕이더니 서둘러 사다리를 내려갔다. 북동에서 오는 귀렐라들을 격퇴하러 가는 것이겠지.

나머지 일곱 개의 화톳불은 건재하다. 드러밍은 아직 계속되고 있다.

"분명 저거, 진짜 노리는 게 아니… 겠지요."

"하루히로, 너라면 선봉대한테 어떤 역할을 부여하겠어?"

"…그저 가볍게 견제시키는 것보다는, 갈 수 있는 만큼 가보게 할지도 모릅니다. 그렇지요, 팔팔한… 귀렐라였다면, 혈기왕성한 젊은 수컷들한테 돌격하게 할 것 같은."

"나도 같은 의견이다. 너와는 죽이 맞을 것 같다."

"그건 과연 어떨지요…?"

"일단은 마음이 맞는 걸로 해두지 않겠나?"

"별로 협박하지 않아도 할 수 있는 일은 하겠습니다. 의도한 바는 아니지만, 귀렐라를 이리로 끌어들인 것은 우리고."

"정말로 똑똑한 무리야. 너희가 언젠가 사람들 마을로 향할 거라는 것을 간파하고, 말하자면 풀어놔준 것이다. 너희는 레드백을 한마리 죽였다. 저 드러밍, 아마도 레드백이 여러 마리 있는 거다. 대보스 같은 것이 몇 개의 무리를 합쳐서 통솔하고 있는 것이겠지."

"…쿠자크는?"

"그 키 큰 아이 말인가? 곧 오지 않을까? 데려오라고 말해놨다."

"세토라와, 엠바는?"

"촌락 인간은 개인적으로 신용하지 않아."

"쓸 만합니다. 키이치도."

"키이치라는 건 그 냐아 말인가? 생각해보지."

"레인저 이외의 마을 사람들은… 싸우지 못하는 겁니까?"

"적어도 싸우는 법을 가르쳐준 적은 없어. 그들은 그야말로 선량한 생물이라서. 무기를 갖고 있는 것은 레인저뿐이다. 나이프 정도는 어느 집에나 있지만. 그리고 농기구."

"…도대체 뭡니까? 여기는."

"제시랜드"라고, 제시는 이 자리에 어울리지 않는다고 여겨질 만큼 만족스러운 웃음을 띠며 말했다. "내가 플레이하는 게임의 필드다."

"게임…?"

언제였던가, 마나토가 흘린 말이다. 마치 게임 같다고. 하지만 제시가 입에 올린 게임이라는 단어는, 같은 말인데도 그 의미가 약간

다른 것처럼 느껴졌다. 아니, 약간이 아니라 전혀 다르다.

"너는 어딘지 달관한 느낌이로군, 하루히로."

"…그렇게 보입니까?"

"보여. 어떤 인생도 어차피 게임 같은 것이겠지. 너라면 알지?"

"당신과는, 마음이 맞지 않는 건지도."

"아니. 네가 그렇게 생각하는 것은 아직 아무것도 모르기 때문이다. 알게 되면 내가 말하는 걸 잘 이해할 거야."

"뭘 알게 되든 변함없습니다. 게임이라니… 놀이가 아니야."

하루히로는 제시를 노려보지는 않았다. 감정은 격앙되었다. 분명 불쾌한 것이겠지. 단, 언성을 높여 주장한다고 해서 내가 옳다는 걸 설명할 수 있지는 않을 것이고, 제시를 논리로 이기고 싶은 것도, 설득하고 싶은 것도 아니다.

의미 같은 것은 없어도, 말하지 않을 수가 없었을 뿐이다.

하루히로는 한 번 숨을 내쉬었다.

"우리는 죽으면 그걸로 끝이고 모든 것을 잃죠. 초라하고 허망하다고 생각한 적도 있습니다. 성가시고, 힘들기도 하고, 이제 그만해도 되지 않을까… 하고. 하지만, 그런 나라도, 살아 있어서 다행이라고, 가끔씩 느끼거나 하고. 울고 웃을 수 있고."

"그러니까 목숨은 소중하다고?"

"소중하다거나 소중하지 않다거나, 목숨의 가치라거나, 그런 건 잘 모릅니다. 어느 쪽이든, 지금 여기에 있는 것을 손에서 놓고 싶지 않다고 생각하는 한은, 움켜잡는 수밖에 없으니까. 그랬더니 어느샌가 여러 가지 것들에 둘러싸여, 이제 간단히는 버릴 수가 없게 되었지요."

"막상 실제로 그냥 버리면 의외로 간단하다거나 한데."

"그런 걸까요? 하지만 당신도 이 마을은 아깝지요?"

"모처럼 여기까지 육성한 제시랜드의 마을 사람들이 귀렐라들에게 몰살당하면 다소는 가슴이 아프겠지."

"가급적 그렇게 되지 않도록, 할 수 있는 일은 하겠습니다. …모두에게 응전 준비만은 시켜두는 게 좋습니다."

"그러지." 제시는 왼쪽 어깨를 올렸다. "아직 게임 오버가 아니야."

곧이어 여성 레인저에게 이끌려 쿠자크가 오두막에 도착했다. 북쪽 망루의 화톳불이 꺼진 것은 그 뒤였다.

이 오두막은 마을에서 북으로 200미터 정도 떨어진 곳에 있다. 북쪽 망루까지는 여기에서 1킬로미터 정도다.

"하루히로, 가봐."

제시는 당분간은 오두막에서 움직일 생각은 없는 모양이다. 하루히로가 끄덕이자 제시는 쿠자크를 데려온 여성 레인저에게 뭔가를 지시했다. 분명 하루히로 일행을 따라가서 감시하라는 것이겠지.

사다리를 내려오자 쿠자크가 "…아자!" 하고 주먹을 내밀어 하루히로는 자기 주먹을 가볍게 맞부딪쳤다.

"역시 하루히로가 같이 있으면 안정이 된다고나 할까, 하루히로가 있어주지 않으면 나, 마음이 약해진달까, 힘들어요."

"…좀, 살짝 기분 나쁜데."

"어엇. 그런 말 하기 있기?!"

"아니, 농담이야. 아, 하지만 거짓말은 아닌지도…."

"너무해. 하지만 비교적 기쁜지도."

"어, 왜?"

"뭐랄까, 전보다 나에 대한 태도가 좀 거침없잖아요. 그런 건, 좋지 않습니까?"

"…중증 M?" 시호루가 중얼거렸다.

"그런 거 아니에요!" 쿠자크가 곧바로 부정했지만, 그러고는 고개를 갸웃거렸다. "…아아. 하지만, 나, S는 아닌가? 뭔가 아닌 것 같은. 중증 M은 아니라고 생각하지만, S냐 M이냐 묻는다면, 그야, M인가…?"

"유메는 L이야. F인가?"

"에프…?" 메리는 얼굴을 찡그리고 어째서인지 심각하게 생각에 잠긴 것 같다.

오두막 옥상, 망루 위에서 제시가 쓴웃음을 짓고 있었다.

"워라아!" 여성 레인저가 쿠자크의 엉덩이를 때렸다.

"우와, 넷!" 쿠자크는 하루히로의 등을 밀었다. "하루히로, 가요! 얀니 씨는 좋은 사람이지만, 화나면 무서우니까!"

얀나라는 이름인 모양이다. 크림색 비슷한 얼굴을 한 여성 레인저가 "워우후!"라며 호통쳤다. 쿠자크가 말한 것처럼, 무서워 보이는 구모다.

"좋아, 가자. …햇불을 들고 있으면 표적이 될 것 같으니까, 쿠자크, 부탁해. 선두에. 제일 뒤는 유메한테 부탁할게. 메리는 시호루를. 거리가 좀 될지도 모르니까, 시호루는 우선 자제하는 느낌으로. 나는 쿠자크 뒤에 붙는다."

"넵!"

"우냥!"

"응!"

"…네!"

출발하자마자 얀니는 빠른 걸음으로 하루히로를 추월해서 쿠자크 옆으로 갔다. 파티의 방패역이고 중장비로 무장한 쿠자크와 달리 얀니는 갑옷과 투구를 쓴 게 아니다. 제일 앞은 위험하지 않나? 감시역일 테니 뒤에 있어주면 좋을 텐데. 하지만 그런 말을 했다가는 왠지 화를 낼 것 같다. 그보다 우선 말이 통하지 않고.

하루히로는 밭을 가로질러 갈 생각이었는데, 얀니는 길을 걸으며 쿠자크가 자기에게서 떨어지면 "워라아앗!" 하고 야단쳤다. 밭은 걷기 힘들고, 얀니는 제시랜드의 지리를 파악하고 있는 것이겠지. 하루히로는 경로 선택을 그녀에게 맡기기로 했다.

두, 두, 두, 두, 두, 두, 두, 두, 두…. 두, 두, 두, 두, 두, 두, 두, 두, 두…. 두, 두, 두, 두, 두, 두, 두…. 드러밍은 동과 서, 그리고 남동쪽에서 울린다. 처음에는 확실히 북, 서, 남서였다.

이윽고 "U · ho, U · ho, U · ho, U · ho, U · ho, U · ho…!" 라는 궈렐라의 울음소리가 들렸다. 아마도 하루히로 일행의 존재를 알아차렸을 것이다.

"멈춰! 온다, 쿠자크…!"

"오케이입니다!"

얀니가 "세에이네아!" 라며 쿠자크의 손에서 횃불을 빼앗았다. 쿠자크는 곧바로 대검을 뽑았다. 뭔가 묘하게 호흡이 맞지 않아? 저 두 사람. 하루히로도 스틸레토를 겨누었다. 한 박자 뒤에 어깨와 무릎의 힘을 뺀다.

"Ho! Ho! Ho! Ho! Ho! Ho! Ho! Ho…!"

"오른쪽, 왼쪽, 앞!" 유메가 외치며 오른쪽 방향으로 화살을 쏘았다. 맞았나? 빗나갔나? 정확하지 않다.

시호루가 "…다크!" 하고 엘리멘탈 다크를 소환했다.

"빛이여, 루미아리스의 가호 아래, 프로텍션(빛의 수호)!"

메리가 주문을 읊자 하루히로 일행의 왼쪽 손목에 빛나는 육망성이 떠올랐다.

이건 아니구나. 하루히로는 느끼고 있었다. 확실한 근거가 있는 것은 아니다. 하지만 레드백은 아닐 것이다. 몇 번이나 습격을 당했기 때문에 안다. 그냥 젊은 수컷이다.

"시호루, 왼쪽으로!"

"…네!"

"왔다."

먼저 앞에서다. 귀렐라. 역시 젊은 수컷인가. 펄쩍 뛰어 덤벼드는 수컷 A를 쿠자크가 방패로 "…우랴앗!" 하고 밀쳐냈다. 상대가 레드백이 아니라면 방패를 단단히 잡은 쿠자크는 힘으로는 그리 뒤지지 않는다. 다음은 오른쪽.

"냐!" 유메는 다시금 화살을 쏘자마자 활을 버리고 칼을 뽑았다. 돌격한 수컷 B에게 두 번 칼을 휘두르고 재빨리 옆으로 돌아 "챠이 챠이 챠이…!"라며 칼로 찔렀다. 유메의 검 공격은 각피에 막혀 수컷 B에게 타격을 주지 못했다. 단, 잠시도 발을 멈추지 않고 공격하는 손길을 늦추지 않기 때문에 수컷 B는 머뭇거렸다. 금방 수컷 B는 태세를 다시 갖추겠지만, 여차하면 메리가 유메한테 가세하겠지. 아니, 그렇게 되기 전에 처치한다.

왼쪽 비스듬히 앞에서 수컷 C가 보리 비슷한 식물을 쓰러뜨리면

서 질주했다. 같은 수컷이라도 레드백보다는 몸집이 작을 테고, 직
립하지 않고 주먹을 쥐고 너클 워크로 이동하므로 그리 크게는 보
이지 않는다. 그렇긴 해도, 놈의 태클을 하루히로가 정면으로 맞으
면 몸이 성치 않은 정도가 아니라, 잘못하다가는 죽는다. 쿠자크처
럼 맷집이 좋지는 않은 것이다. 정면 승부에 임할 생각은 전혀 없
다.

그래서 하루히로는 왼쪽 방향으로 뛰기 시작했다.

수컷 C는 흥가아… 하고 짖더니 하루히로를 쫓아오려고 했다.

"가라…!" 시호루가 다크를 쏟아냈다.

슈우오오오오오오오옹. 이음을 발하면서 날아가는 다크를 수컷
C는 피하지 못했다. 부딪친다. 수컷 C는 비명을 지르며 부르르 경
련. 기다렸습니다. 노리던 대로다. 하루히로는 수컷 C에게 덤벼들
어 왼팔을 놈의 목에 감았다. 뒤통수부터 등에 걸쳐서 빽빽이 나 있
는 모각에 찔려 아팠지만, 이건 어쩔 수 없다. 상관하지 않고 오른
손으로 거꾸로 쥔 스틸레토를 수컷 C의 오른쪽 눈에 찔러 넣었다.
깊이. 깊이. 들어가는 곳까지. 빼고, 각도를 조금 바꿔 찌른다. 뺐
다가 찌른다. 여덟 번이나 그것을 반복했을 무렵에는 수컷 C는 축
늘어져 움직이지 않게 되었다.

하루히로가 수컷 C에게서 떨어져 수컷 A와 수컷 B로 시선을 향
했다. 쿠자크는 방패와 대검으로 수컷 A를 흠씬 때리고, 밀쳐내고,
얀니도 발차기를 하거나 횃불을 내던지거나 하며 둘이서 호각 이상
으로 싸우고 있다. 그야 상대가 궈렐라이니 그래도 치명상을 입히
기는 어렵겠지만, 저 두 사람이 금방 무너질 일은 없을 것 같다.

유메는 좀 떨어진 곳에 있다. 폴짝폴짝 뛰는 것처럼 부지런히 움

직여 수컷 B를 시호루와 메리에게서 떼어놓으려고 하는 것 같다. 메리는 헤드 스태프를 꼭 쥐고 유메를 엄호하러 갈지, 아니면 시호루에게 붙어 있어야 할지, 어느 쪽이 최선일지 판단하려고 하고 있다.

시호루가 이쪽을 보았다. 다크를 더 불러내야 하는지 눈으로 묻고 있다.

하루히로는 고개를 가로젓고, 스텔스.

가라앉아라.

땅바닥 속까지 단숨에 가라앉는 것 같은 이미지다.

좋은 상태로, 들어갔다.

하루히로는 머리를 낮추고 걸었다.

유메는 여전히 왼쪽으로, 오른쪽으로, 뒤로 움직이면서, "에잇! 웅냐! 호냐앗! 뇨옷!" 하고 칼을 휘두르고 있다. 유메의 몸놀림 자체는 둔하지 않고 피로도 느껴지지 않는다. 단, 수컷 B가 유메의 움직임에 적응이 된 모양이다. 유메가 수컷 B를 현혹시킨다기보다 수컷 B에게 유메가 쫓기는 것처럼 보인다. 언젠가 수컷 B가 유메를 붙잡아도 이상할 것 없다.

물론, 그렇게 두지는 않는다… 고는 생각하지 말기로 하자.

하루히로는 그저 해야 할 일을 담담히 해내면 된다.

어딘지 달관한 것 같다.

그런 면은 실제로 있는지도 모른다. 그렇지 않으면 안 된다고 생각한다.

감정의 움직임은 지각이나 신체 조작에 커다란 영향을 미친다. 그 사실을 하루히로는 실제 체험을 통해 알고 있다. 감정이 폭발적인 힘을 불러일으키는 경우도 있지만, 많은 경우에는 반대다. 감정의 흔들림이 부정적인 방향으로 작용해서 실수나 실패를 초래한다.

"…햐잇!"

유메의 칼이 수컷 B의 왼팔에 뿌리쳐졌다. 칼이 날아갈 뻔해서 유메는 잡고 버티려고 했다. 그 탓에 움직임이 멈춰버렸다. 유메는 한순간 동요한다. 수컷 B는 곧바로 유메와 거리를 좁혀 두 팔로 끌어당기려고 했다.

하루히로는 그 등에 달라붙어 왼팔을 놈의 목에 휘감았다. 모각이 쿡쿡 찌른다. 아픔은 딱히 느껴지지 않는다. 아, 찌르는구나, 라고밖에. 아파하는 건 나중에 해도 된다.

스틸레토를 놈의 오른쪽 눈에 찔렀다. 하는 방식은 아까와 같다. 찌르고 뺀다. 찌르고 뺀다. 찌르고 뺀다. 찌르고 뺀다. 찌르고 뺀다. 찌르고 뺀다. 찌르고 뺀다.

"이야아앗…!"

유메가 두 팔로 수컷 B를 밀쳐냈다. 그대로 수컷 B가 자빠지면 하루히로는 밑에 깔리게 되어버린다. 그렇게 되지 않도록 휙 떨어져, 다시 한 번, 어깨를 쑥 올리고 숨을 내쉬고 힘을 빼면서 내렸다. 동시에 목도 뚜둑 꺾어보았다.

자신은 지금 아마도 졸린 눈을 하고 있겠지. 별로 졸리지는 않지만.

"…하, 하루 군, 고마워!"

"아니야…." 애매하게 왼손을 들어 보였더니 유메는 눈을 크게 떴다.

"피, 피, 피가! 줄줄 흐르잖아!"

"괜찮아."

모각에 찔려 부상당하는 것은 이미 고려했던 사안이고, 그리 심한 상처도 아니다. 뭐, 아프기는 아프다. …가슴이며 팔이며 점점 아파졌지만, 전투에 지장이 생길 정도는 아니고, 이 정도라면 참아도 문제없겠지. 나중에 메리에게 치료해달라고 하면 되는 것이다.

"유메는 시호루와 메리한테 돌아가. 새로운 적이 올지도 모르니까."

"으, 응! 하루 군은?"

"귀렐라는 내가 해치우는 게 빠를 것 같아."

숨을 들이쉬고, 내쉰다. …가라앉아라.

스텔스.

뭔가 비결 같은 것이라도 파악한 것일까? 전보다 쉽사리 들어가게 된다.

숙달된다는 건 신기한 일로, 언덕길을 올라가는 것과는 다르거든. 서서히 조금씩 올라간다기보다는, 계단 같아. 나날이 숙련되는 것 같기도 하고, 어떤 때에는 여러 가지 방편을 짜내 봐도 아무래도 딱히 달라지는 것 같지 않다. 그런 시기가 한동안 이어지고, 답답하고, 그래도 견디다 보면 어느 순간 갑자기 한 계단 올라서 있다. 계속 안 되어서 답답했던 일을 갑자기 할 수 있게 되기도 한다.

한 계단 올라간 것일까? 설령 그렇다고 해도 우쭐해하거나 하지 말고, 긴장을 풀지 말아야 한다.

쿠자크는 블록(방패 막기)으로 수컷 A의 공격을 막아내면서 때때로 바시(방패 치기)나 스러스트(찌르기)로 반격하고 있다. 얀니는 쿠자크를 인간 방패로 삼으면서 수컷 A를 교란시키는 일에 전념하는 것 같았다. 즉석에서 결성된 것이라고는 도저히 생각할 수 없는, 보면 볼수록 죽이 잘 맞는 콤비네이션이지만, 역시 결정적 한 방이 부족하다. 쿠자크의 힘이라면 귀렐라의 각피를 대검으로 깨뜨리는 것도 불가능하지는 않겠지만, 어지간히 힘을 담아 찌르거나 힘껏 내리치지 않으면 안 된다. 그러기 위해서는 먼저 귀렐라의 움직임을 봉인해야만 한다. 그것이 힘들면 적어도 자세를 무너뜨릴 필요가 있다.

쿠자크의 싸움 방식은 견실하다. 조금이라도 많은 적을 유인해서 공격하게 만들고, 그 전부를 물리쳐 동료를 지킨다. 방패역이라는 역할을 다하는 일에 전력을 기울인다.

그것 자체는 물론 나쁜 일이 아니다. 오히려 훌륭하다. 장하게도 이토록 성장해주었다. 무작정 칭찬해주고 싶은 점이다. 그러나… 라고, 하루히로는 생각한다.

솔직히, 부족하다.

굳이 말하자면, 모구조는 방패역을 해내면서 승패의 향방을 결정지을 수 있는 힘도 갖고 있었다. 모구조는 전사였고 쿠자크는 보다 수비적인 성기사다. 그 차이가 있기는 해도, 쿠자크에게는 모구조를 능가하는 체격과 긴 팔다리, 남들과는 동떨어진 근력이 갖춰져 있다.

좀 더 할 수 있을 것이다. 방어가 반석에 가까운 영역에 도달하고 있기 때문에 더욱 공격이 살아난다. 쿠자크의 성격을 봐서는 좀 더 파티에 공헌하고 싶다고 바라고 있겠지. 의욕에 더해서 쿠자크에게는 능력이 있다.

쿠자크는 우직할 정도로 한결같다. 그런 부분은 장점이다. 단, 이

길을 걷겠다고 정했으면 한눈팔지 말고 맹렬히 돌진해버린다. 하루히로는 리더니까 고삐를 쥐고 이쪽으로, 저쪽으로 쿠자크를 이끌어야 한다. 쿠자크가 정체된다면 하루히로 탓이다. 건방진 소리 같은 느낌도 들지만, 쿠자크를 단순한 방패역 이상의 성기사로 키우는 것은 하루히로의 책무가 아닐까?

그렇기는 해도, 무리하는 건 좋지 않고, 현시점에서는 이대로도 좋다.

―내가, 처치한다.

마음만 앞선 것은 아니다. 그렇게 하는 것이 자연스럽고 당연하다고 느낀다.

하루히로는 밭을 걸어가 수컷 A의 등 뒤로 돌아갔다.

수컷 A뿐만이 아니라, 아무도, 동료들조차도 하루히로에게 주의를 기울이지 않는다.

따라서 수컷 A는 하루히로가 있는 것을 알아차리고 몸을 돌린 것이 아니었다.

WeRuu Ruu Ruuu Ruu Ruu WeRuuuuuu…!

들어본 적 없는 소리가 울려 퍼졌다. 아마도 그리 멀지는 않다. 수십 미터 정도는 아니겠지만, 고작해야 100미터거나, 그 정도의 거리에서 들려온 소리다. 타이밍을 보아 틀림없이 수컷 A는 그 소리를 들은 순간 갑자기 몸을 돌려, 하루히로와 눈이 딱 마주쳤다.

과연 당황할 뻔했다. 아무래도 이건 예상할 수 없는 일이었다.

그래도, 뭐, 가끔씩은 이런 일도 일어나는 것이 인생이다. 어떻게든 한 방에 죽지 않도록만 하면, 혼자가 아니니까, 동료가 있으니까, 극복할 수 있겠지.

하루히로는 허리를 낮추고 대기 태세를 정비했다. 자, 오너라.

그런데 수컷 A는 하루히로를 향해서 오지 않았다. 하루히로 옆, 이라고 해도 바로 옆도 아니고 다소 떨어진 위치를 전속력의 너클 워크로 빠져나갔다. 이 경우에는 워크가 아니라 런에 해당할까? 뭐, 구분해서 쓰는 게 귀찮으니까 워크라고 할까. 자신도 모르게 그런 생각을 해버렸다. 전혀 위협을 느끼지 않았던 것이다. 수컷 A는 하루히로에게는 눈길도 주지 않고 후퇴했다. 아마도 아까의 소리는 귀렐라의 울음소리로 후퇴 신호였던 것이겠지.

"…도망, 쳤어?" 쿠자크가 어깨를 들썩이며 숨을 몰아쉬면서 중얼거렸다. "…그런 걸까요…?"

얀니는 횃불을 든 손을 천천히 움직이면서 두리번거리고 있다.

WeRuu Ruu Ruuuu Ruu Ruu WeRuuuu…!

또 그 소리다.

하루히로는 잠시 생각하고 나서 메리에게 상처를 치료해달라고 하고 북쪽 망루까지 가보기로 했다. 물론 경계를 게을리 하지는 않겠지만, 적과 마주치는 일은 없을 것이다. 상대를 만만히 보는 것이 아니다. 일에는 흐름이라는 것이 있다. 귀렐라들은 철수했다. 당장은 공격하지 않을 것이다.

망루라고 해도 뛰어넘을 수 있을 정도의 높이로, 지붕도 없고 단순한 받침대 같은 것이었다. 북쪽 망루는 무참하게 무너지고 화톳불이 들어 있던 바구니와 받침도 파괴되어 근처에 나뒹굴고 있었다.

다 꺼지지 않고 연기를 내는 장작 옆에 레인저 한 명이 엎어져 쓰러져 있었다. 메리가 달려가 레인저를 일으켜주려고 하다가 도중에서 멈추더니 어깨를 축 늘어뜨렸다. 대신에 얀니가 레인저를 위를 향하게 해서 눕혔다. 그 레인저에게는 얼굴이 없었다. 갑자기 궈렐라에게 습격당해 안면을 물어뜯긴 것이겠지. 당연히 레인저는 숨이 끊어졌다.

예의 WeRuu Ruu Ruuuu 하는 울음소리는 합계 다섯 번 들린 뒤에 끊어졌다. 그리고 나서는 여기저기에서 드러밍이 울리기도 하고 울리지 않기도 하게 되었다.

제시가 있는 곳으로 되돌아갈지, 여기 머물러 있어야 할지 고민되는 상황이었지만, 얀니가 레인저의 시체에서 떨어지려고 하지 않았다. 그녀 혼자 남겨두고 가는 것은 불안하고, 그들이 돌아오길 바란다면 분명 제시가 심부름을 보내 알리겠지. 하루히로 일행은 북쪽 망루가 있던 장소에서 적의 동향을 살피기로 했다.

하지만 분명 상대는 움직이지 않는다. 이걸로 끝이라고는 전혀 생각하지 않지만, 오늘 밤은 드러밍으로 위협하는 것뿐이고 공격하지는 않겠지. 어째서인지 하루히로에게는 확신에 가까운 것이 있었다.

예상대로 하늘이 하얗게 밝아올 무렵에는 드러밍도 그치고, 결국 궈렐라의 습격은 그 한 번뿐이었다.

해가 뜨고 얼마 되지 않아 제시가 혼자서 불쑥 와서 턱수염을 만지작거리면서 "어떻게 생각해?" 라고 하루히로에게 물었다.

"또 오겠지요."

안 그러면 좋겠지만, 그렇게 대답할 수밖에 없었다. 구체적인 증거가 있는 것은 아니므로 단정 지을 수는 없다. 말하자면 직감일 뿐이다. 그러나 하루히로의 뇌리에는, 세 마리에서 네 마리의 레드백을 거느린, 50마리 이상의 대규모 무리를 통솔하는 한 마리의 궈렐라의 모습이 떠올라 있었다. 레드백 중의 레드백. 보통과는 동떨어진 거구를 자랑하고, 힘도 세지만, 그보다도 놈은 눈치가 빠르고 교활하다. 놈은 이 사냥을 즐기고 있다. 열심히 도망치는 하루히로 일행을 쫓아 제시랜드라는 사냥터를 발견해낸 기쁨에 떨고 있으며, 마치 자기 자신을 애태우는 것처럼 수하들을 잠시 쉬게 하기로 했다.

전부 하루히로의 망상일 뿐이라면 차라리 좋겠다. 사냥감이 생각했던 것보다 만만치 않고 숫자도 많다고 보고서 궈렐라들은 도망간다. 그러길 바란다고 기도하고 싶을 정도다.

"덴코"라며 제시는 레인저의 시체를 쳐다보았다. "그를 포함해서 레인저를 세 명 잃었다. 남은 전력은 스물한 명의 레인저와 나, 그리고 너희들인가."

"세토라를 풀어주시겠습니까? 전력이 될 겁니다."

"촌락 인간이 제시랜드를 위해 싸워줄 것이라고는 도저히 생각할 수 없는데."

"그것은 세토라뿐만이 아닙니다. 우리도 마찬가지입니다."

"너희는 왜 도망가지 않았지? 얀니를 죽이거나 구속하거나 하면 도망칠 수 있었다."

"솔직히 생각해보지도 못했지만, 그럼 세토라를 두고 가게 되는 거지요. 그건 못할 것 같은데. 그리고 우리 쿠자크는 얀니 씨와 친해진 모양이고."

"저기요." 쿠자크가 끼어들었다. "말해두지만, 얀니 씨와는 그런 관계가 아닙니다."

"…그런 식으로 생각한 건 아닌데."

"아니, 얀니 씨는, 저래 봬도 귀여운 데가 있지만요? 저래 봬도라고 말하는 건 실례인가?"

얀니가 왠지 눈치를 챘는지, "아얏?!" 하고 쿠자크의 허벅지를 발로 찼다.

"아야얏. 폭력은 쓰지 마, 얀니 씨. 귀엽지 않네!"

시호루가 쓴웃음을 지었다.

"…정말로 사이가 좋아 보여."

"그럼 커뮤니케이션 능력이 높은 거네. 나와는 달리…." 그런 말을 메리가 중얼중얼 하고 있다.

"유메도 있지, 투오킹과는 친구가 되었는데." 유메는 한쪽 볼을 볼록 내밀며 말했다. "젯시. 투오킹은 다치거나 하지 않았어? 괜찮아?"

"투오키는 안 다쳤다." 제시는 어깻짓을 해보였다. "그는 레인저의 총괄역이다. 몸은 작지만 기지가 있다."

"후웅. 투오킹, 역시 똑똑한 아이구나. 것봐. 하면 되잖아."

"참고로, 내가 투오킹 다음으로 신뢰하는 레인저는 얀니다."

"…강하니까"라고 중얼거린 쿠자크의 엉덩이를 곧바로 얀니가 "응나라얏!" 하며 발로 찼다. 쿠자크는 갑옷을 입었지만 그래도 저건 꽤 아플 것 같다.

"아, 그리고 주민들을…."

하루히로는 말하려다가 남쪽으로 시선을 향했다.

무슨 소리가 들린 것… 은 아닌 것 같다. 단지, 마음에 걸렸다고 말할 수밖에 없다.

"…내가 이런 실수를." 제시가 발걸음을 돌렸다. "…얀니! 아푸타에와아!"

얀니는 덴코의 시체를 보며 잠시 망설이는 기색을 보였다. 그래도 곧 "야이!" 라고 대답하고는 달려갔다.

"…하루히로 군?!"

시호루가 외쳤다. 하루히로는 동료들에게 "가자!" 라고 말하고 제시와 얀니를 따라갔다.

제시는 차분한 것 같았지만, 얀니는 당황한 것 같았다. 때때로 발걸음을 빨리하려고 해서 제시가 타일렀다.

"얀니 씨…." 쿠자크는 어지간히 얀니가 걱정되는 모양이다. "…있잖아, 하루히로, 혹시나…?!"

하루히로가 아마도… 라고 대답하기 전에, 먼저 유메가 "궈렐랑이야?!"라고 영문을 알 것도 같고 모를 것도 같은 말을 했다.

"목소리가 안 들려서, 유메, 완전히 안심하고 있었는데!"

"…그게 함정이었는지도."

시호루의 판단은 분명 옳다.

"세토라…!" 메리가 불렀다.

하루히로도 세토라를 전혀 생각하지 않았던 것은 아니다. 하지만 좀 의외였다. 메리뿐만이 아니라 동료들과 세토라와의 관계는 양호하다고는 말하기 힘들다.

"하루! 세토라가 감옥에 갇혀 있다면 도망칠 수도 없어! 빨리 구하러 가야 해!"

"어, 응."

"분명 하루가 와주기를 세토라는 기다리고 있을 거야!"

"그, 그래…."

뭐지? 하루히로는 가슴을 눌렀다. 이 개운치 않은 느낌. 메리는 아무것도 이상한 말을 하지 않았다. 그런데도, 발끈한 건가? 하지만 어째서 하루히로가 짜증이 나야 하는 걸까? 아니, 짜증 난 것은 아닌 것 같기도.

그럼 뭐냐고 묻는다면, 대답할 수 없지만.

"…세토라 따위, 어떻게 되든 상관없지 않아?!" 라고, 어째서인지 쿠자크가 언성을 높였다.

"상관없지는 않지!" 곧바로 메리가 반론한다.

"아니, 상관없다는 건 지나친 말인지도 모르지만! 그렇게까지 우선순위가 높지는 않다고나 할까. 그 사람, 애초에 우리 동료도 아니고?!"

"몇 번이나 우리 목숨을 구해줬어! 게다가 세토라는, 하루를 좋아하니까!"

"그건 그쪽이 멋대로 그러는 거잖아요?! 하루히로는 어쩔 수 없이 남자친구인지 연인인지 흉내를 내는 것뿐이고! 남자친구나 연인이나, 그게 그거지만!"

"그렇다고 못 본 척하자는 거야?!"

"그렇게는 말 안 했잖아요. 나는 단지!"

"단지 뭐?!"

"…됐어요, 이제! 메리 씨랑 싸우려는 게 아니고! 그보다, 왜 그렇게까지 세토라 편을 드는 건지 모르겠네!"

"나도…!"

그 이상 언쟁이 이어졌다면 과연 하루히로도 끼어들어서 말렸을

지도 모른다. 끼어들지 않았을지도 모르고. 역시 아무 말도 할 수 없었을지도 모른다. 어느 쪽일까? 모르겠다.

아무튼 수습되어줘서 다행이다. 위장이 아파진다니까. 왜 쿠자크와 메리가 세토라를 놓고 언쟁을 벌이는 건가? 쿠자크의 주장은 그나마 이해할 수 있지만, 메리가 세토라의 편을 드는 모습이라는 것은, 쿠자크만큼은 아니지만, 하루히로로서도 이해할 수 없었다. … 혹시나, 메리. 나와 세토라가 정말로 사귀면 좋겠다고 생각하는 거야? 그런 건 쓸데없는 오지랖인데요…?

세토라를 못 본 척할 마음은 없지만.

비명으로 짐작되는 소리가 들렸다. 마을까지 300미터 정도 남았을까? 어떻게 된 걸까? 무슨 일이 일어나고 있는 건가? 아직 보이지는 않지만, 이건 좋지 않아. 위험할 것 같다. 하루히로는 문득 이변을 깨달았다. 그보다도 자기가 이상했다는 사실을 그제야 알아차렸다. 깨어나서, 메리와 둘만이 있고, 왠지 좀 들떠 있어서. 귀렐라가 쳐들어온 단계에서 좀 더 긴장했어도 좋았을 것이다. 냉정하긴 했다. 오히려 지나치게 냉정했다. 원래 깊게 감정 이입을 하는 타입은 아니지만, 그렇긴 해도 현실과 자기 자신과의 사이에 조금, 미묘하게, 어긋남이 있었던 것 아닐까? 구모는 인간과 그리 다르지 않다. 그렇게 생각하긴 했어도, 아마도 하루히로는 북쪽 망루에서 목숨을 잃은 레인저의 시체를 물체로밖에 보지 않았다. 동료를 잃은 얀니의 슬픔에 조금이라도 공감했을까? 거의, 아니, 전혀 하지 않았다. 어딘지 리얼이 아니었다. 그야말로 게임처럼 느끼고 있었다. …이것은 게임 같은 것이 아닌데도.

하루히로는 문을 깨부수고 가옥으로 돌입하는 젊은 수컷의 모습을 멀리서 보았다. 집과 집 사이를 너클 워크로 달려가는 저 커다란 귀렐라는, 아마도 레드백이다. 도대체 몇 마리의 귀렐라가 마을로 들어온 것일까?

"하루히로!" 제시가 뭔가 던졌다. "슈로가의 여자를 꺼내줘!"

감옥의 열쇠인가? 하루히로는 "…네"라고 대답하고 그것을 받았다. "장소는?!"

"시호루가 알고 있을 거다! 얀니, 워라아!"

"야아이!"

제시는 얀니를 데리고 지금부터는 하루히로 팀과 다른 행동을 취할 생각인 것 같다.

"내가…!"라며 시호루가 앞으로 나서려고 했다.

"안 돼!" 하루히로는 시호루를 말렸다. "…쿠자크, 앞을 부탁해! 시호루는 내 뒤에 붙어서 길을 가르쳐줘!"

"넵!"

"…응!"

"유메는 주위를 경계! 메리는 시호루와 유메를 커버하고…!"

"웅냐!"

"응. 맡겨줘…!"

"…하루 군, 저쪽…!" 시호루가 오른쪽 앞쪽을 가리켰다.

하루히로는 망설였다. 이제 곧 마을에 들어선다. 여기저기서 터져 나오는 구모들의 비명, 고함 소리, 그리고 귀렐라들의 포효. 길에 몇 명의 구모가 쓰러져 있다. 모두가 피투성이다. 팔과 다리가 뜯겨나가고 얼굴을 물렸다. 머리가 으깨진 구모도 있다. 그들, 그녀들의 대부분은 이제 움직이지 않는다. 분명 숨을 쉬지 않는다. 어른

뿐만이 아니라 어린아이도 섞여 있다. 어째서 집에 들어가지 않았던 건가? 그럼 안 되잖아. 아침이 되어 위기는 지나갔다고 생각한 건가? 제시는 아직 밖에 나와도 좋다고 말하지 않았을 텐데. 아니, 지금 몇 명의 구모들이 어떤 집에서 뛰쳐나왔다. 그 뒤에 귀렐라도. 저 일가는 귀렐라가 집에 쳐들어와서 어쩔 수 없이 밖으로 도망칠 수밖에 없었다, 그렇게 된 건가? 하지만 도망쳐봤자. 아아. 너무 심하다.

제일 작은, 인간으로 치자면 대여섯 살 정도의 구모가 뒤처져 귀렐라에게 붙잡혔다. 저건 젊은 수컷이다.

젊은 수컷 귀렐라는 구모 어린아이를 밀쳐 쓰러뜨리더니 그 머리를 덥석 물었다. 이로 으깨더니 먹지도 않고, 퉷… 하고 뱉어낸다. 그러더니 한쪽 팔을 뜯어내서 먹기 시작했다.

엄마로 보이는 구모가 기괴한 소리를 내며 젊은 수컷에게 덤벼들려고 했으나, 아버지로 보이는 구모가 그녀의 겨드랑이에 팔을 넣어 붙잡아 말렸다.

저 일가는 어떻게 된 거지? 모르겠다.

하루히로 일행은 마을 바깥쪽에서 봐서 오른쪽으로 돌아 세토라가 갇혀 있는 감옥으로 가야 했다. 저 일가를 구해줄 수는 없었고, 말로를 지켜볼 여유도 없다. 마음이 아픈 건지 아닌지 하루히로는 확실히 알 수가 없었다. 하지만, 만약 아픈 거라면 두말할 것 없이 구해야 한다. 그보다 구하려고 하지 않았을까? 어차피 구모는 인간이 아니다. 외모도 추하고, 무엇보다 연관이 없다고까지는 말할 수 없더라도 인연이 희박하고, 지금은 비상사태고, 일일이 동정할 수는 없다. 그렇게 생각함과 동시에, 그런 문제가 아니라고도 생각했다. 연민은 느낀다. 하지만, 어쩔 수 없잖아. 어떻게 할 수도 없으니까.

"저기…!"

시호루가 가리킨 건물은 출입구 문이 부서졌고, 게다가 옥상 위에 귀렐라가 두 마리나 있었다. 체구가 작고 수컷과는 명백하게 몸집이 다르다. 저 두 마리는 암컷이다.

"자, 장난 아닌데…?!" 겁을 먹은 쿠자크의 목소리가 음 이탈을 일으켰다.

"저놈을 유인해!" 하루히로는 쿠자크의 팔을 두드렸다. "나는 안을 보고 온다!"

"…위험하다니까, 하루히로! 무사할 거라고는 생각할 수 없고!" "알았으니까, 해! 확인해보지 않으면 모르잖아!" 하루히로는 한 번 숨을 내쉬고 힘을 뺐다. "…다들 쿠자크를 엄호해! 안에 들어가는 건 우선 나 혼자서 괜찮아! 필요하면 부른다!"

"아니, 부른다고 해도…!" 쿠자크는 대검을 쥔 손으로 방패를 탕탕탕 두드렸다. "젠장! 야! 이리 와. 암놈 귀렐라들! 내가 상대해주겠다! 그렇긴 해도 그런 쪽 상대는 아니거든. 말해두지만…!"

보아하니 두 마리의 암컷은 쿠자크에게 관심을 가진 모양이다. 하루히로는 그 틈에, 가라앉는다.

스텔스.

이 건물에는 창문이 없는 모양이다. 저 출입구로 들어가는 수밖에 없을 것 같다.

유메가 암컷 귀렐라들을 향해 화살을 쏘고 동시에 시호루가 다크를 날렸다.

하루히로는 출입구를 통해 건물 안으로 들어갔다.

통로 좌우에 격자로 막힌 방이 세 개 있다. 오른쪽 앞의 격자에 태클을 먹이고 있는 것은 엠바다. 냐아가 금속성 목소리로 울고 있다.

귀렐라는 "Goooohhh! Gaaahhhh! Oooohhhh!" 라고 엄청난 소리로 짖으면서 오른쪽 구석 쪽의 격자를 두 손으로 힘껏 흔들고 있었다.

저 격자 너머에 세토라가 있는 것이겠지.

격자는 쇠와 나무를 조합한 모양인데, 당장이라도 귀렐라가 무너뜨릴 것 같다. 운 나쁘게도 저 귀렐라, 모각이 빨갛다. 레드백이다.

주저하지 마. 하루히로는 스틸레토를 뽑아 거꾸로 쥐었다. 레드백은 하루히로가 있는 것을 알아차리지 못했다.

이대로, 간다.

발걸음을 옮기려고 하자마자 레드백이 격자를 움켜쥔 채로 고개를 이쪽으로 돌렸다.

하루히로는 숨을 멈췄다. 온몸이 긴장한다. 심장이 종을 치기 시작하더니 날카로운 아픔이 일었다.

기묘한 이야기인지도 모르지만, 그 레드백은 두 눈을 가늘게 뜨고, 송곳니 같은 이빨과 잇몸을 드러내고, 웃었다. 그렇게 보였다.

상대방한테 들킨 이상, 놈을 해치울 수는 없다. 가능성은 제로다. 하루히로도 그것은 알고 있었다.

도망치지 않으면, 죽는다.

그때 머릿속에 세토라는 단 1밀리만큼도 없었다. 결과적으로는 그것이 다행인 셈이 되겠지.

하루히로는 곧바로 방향을 바꿨다. 레드백이 펄쩍 뛰는 것처럼 달리기 시작한 것과 동시거나, 약간 하루히로가 빨랐는지도 모른다.

출입구로 나오자마자 하루히로는 왼쪽 방향으로 뛰었다. 바로 뒤에서 뭔가가 폭발하는 것 같은 충격을 느꼈다. 레드백이 뛰어나온 모양이다.

"…컥…?!"

쿠자크가 레드백에게 날려가버린 건가?

하루히로는 데굴데굴 굴렀다가 일어나서 지붕 위를 보았다. 암컷 귀렐라들은 아직 지붕에서 내려오지 않았다. 유메가 그리 멀지 않은 장소에 있다.

"유메, 열쇠…! 세토라를…!"

"…웅냣!"

유메는 하루히로가 던진 열쇠를 받아 건물 출입구로 갔다.

"우오옷….'

쿠자크. 뭐야?

레드백.

쿠자크가 레드백에게 잡혔다. 다리다.

레드백은 쿠자크의 오른쪽 다리를 움켜잡고서 빙빙 돌리고 있다.

"쿠자…!"

"Zaaaaaaaaahhhhhhh…!"

레드백이 쿠자크를 내던진다.

어이.

이것 봐.

무슨 짓을.

쿠자크가 날아간다.

완만한 포물선을 그리며, 10미터 정도가 아니라 20미터도 더 떨어진 가옥에 처박혔다.

"…메릿!"

하루히로는 외치면서 레드백을 향해서 돌진하려고 했다. …그래서?

어떻게 할 건데? 정면으로 부딪쳐서 이길 만한 상대인가?

숨을 들이쉬어.

뱉어.

그래. 그리고 힘을 뺀다.

무릎을 부드럽게 해라. 팔꿈치도. 손목, 발목도. 모든 관절을 적당하게 이완시켜라. 자세는 조금 앞으로 기울이고. 이걸로 됐어.

입술을 핥았다.

메리는 쿠자크 곁으로 달려가는 중이다.

시호루는 근처 건물 그늘에 몸을 숨기고 있어주었다.

유메는 이미 건물 안이다.

두 마리의 암컷은 여전히 지붕 위.

레드백은 각피로 뒤덮인 안면을 확 찌푸리더니, 또 웃었다.

덩달아 하루히로도 약간 웃을 뻔했다. 물론, 우스웠던 건 아니다. 그게 아니라. …이 녀석.

얕보는 건가?

"…도대체 뭐야? 너."

"Ohh."

레드백은 입을 오므려 그런 소리를 냈다. 완전히 도발하고 있다. 그렇다고 해도 화를 내줄 의리는 없다.

다시 한 번, 숨을 쉰다. 레드백은 고사하고 암컷이라도 쓰러뜨리는 것은 무리지만, 어떻게든 해서 시간을 벌어야 한다.

하루히로가 할 수 있는 일은 극히 적을 것 같지만, 뭐 할 만큼은 해보자.

어차피 할 수 있는 일을 하는 것밖에는 못하지만 적어도 100퍼센트를 다 해낼 각오로 있었는데, 레드백이 갑자기 몸을 휙 돌렸다.

"…엉?"

반사적으로, 얼이 빠져서는 안 된다, 고 생각했다. 긴장을 풀었을 때 한 방 맞을지도 모른다.

기우였다.

레드백은 하루히로에게 뒤통수를 보이며 달려가고, 게다가 두 마리의 암컷도 어딘가로 가버렸다.

"영문을 모르겠는데…."

뭐가 어찌 되었든, 살았다. 지금은 그것이 중요하다. 머리를 전환해라.

숨어 있던 시호루가 달려와서, "지금 그…"라고만 말했다. 세토라와 엠바, 키이치, 그리고 유메도 건물에서 나왔다. 세토라는 고개를 숙이고 부루퉁한 것 같았다. 그렇게 보였는데, 아니었다.

"하루. 고마워. …그리고, 유메도."

"아… 벼, 별말씀을."

"녜잇!" 유메는 윙크를 하더니 오른손 엄지를 척 치켜들었다.

전원이 쿠자크와 메리에게로 서둘러 달려갔다. 쿠자크는 부상을 입었으나, 몇 군데의 골절과 타박상, 열상뿐으로, 메리는 새크라멘토를 사용할 것까지도 없이 큐어(치유)만으로 치료를 마친 모양이다.

"이야, 가끔씩 나, 내 터프함에 어이가 없어져."

"나쁜 일은 아니야." 메리는 쿠자크를 가볍게 흘겨보았다. "하지만, 과신하지 마."

"…넵, 매번, 번거롭게 해서 죄송합니닷."

"별로… 내가 할 일이니까."

"…그래서?" 세토라는 이미 평소의 자세를 되찾은 모양이다. "튀는 건가?"

하루히로는 시호루와 시선을 교환했다.

소동을 틈타 제시랜드에서 탈출한다. 불가능하지는 않다. …그런 것 같다. 혹은 그렇게 해야 하는 건지도 모른다. 우리의 이익이랄까, 몸의 안전만을 생각한다면, 그것이 아마도 최선이다.

시호루는 먼저 눈을 내리깔았다. 도저히 결정할 수 없다. 시호루는 분명 그렇게 생각하고 있다. 의견을 말할 수 없다는 사실에 미안함을 느끼고 있기도 하겠지. 괜찮아. 시호루는 하루히로의 부담을 덜어주려고 한다. 그것만으로도 충분하다. 정말로 도움이 된다.

무엇을 위해 리더가 있는 건가? 어떤 때든 결단을 내린다. 그것이 리더라는 것이고 하루히로의 역할인 것이다. 잘못 판단할지도 모른다. 후회하게 될지도 모른다. 그래도 갈림길에 다다르면, 오른쪽인지 왼쪽인지, 나아가야 할 길을 가리킨다.

"궈렐라를 쫓아버려야 해."

하루히로는 스틸레토를 가볍게 고쳐 쥐며 말하고 가늘게 숨을 내쉬었다.

옆눈으로 힐끔 오른쪽 앞을 본다.

"어차피 놈들을 소탕하지 않으면 도망가려 해도 도망갈 수 없어."

"그야 그렇지."

쿠자크는 투구 안에서 헷헷 소리를 내며 웃으면서 "…으샤!" 하고 기합을 넣었다.

"정신을 다잡고 갑시다." 메리는 헤드 스태프를 겨누고 시호루를 자기 뒤로 보호하면서 육망성을 그리는 동작을 했다. "빛이여, 루미아리스의 가호 아래에, 프로텍션."

시호루는 왼쪽 손목에 떠오른 육망성을 힐끔 보더니 끄덕였다.

"한 마리씩… 확실하게!"

"우선은…." 유메는 활에 화살을 메기고 쐈다. "저거부터야…!"

유메가 쏜 화살은 오른쪽 앞, 15미터 정도 앞에서 구모를 잡아먹고 있던 귀렐라의 젊은 수컷에게 맞고 튕겨나왔다.

"엠바, 거들어." 세토라는 키이치를 안아 올리고 인조인간에게 명령했다. "어쩔 수 없지. 일련탁생(주2)이다."

젊은 수컷이 미친 듯이 돌진했다.

한 마리씩 확실하게. 단순한 일이지만, 정말 시호루의 말이 맞다. 귀렐라는 확실히 무서운 적이긴 하지만, 한 마리뿐이라면 무섭지 않다. 쿠자크, 유메, 엠바가 주의를 끌고 하루히로가 스텔스로 육박해서 결정타를 찌른다… 이 방식은 레드백에게까지 적용되는 것이다.

그러니까 가급적 두 마리 이상을 한꺼번에 상대하지 않는다. 피치 못해 여러 마리의 귀렐라와 싸워야 하게 된다면, 시호루의 다크

---

2) 일련탁생: -蓮托生. 원래는 불교 용어로 죽은 후에 같이 극락정토의 연꽃 위에서 태어난다는 뜻이었으나 현재는 남과 운명을 함께한다는 뜻으로 쓰인다.

로 한 마리의 움직임을 막고 하루히로가 재빨리 숨통을 끊는다. 그 사이에 쿠자크가 버티면, 남은 건 한 마리, 한 마리 착실하게 줄여가면 된다.

50마리가 있든 백 마리가 있든 마찬가지다. 놈들은 치명적인 실수를 범했다. 장소다. 마을로 쳐들어왔다. 놈들은 절호의 사냥터라고 생각했는지도 모른다. 하지만 이쪽 입장에서 보면, 건물을 이용해서 놈들을 갈라놓을 수 있다. 놈들은 살육에 도취되고 또한 식사에 여념이 없기 때문에 오히려 해치우기 쉽다.

이러고 있는 동안에도 한 사람, 또 한 사람씩 구모가 살해당한다. 하루히로 일행의 눈앞에서 몇 명이나 되는 구모가 목숨을 빼앗겼다. 현시점에서 어느 정도의 희생자가 생긴 건가? 놈들에게는 대가를 치르게 하겠다. 죽인다. 죽여버린다. …그런 식으로는 결코 생각하지 말기로 했다. 마음이 흐트러져서는 안 된다. 아무튼, 한 마리씩 줄여간다. 그것에만 전념한다. 실수를 없앨 수는 없다. 그러나 적게 줄일 수는 있다. 아니, 하지만.

거의 완벽하지 않은가.

정신이 들고 보니, 아무래도 궈렐라의 모각에 상처를 입을 수밖에 없는 하루히로 이외에는 아무도 메리의 신세를 지지 않았다. 방패역의 쿠자크조차, 엠바가 가담해준 덕분에 움직임에 여유가 생겨 광마법으로 치료받을 만한 부상을 입지 않게 되었다.

하루히로는 젊은 수컷을 열네 마리, 암컷을 세 마리 죽였다. 제시도 실력 있는 레인저를 이끌고 궈렐라를 각개격파하는 듯, 몇 번인가 마주쳤다.

이제 바깥을 걸어 다니는 주민은 없다. 살아남은 주민들은 모두

실내에 있겠지. 귀렐라는 하루히로 일행의 모습을 보면 도망치게 되었다.

레드백은 한 마리도 해치우지 못했다. 해치우기는커녕 보지도 못했다. 그 점은 마음에 걸렸다.

"…있다. 한 마리."

그놈은 길 한복판에서 거의 직립에 가까운 자세를 하고 이쪽을 보고 있었다.

하루히로와 눈이 마주치자 그 귀렐라는 입을 크게 벌리고 혀를 내밀고, "Wueehh"라는 듯한 소리를 발했다. 곧바로 알았다. 저 레드백이다.

"저놈을 해치운다…! 쿠자크, 가!"

"…으쌰아!"

쿠자크가 갑옷을 철컹철컹 울리며 달려가자 놈은 왼쪽 건물로 유유히 들어갔다. 마치 여기는 자기 집이라고 말하는 것 같은 뻔뻔함이다.

쿠자크는 힐끔 뒤를 돌아보았으나 그대로 놈을 쫓아갔다. 왜 말리지 않았는가? 그렇다. 말려야지. 뭔가 이상하다. 놈은 요주의다.

"쿠자크, 기다…."

늦었다. 지금, 막 들어간 출입구에서, 터져 나오는 것처럼 쿠자크가 굴러 나왔다. 사이를 두지 않고 곧바로 귀렐라 한 마리가 뛰어나온다. 귀렐라다. 하지만 도대체 뭐야? 저 귀렐라. 몸도 크지만 모각이. 길다고나 할까, 볼륨감이 엄청나다. 사자 갈기 같다. 빨갛다. 빨간 정도가 아니다. 새빨갛다. 레드백. 아니. 지금까지 봤던 레드백과 비교하면 체구는 1.5배, 모각은 두 배 정도나 된다. 보기에도 그냥 레드백이 아니다. 저건가? 레드백 중의 레드백. 저게 그건가?

"다크…!" 시호루는 다크를 불러내자마자 날렸다. "…가라…!"

대레드백은 펄쩍 뛰어올라 쿠자크를 짓누르고 물려고 했다.

다크는 슈우오오오오웅 하는 이음을 울리며 날아가 대레드백의 옆구리 부근을 직격했다. 대레드백은 "Guhh…"라고 신음하며 한순간 온몸을 떨더니 움직임을 멈췄다. 불과 한순간이었다. 대레드백은 두 팔을 휘둘러 올리더니 "…Haaaaaaaaaaaaahhhhhhh…!"라고 외치며 힘껏 내리쳤다. 쿠자크도 가만히 당하고 있는 것은 아니다. 방패로 몸을 지키려고는 했다. 하지만 지켜낼 수 있을까? 쿠콰쾅, 쿠쾅, 쿠당탕, 쿵. 대레드백은 쿠자크의 방패를 북이나 그런 타악기로 착각하는 것 아닐까? 그렇게밖에는 생각할 수 없었다. 방패를 두 손으로 두드린다. 마구 두드린다. 방패 위에서도 저런 타격을 연속으로 받는다면 괴롭다. 연속이 아니더라도 힘들다. 하루히로라면 한 번 만에 견딜 수 없게 될 것이다. "쿠잣… 쿠자크!" 외치고, 하루히로는 대레드백에게 덤벼들려고 했다. …휘익…. 한 팔로 뿌리쳤다. 분명. 몸이 산산이 부서진 것 아닐까 착각할 정도의 충격이었다. 엄청난 힘이다. 하루히로는 큰 대자로 뻗었다. "…아아아아아"라고 목소리가 흘러나온다. 아프달까, 온 신경이 풀어져버린 느낌이랄까, 마음먹은 대로 움직일 수가 없게 되었다고나 할까. …그런 말을 하고 있을 때가 아니고. 일어나. 일어서. 빨리 일어나서, 냉정해져. 안 된다. 머리를 식히고, 제대로 해. 그것이 유일한 무기라고 해도 과언이 아니잖아? "하루 군…!" 유메가 일으켜주었다. 메리가 이쪽으로 뛰어오려고 했다. 쿠자크. …쿠자크는.

"U · Gaaaahhhh · Gooooohhhh!" "O · Booooohhhhh · Duaa

aaahhhh…!" "…꿍차!" "카앗!" "큭…!" "히약." 쿠자크가, 위험해.
대레드백, 하고픈 대로 마음껏 하잖아. 도대체 뭐야? 저 녀석. 너무
위험하잖아. 웃기지 마. 이런 건 못 들었어. 안 된다, 침착해, 침착
할 수 있겠냐고? 움직여라, 몸. 움직여지지 않아. 어째서야? 무서
운 건가? 무서워. 무섭다. 그야 무섭지. 인정해. 받아들이는 수밖에
없다. 무서워도, 살아 있잖아. 할 수 있는 일은 있어. 뭐가? 뭘 할
수 있다는 거야? 메리가 "빛이여, 루미아리스의 가호 아래에, 큐어
…!"라며 상처를 치료해준다. 자신이 어떤 상처를 입었는지도 확실
치 않지만. 생각해라. …그때 엠바가 대레드백에게, 달라붙은 것이
아니다. 날라차기를 먹인 것도 아니고, 뛰어올라간다. 대레드백의
거구 위를. 저런 일도 할 수 있는 건가? 그리고 엠바는 근사하게 대
레드백 등정에 성공했다. 놈의 머리에 달라붙는다. 엠바는 외팔이
지만, 두 다리는 있다. 단, 저렇게 해서 밀착하면 당연히 모각이 몸
을 쿡쿡 찌른다. 하루히로도 약간 정도라면 참을 수 있지만, 저렇게
까지는 할 수 없다. 인조인간은 아픔을 느끼지 않는 것 같으니 아무
렇지 않은가? 대레드백도 이건 짜증이 난 모양이다. 쿠자크에게 가
하던 공격을 중단하고 두 팔을 휘둘렀다. 엠바를 떨쳐내려고 한다.
하루히로는 세토라를 보았다. 세토라는 엄청나게 인상을 쓰고 키이
치를 꼭 껴안고 있다. 시호루와 시선이 마주친다. 시호루는 끄덕였
다. "…다크!"

  "…유메, 쿠자크를 돕는다! 메리, 치료 준비를!" "웅냐!" "웅!" 할
수 있다. 하는 거다. 기회는 아마 딱 한 번뿐. 타이밍을 놓치지 마
라. 대레드백이 드디어 엠바를 붙잡았다. "엠바…!" 세토라가 외쳤
다. 경이적인 악력이다. 순식간이었다. 살이, 뼈가, 장갑이, 사방으

로 튄다. 엠바가 산산조각이 난 것처럼 보였다. 그 모습을 목격하고, 내가 너무한 건지도 모르지만, 확인할 수 있었다. 좋아. 냉정하다. 시호루가 "가라…!"라며 다크를 내던졌다. 단순한 다크가 아니다. 몇 번이고 정성껏 빚어낸 것처럼 작고, 또 작게 만든 다크. 극소 크기의 풀 파워 다크다. 이걸로도 안 된다면 이젠 어쩔 수가 없다. 지금의 우리의 힘 전부인 것이다. 가라, 가라, 가라, 가줘. 대레드백은 극소 풀 파워 다크를 알아차리지 못했다. 명중한다. …슛. 대레드백의 목덜미 부근으로 빨려 들어간다. 하루히로는 "이리 와…!" 하고 호령했다. 달린다. 달린다. 달려라.

"…Hah…." 대레드백이 숨을 들이켜고는, "Koh…!" 하고 묘한 소리를 발하고, "Ah…!"라면서 몸을 뒤로 젖히고는 몸부림친다. "…Na · Goaaahh…!" 비틀거리고, 쿠자크한테서 떨어진다. 하루히로는 뛰어드는 것처럼 해서 쿠자크 곁으로. 쿠자크는 방패 밑에서 축 늘어져 있다. 살아 있는 건가? 살아 있어라. 하루히로는 쿠자크의 양쪽 겨드랑이에 손을 집어넣고 끌어당겼다. 유메도 거들어준다. "…메릿!" 부를 필요도 없었다. 메리도 와 있다. "빛이여, 루미아리스의 가호 아래에! 새크라멘토…!" 빛이여, 넘쳐라, 쿠자크를 비춰 상처를 치료해줘, 부탁이다. …퍼뜩 놀랐다. 하루히로는 돌아보았다. 시호루.

혼자다. 시호루가. 시호루를 혼자 두고 말았다. 극소 전개 다크를 구사하느라 상당히 체력을 소모했다. 어쩌면 제대로 움직일 수 없을 정도로. 그런데도, 저 녀석도 있는데도. 잊어버리고 있었다? 실수다. 엄청난 실수다. 웃는 레드백. 어느 틈에 건물에서 나온 건가? 하루히로는, 뒤! …라고 외쳐 주의를 주고 싶었다. 하지만 늦을 것 같아서, 왜냐하면, 놈은 시호루의 정말 바로 가까이에, 등 뒤로 다가가 있었고, 그러니까, 이제 틀렸다고, 솔직히, 포기하고 말았다. "…마리크 엠 파르크…!" 그래서… 그래서 이때만큼은, 아무리 감사를 해도 부족하겠지, 평생 충성을 맹세해도 좋을 정도로, 감사했다. 제시. 좋은 타이밍에 와주었다. 제시가 매직 미사일을 웃는 레드백 바로 옆면에 때려 넣어 주춤거리게 했다. 웃는 레드백은 "Ho…?!" 라며 비틀거리고, 제시 쪽을 보려고 했는데, "…마리크 엠 파르크 …!" 또다. 또 광구가 웃는 레드백의, 이번에는 슉 구부려져 뒤통수에 맞았다. 유메가 달려가 시호루의 손을 잡아끌었다. 시호루는 고꾸라질 듯이 간신히 유메를 따라온다. 제시는 매직 미사일을 연이어 발사해서 웃는 레드백을 계속 노린다. 마침내 웃는 레드백은 가까이 있는 골목으로 도망쳤다. "…시호루는 내 마음에 들었거든. 죽는 건 못마땅해…!" 제시는 거느리고 있는 레인저들… 투오키, 얀니에게 평소 같지 않게 날카로운 말투로 뭔가 명령했다. 레인저들에게 웃는 레드백을 뒤쫓게 할 생각인 모양이다. 하지만, 놈은 우리가 어떻게든 해야 한다.

"홋… 카앗… 큭!" 쿠자크가 벌떡 일어났다. 둣, 둣, 둣, 둣, 둣, 둣, 둣, 둣, 둣, 둣, 둣, 둣, 둣, 둣…! 대레드백이 두 손으로 가슴을 치고 있다. 배 속을 뒤흔드는 것 같은 드러밍이다. 그러나, 크다. 상체를 일으키자 엄청 크다. 방패와 대검을 든 쿠자크가 어린아이처럼 보인다. "…마리크 엠 파르크!" 제시가 매직 미사일을 때려 넣으려고 했으나, 대레드백은 팔을 휘둘러 지워버렸다. 시호루는 유메에게 끌려 대피하고 있다. 당장 전선으로 복귀할 수는 없다. 하루히로와 쿠자크, 메리, 제시가 저런 것을 쓰러뜨려야 한다고? 아니, 더 있나? "…이야아아아아아아아아아아아…!" 세토라가 포효하며 대레드백에게 돌진했다. 키이치는 안고 있지 않았다. 기다란, 상당히 긴, 건축 재료인지 나무 막대기를 두 손으로 들고 있다. 대레드백도 세토라에게는 노 마크였던 건가? 세토라는 쉽사리 대레드백에게 접근해서, "이야아아아아아아아아아앗…!" 하고 막대기 끝을 놈의 목덜미에 쑤셔 박았다. 물론 어딘가 근처의 부서진 가옥에서 조달한 것일 테고, 단순한 막대기다. 대레드백은 살짝 몸을 흔드는 정도밖에 하지 않았고, 막대기는 부러지고, 세토라는 자빠졌다. 왜 세토라는 그런 짓을? "…엠바를, 잘도…!" 아, 그런 건가. 어리석은 행동이라고 생각한다. 하지만 세토라를 비난할 마음은 들지 않는다. 게다가 힌트가 되었다. 하루히로는 "공격해!" 라고 쿠자크를 부추겼다. "어차피 수비해도 끝까지 수비할 수 없어! 전력으로 공격해, 쿠자크! 너한테는 우리한테 없는 힘이 있어…!"

"넵…!" 쿠자크는 방패를 버리고 대검 끝으로 육망성을 그렸다. "…빛이여, 루미아리스의 가호 아래에! 세이버(광날)…!" 눈 깜짝할 사이에 빛을 띤 대검을 두 손으로 쥐고 쿠자크는 대레드백을 공격했다. 아니, 공격하라고는 했지만, 아무리 그래도 너무 정직하지 않아? 뭔가 좀 더 방편을 짠다거나 해야지. 하지만 잔재주를 부릴 필요 따위 없었는지도 모른다. 쿠자크는 대레드백에게 돌격하더니 몸전체를 극단적으로 뒤로 젖히며 대검을 휘둘렀다. 대레드백은 물러서지도, 피하지도 않았다. 의표를 찔린 건가? 아니면 각피로 막을수 있다는 자신이 있었던 건가? 큰 착각이었다. "와웃!" 제시가 외쳤다. 진짜야? 대단해. 쿠자크. 너, 엄청난 괴력의 소유자였구나…? 아무래도 하루히로는 쿠자크를 과소평가했던 모양이다. 설마 이 정도일 줄은.

"으에에에에아아아아아아아아아에에에에에에에이…!"

내리친 쿠자크의 대검은 대레드백의 각피를 절단하고 그 왼쪽 어깨에 확실하게 박혔다.

박혔다는 것은, 깊이 파고들었다는 의미다. 대검은 대레드백의 왼쪽 어깨에서 몸의 가슴 한가운데, 다소 아래쪽까지 비스듬하게, 단숨에 파고들었다.

"…Ohh Ah… Uhhhh…Goh…."

대레드백은 자기 몸에 무슨 일이 일어났는지 이해하지 못하는 것 같았다.

그것은 흐른다기보다는 분출하는 대레드백의 혈액을 온몸에 뒤집어써서, 벌써 흠뻑 젖은 쿠자크도 마찬가지인지도 모른다. "…어, 우왓, 피, 피…?!"

하루히로는 한숨을 내쉬었다. 대레드백. 레드백 중의 레드백. 이 무시무시한 예외적인 귀렐라 무리의 리더. 솔직히… 그래. 무리라고 생각했다. 쓰러뜨릴 수 없는 것 아닐까 하고. 쿠자크인가? 쿠자크였던 건가? 쿠자크가 해주었다. 슬슬 공격 면을 연마해주길 바란다고 생각은 했지만, 이 정도까지 잠재 능력을 숨기고 있었을 줄이야. 기쁜 오산이다. 아니, 대레드백은 아직 숨이 끊어지지 않았다. 쿠자크의 대검은 분명 심장까지 달했다. 그래도 아직 쓰러지지 않았다. 무너질 것 같으면서도 서 있다. 시간문제라고는 생각하지만. 저 상처라면 즉사해도 이상할 것 없다. 얼마 안가 귀렐라 무리는 대레드백을 잃는다. 리더를. 그렇게 되면….

하늘에서 뭔가가 내려왔다.

하루히로는 반사적으로 펄쩍 뛰어 피했다. 땅바닥에 떨어진 그것은, 녹색 외투를 입었다. 구모 레인저다. 팔과 다리, 목이 이상한 방향으로 꺾여 있다. 구모의 얼굴은 구별이 잘 안 가지만, 녹색 피부는 낯이 익었다.

하루히로는 위를 우러러보고 레인저가 날아온 방향으로 시선을 던졌다.

멀지 않은 건물 옥상 위에, 놈이 있었다. 눈을 가늘게 뜨고 놈이 히죽 웃은 순간, 자신이 착각했었다는 사실을 깨달았다. 무리의 리더는 대레드백이 아니었다.

"…너였나?"

놈은 "Foooo Foooo Foooo" 목구멍을 피리처럼 울려 대답했다.

또 도발하고. …아니다. 하루히로는 "적…!" 하고 소리 높여 외쳤다. 그것이 고작이었다.

저기 지붕 위에, 저쪽에도, 이쪽에도, 저쪽 골목에서도, 앞에서도, 뒤에서도, 귀렐라들이 일제히 모습을 드러냈다. 신호다. 저 소리. 나오라는 신호였겠지. 어디에서인지, "…츠이아긋! 제시…!" 라고 말하는, 아마도 얀니의 목소리가 들렸다. 얀니는 아직 살아 있다. 제시에게 뭔가를 알리려고 했다. 분명 이 사실을.

귀렐라는 똑똑하다. 그렇긴 해도 어차피 짐승이고, 한 마리 한 마리 해치우며 착실하게 숫자를 줄였다. 그렇게 생각했다. 실제로 그러긴 했고, 대레드백을 쓰러뜨렸고, 70~80퍼센트쯤은 이겼다고 생각했었다.

어느샌가 포위당했을 줄이야.

귀렐라들이 사방팔방에서 밀어닥친다.

"…다들! 뭉쳐! 흩어지지 마! 유메, 시호루! 이쪽으로…!" "이크, 하루히로! 나, 방패…!" "괜찮아, 검을, 휘둘러…!" "…시호루, 괜찮아? 따라와…!" "응, 나는 괜찮아…!" "세토라, 일어서! 어서! 당신한테는 아직 키이치가 있잖아?! 하루도…!" "…닥쳐, 신관. 네가 말하지 않아도…!" "하루히로! 감옥을 이용해! 거기라면….", "제시 씨는 어떻게 할 겁니까?!" "나는 얀니를 찾는다…! 가라…!"

쿠자크가 대검을 크게 휘둘러대고 있다. 하루히로는 간신히 시호루, 유메, 메리, 세토라와 합류해서 감옥으로 가기로 했다. 하지만, 갈 수 있을까? "…쿠자크, 이쪽이야…!" "응! 알아요…!" 알고 있는 걸까? 쉬지 않고 대검을 계속 휘두르지 않으면 분명 쿠자크는 순식간에 당한다. 이쪽도 유메와 메리는 물론, 시호루는 직접 조달한 지팡이로, 세토라는 주운 막대기로 귀렐라들을 위협하며 아슬아슬하게 막아내고 있다. …그렇다면, 내가. 하는 수밖에 없다. 하는 거다. 내가. 적에게 포위된 이 상황에서? 그렇다. 해라. 가라앉아라. …스텔스.

궁지에 몰리면 가능해지는 것이구나.

무음… 은 아니지만, 어떤 소리도 신경 쓰이지 않는다. 분명 들을 필요가 없기 때문이겠지.

하루히로는 혼자 동료들에게서 떨어져 귀렐라들 사이를 걸어간다.

선이 보인다. 흐릿하게 빛나는 선. 그 선을 따라 움직이는 것이 아니다. 하루히로가 그 선에 따라 움직이는 일은 이미 정해져 있다. 방향. 각도. 속도. 아무것도 생각하지 않아도 된다.

갑자기 시점이 상승한다. 마치 비스듬히 위에서 내려다보고 있는 것 같다.

자신. 동료들. 귀렐라들. 제시. 얀니. 각각의 위치가 손에 잡힐 듯… 까지는 아니더라도 거의 알겠다.

먼저 이놈이다. 지금 메리에게 헤드 스태프로 얻어맞고 있는 젊은 수컷. 이놈의 목에 왼팔을 감고 오른쪽 눈에 스틸레토를 몇 번이고 찌른다.

다음은 이놈. 쿠자크의 대검에 겁을 먹고 후퇴한, 역시 젊은 수컷. 이놈도 죽인다.

그리고 시호루에게 덤벼들려는 이놈. 조금 모각이 빨갛다. 이놈도 죽인다.

이걸로 우선 좁은 길이 생겼다. 하루히로는 "달려라, 감옥까지…!" 라고 동료들에게 말하고 곧바로 다시 가라앉았다. …스텔스. 동료들이 가는 곳을 막아서는 것, 방해하려고 하는 것을 배제한다. 할 수 있다. 나는. 나밖에, 할 수 없다.

특별한 힘이 있다고는 생각하지 마. 그게 아니야. 어디까지나, 지금이기 때문이다. 이 순간, 주어진 역할을 해내고 있다. 그것뿐이다. 우쭐했다가는 실수한다. 그런 실패를 몇 번이나 경험했다. 그러니까, 알고 있다.

조금만 더 가면 세토라가 갇혀 있던 감옥이다.

제일 뒤에 있던 쿠자크가 "…먼저 들어가! 나는 마지막에 갈 거니까…!" 라고 소리치면서 아직 대검을 휘두르고 있다. 존경할 만한 체력과 근성이다.

시호루가, 세토라가, 메리와 유메가 감옥으로 뛰어 들어간다. 쿠자크는 출입구 앞에서 꾸물거리고 있다. 손을 빌려주면 돼. 끈기 있게 밀거나 당기거나 하면서 쿠자크한테 맞서고 있는, 저 수컷. 저건 레드백이다. 놈을 해치우면 쿠자크는 단숨에 편해진다. 문제없다. 대처할 수 있다.

이것 봐. 이미 하루히로는 그놈 뒤에 있다. 달라붙어서, 왼팔을 목에 휘감고, 오른쪽 눈에 스틸레토를 몇 번이고 쑤셔 박는다. 늘 하던 순서. 좋아, 가라. 말할 필요도 없이 쿠자크는 감옥으로 뛰어 들어갔다. 하루히로도 뒤를 따랐다.

현기증이 엄습했다. 몸에 힘이 들어가지 않는다. 서 있을 수가 없다. 걷는 건, 도저히….

그래도 어떻게든 통로를 걸어가 메리 바로 앞에서 무릎을 꿇었다. 손으로 땅을 짚는다. 쿠자크는 어떻게 하고 있는 건가? "으랏! 이얍!" 하고, 감옥에 들어오려고 하는 귀렐라를 대검으로 견제하고 있는 모양이다. …안 좋아. 메리가 뭔가 말하고 있다. 그런가? 피인가? 귀렐라를 해치울 때 아무래도 모각 때문에 상처를 입고 출혈하게 된 것이다.

"…메리, 마법… 치료해줘… 미안" 하고, 끊어질 듯 끊어질 듯 말한다.

정신을 잃을 것 같다. 그럴 수는 없다. 메리는 광마법을 사용해주었다. 큐어인가? 조금 편해졌다. …그런 느낌이 든다. 적어도 일어설 수는 있다. 좀, 숨쉬기가 힘들지만.

"…젠장…! 검, 쓰기 힘들어! 좁고. 여기에서는 찌르는 것밖에…!"

"어쩌지?" 라고 누군가가 말한다. …시호루인가? 쿠자크. 위험한 건가…? 누구야? 감옥으로 가라고 한 게. 제시인가? 그 녀석. 하지만 넓은 장소였으면 더욱. …생각하고 있을, 때야? 아니지 않아? 행동, 해야지. "…그놈이다"라고 중얼거린다. 그렇다. 그놈을 죽여야해. 리더는 그놈인 것이다. 그놈을 해치운다. 그러지 않으면 끝나지 않아. "…내가, 한다. …일단, 전력을 다해 공격해. 나… 밖으로, 나간다. 그놈을 찾아내서… 내가, 한다. 정리, 한다. …내가." "하지만!" 이라고 누군가가 반론한다. "할 거야!" 호통을 쳐서 입을 다물게 한다. "…하는 수밖에, 없어. 이대로 있다가는, 전멸이다…. 다들, 죽어. 내가, 한다. …알았지? 다 같이, 단숨에, 반격해서… 그 사이에, 내가 바깥에, 나갈 테니까. 하나, 둘…!"

"우오오오오오아아아아아아아…!" 쿠자크가 몇 마리나 되는 궈렐라에게 태클을 감행하는 것 같은 기세로 뛰어나간다. 눈앞의 궈렐라를 발로 차고 대검을 휘두른다. 쿠자크는 아마도 최후의 힘을 쥐어짜 내고 있다. 대검이 궈렐라의 목을 베어 날렸다. 궈렐라들이 엉덩방아를 찧은 것을 보고, 유메가 "후뉴아아아…!" 하고 쿠자크를 뒤쫓는다. 시호루가 다크를 날린다. 세토라가 뭔가를 집어던진다. 하루히로는 자기 자신을 가라앉히려고 했다. 스텔스. …잘 들어가지지 않는다. 어째서야? 이상하다.

쿠자크와 유메 사이를 빠져나와 수컷 궈렐라가 감옥 안으로 들어왔다. 막아야지. 싸우는 거다. 궈렐라가 이쪽으로 온다. 어째서 스틸레토를 쥔 손에 힘이 들어가지 않는 건가? 적이 코앞까지 와 있는데.

"…이얍…!"

메리가 뛰어나와 헤드 스태프로 그놈의 머리를 강타했다. 메리는 곧바로 헤드 스태프를 뒤로 뺐다가 두 발째를 때리려고 한 것이라고 생각한다.

　그러나 늦었다.

　궈렐라는 헤드 스태프를 두 손으로 움켜잡고 자기 쪽으로 끌어당
겼다. 시호루가 "메리…!" 라고, "손을 놔!" 라고 세토라가 외쳤다.
그래, 메리. 놔야지.

　헤드 스태프와 함께 메리의 몸이 궈렐라 쪽으로 쓰러졌다.

　간신히 하루히로가 움직일 수 있게 된 것은 그때였다.

　"아앗…" 이라는 목소리와 함께, 기도하는 것 같은, 부서지는 것
같은 소리가 들렸다.

　메리는 세토라의 말대로 헤드 스태프를 놓은 것이다. 하지만 궈
렐라 쪽도 헤드 스태프 따위에 볼일은 없었던 모양으로, 대신 다른
것을 움켜쥐었다.

　…움켜쥐었다기보다, 끌어안았다. 메리를. 시호루가 "힉…" 하고
가녀린 비명을 흘렸다.

　궈렐라는 그 자세 그대로 메리의 어깨부터 목덜미 근처를 물었
다. 하루히로는 그 직후에 궈렐라에게 달라붙었다. 거의 매달리는
것처럼 해서, 놈의 오른쪽 안구에 스틸레토를 쑤셔 박았다. 메리는
눈을 뜨고 그 모습을 보고 있었다.

　빨리 해야 해. 빨리. 빨리. 빨리 이놈을 죽이지 않으면. 늦어져버
려. 늦어? 뭐가…?

　궈렐라는 숨이 끊어지더니 메리와 함께 흙바닥인 통로에 쓰러졌
다. 궈렐라를 치우는 것은 힘들었다. 힘이, 힘이, 들어가지 않아. 손
에도, 발에도, 어디에도.

　세토라가 뭔가 하면서 "어때?!" 라고 물었다. 하루히로는 대답하

지 않았다.

메리는 눈을 반쯤 감고 바들바들 떨고 있다. 기침을 하고 피를 토했다.

"마법"이라고, 하루히로는 말했다. "메리, 마법을. 치료해야 해. 서둘러. 메리."

메리는 오른손을 들어 올리려고 했다. 움직일 수가 없는 것 같다. 부상을 당했나? 뼈야? 부러진 거야? 어디가? 뭐가? 하루히로는 스틸레토를 놓고 메리의 오른손을 두 손으로 들어 올리는 것처럼 잡았다. 메리는 신음하더니 고개를 저었다. 아픈 건가? 지독하게. 어쩌지? 마법. 육망성을. 그러려면, 손이. 주문. 안 되는 건가? 주문만으로는. 손이 움직이지 않으면 광마법을 쓸 수는 없는 건가? 뭐야? 그게. 그런 게 어디 있어?

"메리? 메리…? 어… 나, 어, 어떻게, 하면…."

뭔가, 메리는, 뭔가 말하려고 한다. 하루히로는 메리의 입술에 귀를 가까이 댔다.

"…메리? 뭐? 메리, 뭐라고…?"

"하."

"응. 뭐?"

"…하, 루."

"응?"

"나…."

"응."

"…하루… 나, 당신… 이…."

"내가, 뭐? 왜 그래? 메리…?"

"웃…."

메리는 숨을 들이켜려고 한 것일까? 뭔가 말을 하려던 걸까? 하루히로는 약간 얼굴을 떼고 그녀의 표정을 살폈다. 어째서지? 어째서 그녀는 웃음을 지은 것일까? 괴롭지 않은가? 아프지 않은가? 무섭지 않은가?

왜 웃는 거야?

메리.

— 다음 권에 계속 —

다음 권 예고

뭐가 한 계단 올라섰다는 거야?
뭐가 쿠자크를 키우겠다는 거야?
뭐가 감이 날카로워졌다는 거야?
뭐가 레드백 중의 레드백의 모습이 떠오른다는 거야?
아무것도 알지 못했다.
아무것도 제대로 하지 못했다.
아무것도 할 수 없었다.
그래서 이렇게 되었다.
전부 끝났다. …그런 줄 알았다.

그 남자가 말한다.
"방법은 있어. 딱 한 가지."

재와 환상의 그림갈 level. 10
러브 송은 전해지지 않아

2017년 9월 8일 초판 인쇄
2017년 9월 15일 초판 발행

저자 · AO JYUMONJI
일러스트 · EIRI SHIRAI
역자 · 이형진
발행인 · 안현동
편집인 · 황민호
출판사업본부장 · 박종규
책임편집 · 성명신 이수민 장연지
마케팅본부장 · 김구회
마케팅 · 이상훈 김학관 김종국 반재완 이수정 임도환
국제업무 · 이주은 김준혜 오선주 장희정 박경진 위지명 김부희
제작 · 심상운 최택순 성시원
한국판 디자인 · 디자인 우리
발행처 · 대원씨아이(주)

서울 특별시 용산구 한강로3가 40-456
편집부 : 02-2071-2104 FAX : 02-794-2105
영업부 : 02-2071-2061 FAX : 02-794-7771
1992년 5월 11일 등록 3-563호

http://www.dwci.co.kr/

원제 灰と幻想のグリムガル 10
© 2017 by AO JYUMONJI
First published in Japan in 2017 by OVERLAP, Inc.
Korean translation rights reserved by DAEWON C. I. INC.
Under the license from OVERLAP, Inc., Tokyo JAPAN

ISBN 979-11-334-6201-8 04830
ISBN 979-11-5625-426-3 (세트)

N T N o v e l

요괴 마니악스! 4

글 **카키노타네**
일러스트 **이누가호라 안**
번역 **이형진**

히카리의 소녀의 마음이 폭발하는 '사랑 위에서도 3년'을 비롯하여, 숨은 진짜 히로인이라는 소문이 자자한 메리 양의 하루를 밀착 공개하는 '툇마루 밑의 전화 소녀'. 소마와 치에의 첫 만남을 그린 '부모 마음, 자식이 알게 되다'. 어째서인지 오타쿠 배틀이 뜨거운 '명필은 붓을 죽인다'. 아리사가 많이 먹기 대회에서 실력을 발휘하는 '동류, 친구가 되다' 등 다양한 단편이 한가득! 요괴 마니악스 첫 단편집!

N T N o v e l

사랑으로 변하는 마개상서(오버라이트)

글 **키무라 모구사**
일러스트 **스부리**
번역 **김현숙**

여자로서의 매력(주로 가슴의 볼륨적인 의미로)이 적다는 것을 살짝 신경 쓰고 있던 여고생 리코에게는 도무지 이해가 되지 않는 일이 있었다. 소꿉친구로 별 볼 일 없는 남자인 료타가 갑자기 세 명의 미소녀에게 인기 만점인 상태가 된 것이다. 천진난만하고 거유인 루루, 미스터리어스하고 섹시한 쿄카, 반장인 미즈나. 자신의 눈앞에서 벌어지는 하렘 러브 코미디에 초조해하던 리코는 우연히 현실을 '덮어쓰기'하는 '러브 코미디 악마'의 힘을 손에 넣게 되는데…?!

널 오타쿠로 만들어줄 테니까, 날 리얼충으로 만들어줘! 14

글 **무라카미 린**
일러스트 **아나퐁**
번역 **김빈정**

학교 축제용 영화 때문에 사이가 어색해진 나와 고이가사키는 서로 엇갈리기만 하고… 이게 혹시 커플의 위기?! 그렇다면 내가 직접 홋카이도로 갈 수밖에 없어! 고이가사키의 대학 생활을 처음으로 엿보고 데이트 드라이브도 하고 방에 노천 온천이 딸린 여관까지 가는데?! 두 사람만의 자극적인 혼욕 체험을 하고 취기도 돌아서 나와 고이가사키는 평소 이상으로 대폭주?! 고이가사키와 함께 만끽하는 홋카이도 데이트!

마검전기 3
망각의 영화(嶺花)에 바치는 이름은

글 **아이후지 유우**
일러스트 **시코르스키**
번역 **팀에스비**

이세계 군사 시뮬레이션 게임 '마검전기'의 세계로 전이되고 얼마 후. 수르트 군 침공을 무혈 완승으로 이끈 소년 참모 류키는 북앗시아 성으로 거처를 옮긴다. 그리고 그런 소년 참모에게 뜻밖의 정보가 날아든다. 왕도군 침공이 시작된 것이다. 전황은 악화되어 가기만 하고, 절망의 구렁텅이에 선 천재 소년 참모와 망국의 왕녀…. 류키의 기사회생의 묘수는?!
'소설가가 되자'출신 이세계 판타지 전기. 흥분이 가속되는 제3권!

NT Novel

방과 후 연애부!

글 미츠키 린
일러스트 시로
번역 김보영

나는 패스트푸드점 입구에 서 있다. 커다란 곰 인형을 끌어안은 채로…. 그러자 지나가는 여고생들과 엄마와 아이가 경멸의 시선을 보낸다. …왜 내가 이런 수치 플레이를 하고 있는가 하면, 인터넷에서 알게 된 얼굴도 모르는 사람을 기다리고 있는 것이다. 즉 곰 인형은 서로를 알아보기 위한 아이템. 이윽고 3명의 여자 초등학생들이 다가오더니 나를 빤히 쳐다본 다음, 기쁘게 선언했다.
"당신을 방과 후 연애부의 연애 샘플로 임명합니다!"

NT Novel

에이코와 【토오루】와 부활동의 시간. 1

글 야나기다 코쿠리
일러스트 MACCO
번역 김혜리

반년 전에 벌어진 사건 때문에 반에서 고립된 【에이코】는 어느 날 입부한 화학부 부실에서 말하는 인체모형 【토오루】 군을 만난다. 마치 음성변조기를 쓴 것 같은 목소리로 말하는 인체모형의 정체를 【에이코】가 의심하고, 【토오루】 군은 그것을 은근슬쩍 피하는 기묘한 부활동이 시작된다. 그러던 중 교내에서 한 여학생이 자연발화하는 사건이 일어나고….
삐딱한 소녀의 시니컬한 학원 미스터리. 제19회 전격소설대상 〈금상〉 수상작!

N T N o v e l

도쿄 레이븐스 EX4

twelve shamans

글 아자노 코우헤이
일러스트 스미헤이
번역 유경주

도쿄를 중심으로 영적 재해가 다발하는 현대. 주술로 도쿄를 지키는 음양사 가운데에서도 손꼽히는 존재, 그것이 '12신장'이다.
─사상 최연소로 '12신장'이 되어 '신동'으로 유명한 다이렌지 스즈카.
─주술범죄수사관으로서 '쇄도'라는 별명을 가진 오오토모 진.
주술계의 음지와 양지에서 활약하는 '12신장'들. 그날 그 시간, 그들은 무엇을 보고 무엇을 생각하는가. 이야기되지 못했던 이야기가, 지금 여기에.

N T N o v e l

앱솔루트 듀오 10

dust to dust.

글 히이라기★타쿠미
일러스트 아사바 유우
번역 민유선

고스트 아일랜드에서 〈666〉의 주최 하에 펼쳐지는 피와 광란의 연회 〈글래디에이트〉. 그 첫 전투에서 힘들게 승리를 거둔 토오루 일행. 안도하는 것도 잠시, 오토하는 그 몸에 담긴 강대한 힘을 이기지 못하고 결국 쓰러지고 만다. 그때 쇄도하는 새로운 적, 성기사 헬렌과의 치열한 싸움 중에 유리에와 오토하가 일행과 떨어지고 마는데…?!
파트너와의 유대로 미래를 움켜쥐는 학원 배틀 액션 제10탄! 피할 수 없는 이별. 닥쳐온 절망을 거쳐 그들이 선택한 길은─.

연애 패배자인 내게 야한 메이드가 왔습니다

글 와카츠키 히카루
일러스트 히나사키
번역 이은주

만약 우리 집에 온 메이드 로봇이 섹슈얼 섹슈얼 돌이라면?! 가사는 엉망이지만 야한 일에 대한 프로그램은 충실. 평범한 고등학생인 사와다 하루키는 가련한 섹슈얼 돌과의 설레는 일상에 가슴이 두근두근?! 하지만 소꿉친구인 카노코는 질투심에 불타고, 결국 아수라장이 발발! 연애 패배자인 하루키에게 일어난, 조금은 야한 이야기. 남자라면 누구나 망상할, 조금은 야한 동거 생활…. 근미래 학원 러브 스토리가 시작됩니다!

종말에 뭐 하세요? 다시 한 번 만날 수 있나요? 1

글 카레노 아키라
일러스트 ue
번역 김진수

〈인간〉은 규격 외의 〈짐승〉에게 유린되어 멸망했다. 〈짐승〉을 쓰러뜨릴 수 있는 것은 〈성검(카리용)〉을 다루는 황금요정(레프러콘)뿐. 싸움 후 〈성검〉은 다른 이에게 계승되지만 힘을 다한 요정들은 죽어간다. 폐극장 위에서 만난, 선배를 동경하여 죽음을 바라는 황금요정과 거짓말쟁이 타귀종(임프) 청년 위관. 갈등 위에 이루어진 그들의 덧없는 일상.
차세대 황금요정들의 새로운 시리즈 개막!